KB113464

파우스트 2

Faust

세계문학전집 22

파우스트 2

Faust

요한 볼프강 폰 괴테

정서웅 옮김

민음사

차례

비극

2부

1막

쾌적한 장소

파우스트, 꽃이 만발한 풀밭에 누워 지치고
불안한 모습으로 잠을 청한다.
해질 무렵.
요정의 무리, 귀엽고 작은 모습으로 공중에서 떠돈다.

에어리얼 (아이올로스의 하프에 맞추어 노래한다)
꽃잎이 봄비 내리듯
모두의 머리 위에 흩날릴 때,
들판의 푸른 축복이   4615
지상의 뭇 생명체에게 빛날 때,
작은 요정들 넓은 마음으로
도움이 필요한 곳 찾아간다네.

선한 자이든, 악한 자이든,

불행에 처한 사람 동정한다네.   4620

이 사람의 머리 위를 바람결에 떠다니는

　요정들아,

여기서 고귀한 요정의 힘을 보여주려무나.

격렬한 마음의 투쟁을 달래주고,

타는 듯 괴로운 비난의 화살을 뽑아

겪었던 공포로부터 그의 마음을 씻어주어라.   4625

밤의 시간은 넷으로 나누어지는즉[1]

이제 서슴지 말고 정답게 그것을 채워주어라.

우선 그의 머리를 시원하게 베개 위에 누

　이고,

다음 레테강[2]의 이슬로 목욕시켜라.

아침까지 쉬면서 원기를 회복하면   4630

경련으로 굳어진 사지도 곧 부드러워지리라.

요정들의 아름다운 의무를 다하여

그를 성스러운 광명으로 되돌려주어라.

　합창 (혼자, 혹은 둘이서, 몇 사람이 번갈아, 혹은 함

---

1) 로마에서는 저녁 여섯시부터 새벽 여섯시까지를 세 시간씩 4등분하였다.
고통에서 벗어난 파우스트의 회복과정이 안식, 망각, 회춘, 신생의 4단계
이다.

2) Lethe. 그리스신화에 나오는 망각의 강. 죽은 자는 저승 가는 길에 레테
강을 건너는데, 그때 이 강물을 마시면 지난 일을 모두 잊게 된다고 한다.

께 모여)

산들바람 훈훈하게

푸른 초원에 가득하고,   4635

달콤한 향기, 자욱한 안개

어스름 속에 내린다.

감미로운 자장가 속삭여주어라.

마음을 달래어 어린이처럼 잠들게 하라.

고달픈 그의 눈앞에서   4640

하루의 문을 닫아주어라.

밤의 장막이 내렸다.

별들은 성스럽게 어울려

큰 불빛, 작은 불꽃

가까이서 반짝이고, 멀리서 빛난다.   4645

여기 호수에 어리어 반짝

저기 밤하늘에서도 반짝.

깊은 휴식의 행복을 지켜주듯

찬란한 달빛 하늘에 가득.

어느새 몇 시간이 흘러   4650

고뇌도 행복도 사라졌나니,

예감하라! 그대는 건강해지리라.

새날의 밝은 빛을 믿으라!

푸른 골짜기, 굽이치는 언덕들

숲은 안식의 그늘.   4655
일렁이는 은빛 물결 속에
추수를 앞둔 오곡이 넘실댄다.

너의 소원 하나하나 성취하려면,
저기 찬란한 아침해를 보아라!
너는 잠깐 사로잡혔을 뿐,   4660
잠은 껍질이로다. 벗어던져라!
다른 무리들 주저하며 헤맬지라도
그대는 망설이지 말고 용감히 행동하라.
총명하여 재빨리 실천에 옮기는
그런 고귀한 자, 무엇이든 이룰 수 있나니.   4665

무서운 굉음, 태양이 가까이 옴을 알린다.

에어리얼   들어라! 호라이³⁾의 폭풍우 소리를!
            요정들의 귀에 쟁쟁하게 울리며
            벌써 새날이 밝았다.
            암벽의 문들 덜커덩 열리고,
            포이보스⁴⁾의 수레바퀴 요란하게 구른다.   4670
            오 아침 빛이 가져오는 온갖 음향!

---

3) Horai. 그리스신화에서 계절을 관장하는 여신.
4) Phoebos. 그리스신화에서 태양신인 아폴론의 다른 이름.

큰나팔, 작은나팔 우렁찬 가운데

눈은 번쩍, 귀는 깜짝,

벅찬 소리는 들리질 않는구나.

꽃송이 속으로 숨어들어라.   4675

조용히 살려거든 더욱 깊숙이.

바위틈, 잎사귀 아래에도 숨어 있으렴.

그 소리 부딪치면 귀먹게 될라.

파우스트 생명의 맥박 생생히 고동치며

여명의 하늘을 향해 부드러운 인사를 보

냈다.   4680

대지여, 그대는 간밤에도 변함없더니,

새로이 기운을 얻어 내 발밑에서 숨을 쉬

면서

어느새 날 기쁨으로 감싸주기 시작하누나.

날 자극하고, 강한 결심을 불러일으켜

줄곧 지고한 존재로 이끌려 하는구나.   4685

여명 속에 벌써 세계는 열려 있다.

숲엔 수많은 생명의 소리 울려퍼지고,

골짜기 안팎으로 길게 뻗은 안개자락.

그러나 하늘의 맑은 빛 깊은 곳까지 스며

들고,

큰 가지, 작은 가지 원기도 왕성하게   4690

고이 잠자던 향기로운 심연에서 움터나온다.

꽃과 이파리 진주 같은 이슬 머금고
대지로부터 온갖 영롱한 색깔을 자랑하니—
내 주위가 온통 낙원이 되는구나.

위를 우러러보라! —거인 같은 산봉우리
　　들은　　　　　　　　　　　　　　　4695
어느새 지극히 장엄한 시간을 알려준다.
산들은 영원한 빛을 먼저 즐긴 후
뒤이어 우리에게 비춰준다.
이제 알프스의 푸르고 구릉진 초원에
새로운 광휘와 밝음이 보내지고,　　　　4700
그것이 차츰차츰 밑으로 내리뻗다가—
태양이 솟는다! —하지만 어느새 눈이 부
　　시구나.
눈에 스며드는 아픔 때문에 나는 몸을 돌
　　린다.

동경에 찬 희망이
최상의 소망을 향해 성실히 투쟁하여　　4705
성취의 문 활짝 열렸음을 발견했을 때가
　　아마 이러하리라.
그러나 저 영원의 밑바닥에서 거대한 불길
　　터져나오면,
우리는 당황하여 걸음을 멈춘다.

우리는 생명의 햇불을 붙이려 했는데,
불바다가 우리를 둘러싸니, 이게 어찌 된
   불일까?   4710
이글대며 우리를 휘감는 이것이 사랑일
   까? 미움일까?
고통과 기쁨이 번갈아 엄습하니,
우리는 다시 지상으로 눈을 돌려
젊디젊은 베일 속에 우리 몸을 숨긴다.

그러니 태양이여! 내 등 뒤에 머물러다오!   4715
바위틈에서 쏟아져 내리는 폭포수를
나는 놀라움에 차서 바라본다.
이제 물줄기는 수천 갈래로 갈라진다.
다시금 수만 갈래로 쏟아져 내리며,
공중 높이 수많은 물거품 되어 튀어오른다.   4720
하지만 얼마나 아름다운가. 물보라에서 생
   겨난 무지개,
끊임없이 변화무쌍한 오색 다리를 놓으며
때로는 뚜렷한 모습으로, 때로는 허공에
   흩날리면서
향기롭고 시원한 소나기를 뿌려준다.
무지개는 인간의 노력을 비춰주는 거울.   4725
그것을 보고 생각하면, 보다 깊은 이해에
   도달하리라.

인생이란 채색된 영상 속에서 파악된다는
사실을.

황제의 궁성, 옥좌가 있는 궁실

황제를 기다리고 있는 각료들
나팔소리

여러 신하들, 화려한 옷차림으로 등장한다.
황제가 옥좌에 앉고, 그의 오른편에 천문박사가 자리한다.

황제 짐은 멀리, 가까이에서 모여든
　　　충성스러운 경들에게 경의를 표하노라—
　　　현명한 박사는 내 곁에 보이는데,　　　　　　　4730
　　　어릿광대 바보 놈은 어디에 있는고?

귀공자 폐하의 외투자락을 바싹 따라오다가
　　　계단 위에서 고꾸라졌나이다.
　　　누군가 그 뚱보 놈을 업고 나갔으나,
　　　죽었는지 취했는지는 알 수 없습니다.　　　　　4735

두번째 귀공자 바로 그때 놀랄 만큼 재빠르게
　　　다른 녀석 하나가 그 자리를 밀고 들어왔
　　　　습니다.
　　　제법 값진 옷차림을 하고 있사오나

하는 짓이 괴상하여 모두 어리둥절하고 있
　　나이다.

문지기가 창(槍)을 열십자로 내밀며　　　　　　4740

문턱에서 녀석을 제지했지만—

하오나 벌써 여기에 와 있나이다, 저 뻔뻔

　　스러운 바보 놈이!

메피스토펠레스　(옥좌 앞에 무릎을 꿇으며)

불청객이면서도 늘 환영받는 게 무엇이겠

　　습니까?

기다려지면서도 늘 내쫓기는 게 무엇이겠

　　습니까?

늘 보호받고 있는 게 무엇이겠습니까?　　　　4745

심한 욕을 먹고 잔소리를 듣는 게 무엇이

　　겠습니까?

폐하께서 불러들여선 안 될 자가 누구이겠

　　습니까?

누구나 그 이름 듣기 좋아하는 자가 누구

　　이겠습니까?

옥좌의 계단 앞으로 다가오는 자가 누구이

　　겠습니까?

스스로 추방당한 놈은 누구이겠습니까?　　　4750

황제　지금은 그런 말을 삼가렷다!

여기는 수수께끼 풀이를 하는 곳이 아니

　　니라.

그런 것은 이 사람들의 소관이로다ㅡ

하나, 풀어보라! 짐은 기꺼이 듣겠노라.

전의 어릿광대는 꽤 멀리 가버린 듯하니,　　4755

그대가 그 자리를 맡아 짐의 곁에 있도록

　　하라.

메피스토펠레스, 계단을 올라가 황제의 왼편에 시립한다.

사람들의 투덜대는 소리　새로운 어릿광대라ㅡ 또 골치 아프

　　게 생겼군ㅡ

　　저 녀석은 어디에서 왔을까?ㅡ어떻게 들

　　어왔지?ㅡ

　　먼저 놈은 고꾸라졌다지ㅡ그놈은 끝장난

　　거야ㅡ

　　그놈은 술통이었지ㅡ이놈은 널빤지쪽 같

　　구면ㅡ　　　　　　　　　　　　　　　4760

황제　그러면 충성스러운 경들, 친애하는 경들이여

　　멀리, 가까이에서 찾아온 그대들을 환영하

　　노라!

　　경들은 길운의 별들 아래 모였나니,

　　저 하늘엔 행운과 축복이 적혀 있도다.

　　하나, 말해보라. 이토록 좋은 날　　　　　4765

　　온갖 걱정 훨훨 털어버리고,

　　가장무도회처럼 가면이라도 쓰고

20

마냥 흥겹게 놀아보려 했는데,

왜 회의 같은 걸 열어 고생을 자초하는고?

하나, 피치 못할 일이라는 게 경들의 견해
인즉   4770

자, 회의를 시작하도록 하시오.

재상 지고한 성덕이 성자의 후광(後光)인 양

폐하의 머리를 감싸고 있으니, 오직 폐하께
옵서만이

그 성덕을 유효하게 발휘하실 수 있나이다.

그것은 정의옵니다!—만백성이 사랑하고,   4775

요구하고, 소망하고, 없으면 괴로워하는 것
이옵니다.

그것을 백성에게 베푸시는 건 오로지 폐하
께 달렸나이다.

하오나, 아아! 온 나라가 열병에 걸린 듯
들끓고,

악이 악에서 부화되고 있은즉,

인간 정신의 오성이, 심성의 선량함이,   4780

노동의 열의가 다 무슨 소용이란 말입니까?

이 높은 궁궐에서 넓은 나라를 내려다보면

마치 악몽을 꾸는 듯할 것입니다.

괴물들이 흉측한 꼴로 설쳐대고,

불법이 합법적으로 지배하는 등   4785

오류의 세상이 눈앞에 전개될 것입니다.

가축을 훔치고, 부녀자를 겁탈하고,
제단(祭壇)의 성배(聖杯), 십자가, 촛대를
　훔쳐가고도
여러 해 동안 몸의 털끝 하나 다치는 일
　없이,
오히려 그걸 자랑하고 있습니다.　　　　　4790
고소인들이 법정으로 몰려오는데,
재판관은 높은 의자 위에서 거들먹거리고
　있으니,
그동안 폭동의 소용돌이가 점증해
성난 파도로 물결칠 것입니다.
권세 있는 공범자의 비호를 받은 놈은　　4795
나쁜 짓을 하고도 큰소리를 치는데,
죄 없는 자가 자신만을 의지하다간
유죄!라는 언도만을 받을 뿐입니다.
이렇게 온 세상 산산이 조각나고,
당연한 일이 파멸하니,　　　　　　　　4800
이래서야 어찌 우리를 바른길로 인도할
참된 뜻이 발전할 수 있겠습니까?
옳고 바른 사람도 마침내는
아첨하고 뇌물이나 쓰는 인간으로 전락하고,
법대로 처벌하지 못하는 재판관은　　　　4805
결국 범죄자들과 한통속이 되고 말 것입
　니다.

소신이 그림을 검게 그린 듯하오나,

차라리 더 두꺼운 포장으로 그림을 덮어버

　　리고 싶나이다.

(잠시 사이를 두고)

이제 결단이 불가피합니다.

모두 가해자가 되고 피해자가 되면,　　　　　4810

폐하의 위엄마저 잃게 될 것입니다.

국방장관 이 난세에 저마다 미쳐 날뛰는 꼴이라니요!

저마다 때리고 얻어맞고 하는 터라

윗사람 명령 따위는 마이동풍 격이옵니다.

시민들은 성벽의 뒤편에서,　　　　　　　　4815

기사들은 암벽의 소굴에서,

도당을 짜서 우리에게 항거하며

그들의 세력을 굳히고 있나이다.

용병(傭兵)들은 참지 못하고

그들의 급료를 격렬히 요구하고 있는데,　　4820

만일 우리가 밀린 돈을 깨끗이 지불하면,

그들은 남김없이 이곳을 떠날 것입니다.

하오나 그들이 원하는 걸 거절하기라도 하

　　는 날엔

마치 벌집을 쑤셔놓은 꼴이 될 것입니다.

그들이 수호해야 할 이 나라가　　　　　　4825

약탈당하고 황폐화된 채 버려져 있습니다.

미친 듯한 그들의 횡포를 내버려둔 결과

국토의 절반은 이미 잃은 것이나 다름없으며,

변방에 아직 제후들이 있다 하나

누구 하나 제 일처럼 걱정하는 자 없나이다.　4830

재무장관 어찌 동맹 맺은 왕후(王侯)들을 믿을 수 있

　　으리까?

우리에게 약속했던 원조(援助)는

수돗물이 끊기듯 중단되고 말았나이다.

그뿐이 아닙니다, 폐하, 이 넓은 국토 안에서

소유권이 누구에게 넘어갔는지 아시는지요?　4835

어딜 가든, 새로운 자들이 주인인 양

간섭받지 않고 살려고 하건만,

그들이 하는 대로 방관할 수밖에 없는 실

　　정입니다.

너무나 많은 권리를 방임해 버린 결과

우리 정부엔 아무 권한도 남아 있질 않습

　　니다.　　　　　　　　　　　　　　　4840

소위 당파라는 것 역시

오늘날에는 전혀 믿을 수가 없습니다.

그들이 비난을 하든, 찬양을 하든

사랑과 증오가 다 매한가지가 되고 말았나

　　이다.

황제당이건 교황당이건 모두 몸을 숨기고　4845

안일한 생활만을 탐하고 있습니다.

이제 와서 누가 이웃을 도와주려 하겠습니까?

모두들 제 할 일에만 매달려 있을 뿐입니다.

금고의 문이 닫혀 있건만,

저마다 긁어내고, 파내고, 모아서 4850

우리의 국고는 텅 비어 있는 상태입니다.

궁내부 장관 소신 역시 커다란 곤경을 겪고 있나이다!

매일매일 절약해 보려고 하오나,

나날이 지출이 늘어가기만 하니

신의 걱정 또한 나날이 늘어갈 뿐입니다. 4855

요리사들은 아직 궁핍함을 모릅니다.

산돼지, 사슴, 토끼, 노루,

칠면조, 닭, 거위, 오리 등

현물로 바치는 확실한 공물은

아직 상당히 들어오고 있기 때문입니다. 4860

하오나 결국 바닥이 난 것은 포도주입니다.

이전엔 지하실에 술통이 가득 쌓이고

산지(産地)와 연도(年度)도 최상의 것이었
　　는데,

귀하신 양반들이 한없이 퍼마시는 바람에

이젠 마지막 한 방울까지 동이 나고 말았
　　나이다. 4865

관청의 재고품까지 소매로 팔고 있지만,

큰 잔으로 들이켜고, 사발로 마셔대니

성찬이 주안상 밑에 흩어져도 모를 지경입
　　니다.

이제 계산하고 값을 치르는 게 소신의 임
　　무인데,

유대인 상인들은 몰인정하기 짝이 없어 　　　4870

세입(歲入)을 담보해야 돈을 꾸어주는 까
　　닭에,

해마다 다음 해 수입을 앞당겨 먹고 있는
　　실정입니다.

돼지들은 살찔 겨를이 없고,

침상의 이부자리도 저당잡힌 채

수라상의 빵도 외상으로 올려야 할 지경입
　　니다.　　　　　　　　　　　　　　4875

황제　(잠시 생각하다가 메피스토펠레스에게)

여봐라, 너 어릿광대에게도 무슨 고충이
　　있더냐?

메피스토펠레스　소인 말씀이옵니까? 없나이다. 폐하와 귀
　　하신 분들의

위광(威光)만을 두루 우러르고 있나이다!

폐하께서 거역할 수 없는 명령을 내리시면,

종래의 권능으로 적들을 물리치시고, 　　　4880

지혜의 힘으로 선한 의지와 다양한 활동력
　　을 갖추고 계시온데

어찌 신망이 부족하다 하오리까?

만조백관이 별처럼 빛나고 있는데,

무엇이 작당하여 재난과 어둠을 초래할 수

	있겠나이까?	
투덜대는 소리	교활한 놈이로다― 제법 사리가 분명한데―	4885
	거짓말로 알랑대는군― 얼마나 오래갈까―	
	난 벌써 알겠어 ― 녀석의 시커먼 뱃속을―	
	그다음 어떻게 나올까? ― 저 꿍꿍이가―	
메피스토펠레스	이 세상에 결핍이 없는 곳이 어디 있겠나	
	이까?	
	여기엔 이것이, 저기엔 저것이 없지만, 이	
	나라엔 돈이 부족한 줄 압니다.	4890
	물론 돈을 마룻바닥에서 긁어모을 순 없	
	어도,	
	지혜의 힘을 빌리면 아무리 깊은 곳에서도	
	파낼 수 있나이다.	
	산의 광맥이나 성벽 밑에서도	
	주조된 금화건 그렇지 않은 금이건 찾아낼	
	수 있나이다.	
	그걸 누가 캐낼 수 있는가 물으신다면,	4895
	재능 있는 자의 천성과 정신의 힘이라고	
	말씀드리겠습니다.	
재상	천성과 정신이라 ― 그건 기독교인에게 할	
	말이 아니다.	
	그런 말은 지극히 위험하기 때문에	
	무신론자를 화형에 처하는 것이오.	
	천성은 죄악이요, 정신은 악마이외다.	4900

이 둘 사이에서 의혹이라는

기형적인 잡종이 생겨나는 것이지.

그건 가당찮은 일이오! — 폐하의 오랜 이
　나라에는

두 명문만이 존립하면서

폐하의 옥좌를 기품 있게 받들고 있소.　　　4905

성직자와 기사가 바로 그들인데,

그들은 어떤 폭풍우에도 맞서면서

그 대가로 교회와 국가를 위임 맡은 것이오.

하나 정신이 혼란한 천민 근성에서는

반항심만 자라나게 마련이니,　　　　　　　4910

이단자와 마술사들이 바로 그들이오!

그런 무리가 결국 도성과 국가를 망치고
　마는 거외다.

네놈은 지금 뻔뻔스러운 농담을 하면서

그런 무리를 고귀한 궁성으로 끌어들이려
　하는 것이다.

경들은 이 타락한 심보를 경계하시오.　　　4915

이 바보는 바로 그놈들과 한통속이외다.

메피스토펠레스　말씀을 듣자오니 고명한 학자님임을 알겠
　습니다!

당신들 손으로 만져보지 않은 건 수십 리
　밖에 있고

당신들이 잡지 않은 건 아예 존재하지도

않으며,

당신들이 셈하지 않은 건 사실이 아니라
　생각하고,　　　　　　　　　　　　　　　　4920

당신들이 달아보지 않은 건 무게가 없으며,

당신들이 주조하지 않은 돈은 통용될 수
　없다고 믿는 거지요.

황제　그런 말로 우리의 결핍이 해결되는 게 아
　니다.

단식절(斷食節)의 설교 같은 소리로 뭘 어
　쩌겠다는 건가?

밤낮 이러면 어떨까, 저러면 어떨까 하는
　말에 신물이 난다.　　　　　　　　　　　4925

돈이 없다니, 그럼 좋다. 돈을 만들도록 하라.

메피스토펠레스　원하시는 대로, 아니 그 이상으로 만들어
　올리겠나이다.

그건 쉬운 일이오나, 쉬운 게 실인즉 더 어
　려운 법이지요.

돈은 이미 여기 있습니다. 하오나 그것을
　손에 넣는 일,

그것이 기술입지요. 누가 그 일에 착수할
　수 있을까요?　　　　　　　　　　　　　4930

생각해 보십시오. 일찍이 이방인의 무리가
　홍수처럼 밀려와

나라와 백성을 집어삼켰던 저 공포의 시대에

이런저런 사람들이 너무나 겁에 질려
자신의 가장 귀한 물건을 여기저기에 감춰
　　놓았습니다.
그것은 강력한 로마 시대부터 시작해　　　　4935
어제까지, 아니 오늘까지도 계속되고 있습
　　니다.
그 모든 것 땅속에 고이 묻혀 있은즉,
땅은 폐하의 것, 폐하께옵선 당연히 그것
　　을 가질 수 있습니다.

재무장관　바보치곤 제법 그럴듯한 말을 하는데.
사실 그것은 예로부터 황제의 권리입지요.　4940

재상　마귀가 여러분에게 금실로 짠 올가미를 치
　　고 있소이다.
신의 뜻에 맞는, 옳은 일이 아닌 것 같아요.

궁내부 장관　궁중에서 필요한 재물만 만들어준다면,
약간의 부정이야 눈감을 용의가 있소이다.

국방장관　저 바보 녀석 영리한데요. 모두들 원하는
　　걸 약속하다니.　　　　　　　　　　　4945
병정들은 돈의 출처 따위야 묻지도 않을
　　거요.

메피스토펠레스　만약 여러분이 제게 속는다고 생각되시거든
여기 좋은 분이 계십니다! 이 박사님께 여
　　쭈어보십시오!
이분은 별의 시간과 운행을 속속들이 알

고 계시니,

자, 말씀해 주소서. 오늘의 천문은 어떻습

니까?   4950

투덜대는 소리   두 놈이 다 악당이다— 벌써 의기가 통한

모양이지—

바보와 공상가가— 옥좌에 저리 가까이

있다니—

싫증나게 불러댄— 낡은 가락이다—

바보 놈이 바람을 넣고— 박사가 지껄여

대는구나—

천문박사   (메피스토펠레스가 속삭이는 대로 떠들어댄다)

태양 자체가 바로 순금이옵니다.[5]   4955

시종인 수성은 총애와 보수 때문에 일하고,

금성 부인은 여러분을 유혹하면서

아침저녁으로 사랑의 눈길을 보냅니다.

순결한 달님은 심술궂은 변덕쟁이,

화성은 불태우진 않지만 힘으로 위협하고,   4960

목성은 변함없이 가장 아름다운 빛을 내

고 있으며,

토성은 크지만, 눈에는 멀고 작게 보입니다.

그건 금속으로선 별로 환영을 받지 못해요.

---

5) 점성술과 연금술에서 칠성(七星)은 각각 하나의 금속을 대표한다. 즉 태
양=금, 달=은, 수성=수은, 금성=동, 화성=철, 목성=주석, 토성=납.

무겁기는 하지만 값어치가 없기 때문입니다.

그렇습니다! 해와 달이 정답게 어울리면,　　　4965

금과 은이 화합하니 유쾌한 세상이 되고,

그 밖의 것은 무엇이나 얻을 수 있습니다.

궁궐이건, 정원이건, 유방이건, 발그레한
　　뺨이건

고명한 학자께선 무엇이든지 만들 수가 있
　　지요.

우리 중 아무도 할 수 없는 일을 거뜬히
　　해낼 수 있답니다.　　　4970

황제　그의 말이 이중으로 들려

무슨 뜻인지 납득이 되지 않는구나.

투덜대는 소리　그게 우리에게 무슨 소용이 있담? —알맹
　　이 없는 재담이야—

달력으로 치는 점이거나— 연금술이야—

자주 들은 소리지만— 늘 기대에 어긋났
　　었지—　　　4975

그 사람이 온다고 해도— 아마 사기꾼일
　　거야—

메피스토펠레스　모두들 둘러서서 놀라면서도

엄청난 발견을 믿지 않는군요.

어떤 이는 알라우네[6]의 효험이라는 둥,

어떤 이는 검정 개의 짓이라는 둥 헛소릴
　　합니다.　　　4980

어떤 이는 빈정거리고,

어떤 이는 요술이라고 비난하지만, 천만의

　　말씀.

그도 한 번쯤 간지럽거나,[7]

잘 걷던 걸음 휘청할 때가 있을 텐데요.

여러분은 모두 영원히 지배하는 자연의　　　　4985

은밀한 작용을 느낄 것입니다.

대지의 깊숙한 영역으로부터

생명의 흔적이 솟구쳐 올라옵니다.

온통 사지가 꼬집히는 듯하거나

서 있는 곳이 섬뜩하게 느껴지거든　　　　　4990

지체 없이 그 자리를 파헤쳐보십시오.

그곳에 악사(樂士)가 있거나 보화가 묻혀

　　있을 것입니다![8]

투덜대는 소리　내 발이 납덩이처럼 무거워지는걸 ―

내 팔에 경련이 이는데 ― 이건 통풍(痛風)

　　이야 ―

엄지발가락이 근질거리는구나 ―　　　　　4995

등이 온통 쑤시는걸 ―

---

6) Alraune. 마술의 힘을 가진 추악한 작은 요정. 지하의 보물을 지킨다고
한다.
7) 발바닥이 간지러운 곳을 파보면 보물이 나온다는 미신이 있다.
8) 걸어가다가 헛다리를 짚거나 걸려 넘어지면 그 자리에 악사나 재물이 묻
혀 있다는 미신이 있다.

이런 징조로 미루어보건대 여기엔 —

엄청난 보물이 묻혀 있겠군.

황제 서둘러라! 너는 다시 빠져나가지 못하리라.

네 물거품 같은 거짓말을 증명해 보이고,   5000

그 고귀한 장소를 우리에게 당장 알릴지어다.

네 말이 거짓이 아니라면,

짐은 검과 홀(笏)을 내려놓고

친히 이 고귀한 손으로 그 일을 완성하리라.

하나, 그것이 거짓이라면, 네놈은 지옥행인

줄 알렷다!   5005

메피스토펠레스 지옥 가는 길이라면 잘 찾을 수 있겠사오

만—

도처에 묻힌 채 기다리고 있는 보물을

어찌 일일이 알려드릴 수 있겠나이까?

밭고랑을 갈던 농부가

흙덩이와 함께 황금단지를 파내는 수도

있고,   5010

점토의 벽에서 초석(硝石)을 채취하다가

금빛 찬란한 돈꾸러미를 발견하고

가난한 손으로 움켜쥐고 기뻐하는 수도 있

나이다.

보물에 능통한 자라면

어떤 건물이든 폭파해야 하고,   5015

어떤 틈새, 어떤 갱도,

심지어 지옥의 근처까지도 밀고 들어가야

   합니다!

오래 보존된, 널찍한 지하실에는

황금으로 된 잔과 대접과 접시들이

줄지어 있는 게 보일 겁니다.   5020

루비로 만든 술잔도 있어

그것으로 한잔 마시려 하면,

그 옆에 해묵은 술통도 있습니다.

하지만― 이 전문가의 말을 믿을지 모르

   지만―

술통의 나무는 오래전에 썩어버리고,   5025

굳은 주석(酒石)이 술통처럼 술을 담고 있

   지요.

오직 황금과 보석뿐 아니라

이처럼 고귀한 술의 정수(精髓)까지도

어둡고 두려운 곳에 숨겨져 있답니다.

현자는 이런 곳을 끈기 있게 찾아보는 것

   이지요.   5030

밝은 낮에 인식한다는 건 어린애 장난 같

   은 것,

신비로운 건 어둠 속에 깃들어 있는 법이

   오이다.

황제 그런 건 네게 맡기노라! 어둠 따위가 무슨

   소용이냐?

가치 있는 건 밖으로 끌어내야 하는 법.

누가 깊은 밤에 악당을 제대로 구별할 수

   있으리? 5035

검은 건 암소요, 고양이는 잿빛이게 마련

   이다.

저 아래 황금이 가득한 항아리들을—

쟁기를 써서 밝은 곳으로 파내도록 하라.

메피스토펠레스 괭이와 삽을 들고 친히 파시옵소서.

농부의 일은 폐하를 위대하게 할 것이며, 5040

금송아지들이 떼를 지어

땅에서 솟아날 것입니다.

그리되면 거리낌 없이 황홀한 기분으로

폐하는 물론, 사랑하는 여인까지 치장해

   주실 수 있을 것입니다.

빛깔과 광택이 찬란한 보석은 5045

아름다움과 위엄을 더욱 높여줄 것이오이다.

황제 당장 시작하라, 당장! 언제까지 지체할 작

   정인고!

천문박사 (먼젓번과 같이) 폐하, 그처럼 성급한 욕망

   을 진정하옵고,

갖가지 즐거운 유희를 우선 끝내옵소서.

산란한 마음으로는 목적을 달성하기 어렵

   나이다. 5050

우선 평온한 가운데 속죄를 함으로써

천상의 것을 통해 지하의 것을 얻어야 합
　니다.
선을 원하는 자, 우선 자신이 선해야 하며,
기쁨을 원하는 자, 자신의 혈기를 달래야
　하며,
술을 갈망하는 자, 익은 포도알을 짜야 할
　것이며,　　　　　　　　　　　　　　5055
기적을 바라는 자, 자신의 믿음을 굳게 해
　야 합니다.

황제　그렇다면 유쾌한 일로 시간을 보내두록 하
　자꾸나!
마침 고대하던 성회(聖灰) 수요일[9]도 다가
　오고 있도다.
어쨌든 그동안 우리는 더욱 흥겹게
성대한 사육제를 보내도록 하자.　　　　5060
　　　　　　　　　(나팔소리 울리며 퇴장한다)

메피스토펠레스　업적과 행복이 서로 연결지어 있다는 사실을
저 바보 놈들은 결코 깨닫지 못하는구나.
설사 저자들이 현자의 돌[10]을 가졌다 할

---

9) Aschermittwoch. 부활절 전 46일째의 수요일로서 사순절의 제1일로 재
의 수요일로 불린다. 사육제의 이튿날이 되며 신자는 이날 참회의 뜻으로
머리에 재를 뿌린다.
10) 옛날 연금술사들이 사용했다는 신비의 돌.

지라도,

그 돌엔 현자가 따르지 않을걸.

곁방들이 딸린 넓은 홀[11]

가장무도회를 위해 장식되어 있다.

의전관 여러분은 악마춤, 바보춤, 해골춤이 성행하는   5065

독일 안에 있다고 생각지 마십시오.

유쾌한 축제가 여러분들을 기다리고 있습

  니다.

폐하께옵선 로마 원정길에

당신 자신을 위해, 또 여러분을 즐겁게 하

  기 위해

험준한 알프스산맥을 넘어   5070

이 명랑한 나라를 손에 넣으셨습니다.

폐하께선 교황의 성화(聖靴)에 입맞추시며

우선 통치권을 간구하시고,

황제의 관(冠)을 받으러 가셨을 때는

우리에게 광대 모자까지 갖다주셨습니다.   5075

---

11) 사육제의 가장무도회 장면을 묘사한 부분으로, 괴테가 로마의 사육제
를 연상하며 썼다고 한다.

그래서 우리는 모두 새로 태어난 사람처럼
　되었지요.
누구든 처세에 능한 사람은
이 모자를 귀밑까지 푹 눌러써 보세요.
얼핏 보기에 미치광이 바보 같지만
모자 밑에선 무슨 일이나 할 수 있을 듯
　똑똑해진답니다.　　　　　　　　　　5080
보아하니 벌써 떼를 지어 몰려오는군요.
혼자 흔들거리기도 하고, 정답게 짝을 짓기
　도 히고요.
합창대들도 꼬리를 물고 밀어닥칩니다.
들락날락 온통 난리법석이군요.
하지만 오만 가지 지랄을 떤다 해도,　　　5085
세상이란 결국 예나 마찬가지로
오로지 크나큰 바보에 불과할 것입니다.

여자 정원사들　(만돌린의 반주에 맞추어 노래한다)
　　여러분의 박수를 받고 싶어
　　우리 피렌체의 아가씨들,
　　오늘 밤 몸치장 예쁘게 하고,　　　　5090
　　화려한 독일 궁전 찾아왔어요.

　　갈색으로 일렁이는 고수머리엔
　　예쁜 꽃 몇 송이 멋으로 꽂았어요.
　　비단실 비단 솜뭉치가 여기선

멋진 조화(造花)를 만들어주지요.   5095

공들여 치장한 보람이 있어
정말로 칭찬이 자자할 거예요.
우리 손으로 만든 화려한 꽃들
사시사철 언제나 피어 있을 거예요.
갖가지 색종이를 곱게 잘라서   5100
좌우가 똑같게 맞췄답니다.
한조각 한조각은 우습겠지만
전체를 보시면 반할 거예요.

우리들 정원에서 일하는 처녀들
보기에 귀엽고 깔끔할 거예요.   5105
여인들이 타고난 천성부터가
너무나 예술과 가까우니까요.

의전관 너희들 머리에 이고 가는 바구니와
팔에 걸고 가는 바구니에서
아롱다롱 넘실대는 꽃들을 보여주고,   5110
누구에게나 원하는 걸 골라드리렴.
서두르세요. 이 정자와 오솔길들이
꽃밭이 되도록 말입니다!
꽃 파는 아가씨들이나 꽃들이나
달려와 구경할 만합니다.   5115

여자 정원사들	이 흥겨운 곳에서 꽃을 사세요.
	하지만 여긴 장터가 아니에요!
	사시는 분껜 모두 알려드리죠.
	몇 마디 말로 꽃의 의미를.

열매 달린 올리브 가지	나는 어떤 꽃송이도 시기하지 않고	5120
	어떤 싸움이든 피한답니다.
	그런 건 내 천성에 맞지 않으니까요.
	이 몸은 땅의 정화(精華)이며,
	확실한 담보물로서 어느 곳에서나
	평화의 상징이 되지요.	5125
	오늘은 바라건대 아름다운 머리를
	기품 있게 장식하고 싶습니다.

이삭으로 만든 화환(황금빛)	케레스[12]의 선물로 치장하시면,
	귀엽고 사랑스럽게 어울릴 거예요.
	쓸모 있어 환영받는 이 이삭이	5130
	여러분을 치장하는 데도 좋을 거예요.

환상의 화환	당아욱 비슷한 오색의 꽃들,
	이끼에서 피어나니 신기하구나!
	자연에선 흔하지 않더라도
	유행이 그런 걸 만들어내지요.	5135

| 환상의 꽃다발 | 내 이름을 여러분에게 가르쳐주는 건 |
| | 테오프라스토스[13] 선생도 못 할 거예요. |

---

12) Ceres. 고대 로마의 곡식의 여신. 그리스신화의 데메테르에 해당한다.

모든 사람에겐 아니더라도,

많은 여인들의 마음에 들어

그분들의 소유가 되고 싶어요.   5140

날 머리에 꽂아주시거나,

마음을 정하시어 앞가슴에라도

내 자리를 마련해 주셨으면 해요.

장미꽃 봉오리(도전)[14] 다채로운 환상의 꽃들은

나날의 유행 따라 피어도 좋겠지.   5145

자연이 결코 나타낸 적 없는

신기한 모습을 보여줘도 좋겠지.

초록빛 줄기에 황금빛 꽃망울,

탐스러운 고수머리 사이로 내다보네! ─

하지만 우리는 숨어 있겠어요.   5150

싱싱한 우리 찾아내는 자, 복될 거예요.

여름 온다는 소식이 전해지고

장미꽃 봉오리에 불이 붙으면,

누가 이 즐거움을 마다할까요?

약속을 하고 지키는 일은   5155

꽃나라에선 눈과 마음

동시에 지배하는 것이랍니다.

---

13) Theophrastos. 기원전 4세기경의 그리스 철학자 및 식물학자. 식물학의
아버지로 불린다.

14) Ausforderung. 자연생 장미꽃의 조화(造花)에 대해 도전.

정자로 가는 푸른 산책길에서 여자 정원사들이
그들의 상품을 곱게 꾸미고 있다.

남자 정원사들   (테오르베¹⁵⁾의 반주에 맞춰 노래한다)
보십시오. 꽃들이 조용히 피어나
그대들의 머리를 곱게 꾸며주는 걸.
그러나 열매는 유혹하지 않으니,   5160
맛보고 즐길 수 있는 것이죠.

버찌, 복숭아, 자두 열매가
갈색으로 그을린 얼굴을 내밀었으니,
사십시오! 혀와 입을 빌리지 않고
눈만으론 판단하기 어렵습니다.   5165

오십시오. 이 무르익은 과일들을
유쾌하고 맛있게 잡숴보세요!
장미라면 시구로 읊을 수 있지만,
사과는 깨물어야 맛을 알지요.

허락해 주시오. 우리도 이웃답게   5170
풍성한 젊음의 꽃과 어울리도록
잘 익은 열매들을 산더미처럼

---

15) Theorbe. 14 내지 16현(絃)의 목이 긴 이탈리아 악기.

보기 좋게 쌓아놓겠소이다.

재미나게 얽힌 가지 아래서,
아름답게 장식된 정자 안에서   5175
무엇이든 당장 찾을 수 있습니다.
봉오리며 잎사귀며 꽃이며 열매를.

　　기타와 테오르베의 반주에 맞추어 교대로 노래하면서, 두
패의 합창대가 손님들에게 팔기 위해 꽃과 과일을 차곡차곡
쌓아올린다. 어머니와 딸, 등장한다.

어머니　　아가야, 네가 세상에 태어났을 때,
　　　　　예쁜 모자를 씌워 치장해 주었단다.
　　　　　얼굴은 정말로 귀여웠고,   5180
　　　　　작은 몸매 나긋나긋했었단다.
　　　　　당장에 새색시가 된 것처럼,
　　　　　부잣집 며느리가 된 것처럼,
　　　　　귀부인이 된 것처럼 생각했단다.

　　　　　아아! 어느덧 오랜 세월이   5185
　　　　　덧없이 흘러가 버렸구나.
　　　　　떼지어 몰려오던 많은 구혼자들
　　　　　어느새 모두 사라져버렸구나.
　　　　　한 남자와 신나게 춤을 추면서,

다른 남자에게 눈짓을 보내며   5190
옆구리를 찌르기도 했었건만.

어떤 잔치를 벌여보아도
아무 소용이 없었으며,
벌금놀이, 술레잡기 놀이도
별 도움이 되지 못했지.   5195
오늘은 모두 바보처럼 노는 날이니
애야, 너도 가슴 살짝 열어 유혹해 보렴.
혹시 한 녀석 걸려들지 모르니까.

　　젊고 아름다운 여자 친구들이 끼어들어 정답게 웃고 떠들
어댄다. 어부와 새 잡는 사냥꾼들이 그물, 낚싯대, 끈끈이 장대
와 그 밖에 다른 도구들을 가지고 나타나 아름다운 소녀들 사
이에 섞인다. 서로 유혹하고, 붙들고, 도망치고, 잡아두려고 하
면서 즐거운 대화의 장이 벌어진다.

　　나무꾼　(사납고 거친 태도로 등장) 비켜라! 비켜라!
자리가 필요하다.   5200
우리가 나무를 찍으면
우지끈 쿵쾅 쓰러진다.
짊어지고 가노라면
여기저기 부딪친다.
우리 자랑 한마디 할 테니   5205

똑똑히 명심해 두어라.

거칠게 일하는 놈

이 나라에 없으면,

똑똑한 척하지만

귀하신 양반네들   5210

어떻게 살아가지?

이것만은 알아두라고!

우리가 땀 흘리지 않으면,

당신들은 얼어죽을걸.

어릿광대   (어눌하게, 마치 바보처럼)

너희들은 바─보   5215

날 때부터 꼬부랑이.

우리들은 똑똑이

짐 져본 일 없지.

우리들의 벙거지

저고리와 누더기   5220

정말 가볍단다.

기분이 좋아서

어슬렁어슬렁

슬리퍼 끌고서

장터나 구경할까   5225

이리저리 빙빙.

멍청히 섰다가

고함도 질렀다가.

시끌벅적한

사람들 사이로 5230

미꾸라지처럼 슬쩍.

우리 모두 껑충껑충

미쳐 날뛴다.

칭찬을 듣건

욕지거리를 듣건 5235

아무러면 어때.

식객들 (비위를 맞추며 탐나는 듯)

당신네 씩씩한 나무꾼들

당신들의 의형제인

숯 굽는 사람들

우리에겐 모두 소중한 분이오. 5240

언제나 굽신대고

지당한 말씀이라 끄덕이고

속 보이는 빈말만 하고

상대방의 기분에 따라

따뜻해졌다 차졌다 5245

두 가지 얼굴을 한들

그게 무슨 소용이겠소?

그야 하늘에서도

거대한 불길이

내려올지 모르지만 5250

그래도 장작과

숯이 없다면

아궁이 가득히

이글이글 지피지 못할 거요.

굽고 끓이고   5255

지지고 볶지도 못할 거요.

진짜 식도락가,

접시까지 핥는 자

냄새로 구운 고기 알아맞히고

보지 않고도 생선인 줄 짐작하지요.   5260

그래야 주인집 식탁에서

실력 발휘를 할 수 있지요.

술주정꾼 (제정신을 잃은 채) 오늘은 아무도 내 비위

를 거스르지 마라!

훨훨 날 듯 자유로운 기분인걸.

신선한 기쁨16)과 유쾌한 노래들,   5265

그건 내가 손수 가져온 것이니라.

그래서 나는 마신다! 마시고말고!

자, 건배하자! 쨍그랑쨍그랑!

저 뒤쪽 양반 이리 나오시오!

건배합시다. 옳지, 됐어요.   5270

---

16) Lust. 판본에 따라서는 '공기(Luft)'로 된 것도 있다. 옛 독일 문자에서
s와 f가 비슷하기 때문에 생긴 혼란일 것이다.

우리 마누라 성나서 소리지르며
이 색동옷 보고 얼굴 찌푸렸지.
아무리 내가 뻐겨보아도
무도회 옷걸이 같다고 나무라더군.
하지만 난 마신다! 마시고말고!   5275
잔을 부딪치자! 쨍그랑 쨍그랑!
무도회 옷걸이들아, 건배를 하자!
쨍그랑 소리 나니 얼마나 좋으냐.

날 보고 헤매는 놈이라 말하지 마라.
마음 내키는 곳에 와 있으니까.   5280
주인이 거절하면 안주인이 외상술 줄
　　것이고
나중엔 색시가 줄 테지.
아무튼 나는 마신다! 마시고말고!
자, 다른 분도 들어요, 쨍그랑쨍그랑!
한 사람 한 사람씩! 계속 부딪쳐라!   5285
옳거니, 제대로 돌아간다.

어디서 어떻게 재미를 보든
상관들 하지 말란 말이야.
날 누운 대로 내버려두란 말이야.
더 서 있고 싶지가 않으니까.   5290

합창   형제들이여, 마시자 마시자!

신나게 건배하세. 쨍그랑쨍그랑!

벤치나 널빤지 위에 단단히 앉아라!

식탁 밑에 떨어지면 끝장이니까.

의전관이 여러 시인의 등장을 알린다. 자연 시인, 궁정 시
인, 기사 시인, 감상 시인, 열정 시인 등이다. 저마다 앞을 다
투어 다른 시인에게 낭독의 기회를 주지 않는다. 한 사람이 몇
마디 읊조리더니 슬그머니 사라진다.

풍자 시인   그대들은 아는가, 나 같은 시인을   5295

정말 즐겁게 하는 게 무엇인가를?

아무도 듣고 싶지 않은 것을

나, 노래하고 말하련다.

밤의 시인과 묘지 시인[17]이 불참한 데 대한 사과의 말을 전
해온다. 그들은 새로 나타난 흡혈귀와 흥미진진한 대화를 나
누는 중이며, 거기서 어쩌면 새로운 시의 형태가 생겨날지도
모른다는 것이다. 의전관은 그것을 인정하고, 그동안 그리스
신화의 인물들을 불러낸다. 그들은 근대적인 가장을 하고 있

---

17) 낭만주의 작가 에른스트 테오도어 아마데우스 호프만(Ernst Theodor
Amadeus Hoffmann, 1776~1822)을 가리킨다. 당시 미국의 존 윌리엄 폴리
도리(John William Polidori, 1795~1821)가 쓴 「흡혈귀」가 독일에서도 화제
가 되었다.

지만, 그 특성과 매력을 잃지 않고 있다.

우미(優美)의 여신들

아글라이아　우리는 인생에 우아함을 부여하노니

물건을 선사하는 데도 우아함이 깃들

어야 하느니라.　　　　　　　　　5300

헤게모네　받는 데도 우아함이 있을지어니 소원을

이룬 것이

기쁘기 때문이라.

오이프로지네　평화로운 날이 계속되는 동안에는

감사의 마음도 지극히 우아해야 하리라.

운명의 여신들[18]

아트로포스　가장 나이 많은 내가 이번에　　　　5305

실을 잣도록 초대받았노라.

가냘픈 생명의 실 잣고 있노라면

생각할 것도 많고, 마음 쓸 것도 많다네.

---

18) 세 여신 중 클로토는 생명의 실을 잣고, 라케시스는 그 실을 가르고, 아
트로포스는 가위로 실을 자른다고 한다. 괴테는 여기서 클로토와 아트로포
스의 역할을 바꿔놓았다.

나긋나긋 부드러운 실을 짜려고
제일 좋은 아마(亞麻)를 골라잡았네.   5310
매끈하고 날씬하고 곧게 되도록
능숙한 손가락으로 매만지리라.
흥겨움에 넘치든 춤을 추든
흥취가 너무 고조되거든,
이 실오리의 한계를 생각해서   5315
조심할지어다! 끊어지지 않도록.

클로토   지난 며칠 동안 이 가위가
          내 손에 맡겨진 걸 알아두세요.
          우리 언니가 하시는 일을
          못 미더워하기 때문입니다.   5320

          아주 쓸모없는 실오리들은
          빛과 바람 속에 오래 잡아매 놓고,
          찬란하기 짝이 없는 희망의 실은
          잘라서 무덤으로 끌고 간답니다.

          그러나 나 역시 젊은 혈기에   5325
          벌써 여러 번 잘못을 저질렀죠.
          오늘은 나 자신을 억제하려고
          가위를 가위집에 넣어두었죠.

그래서 기꺼이 속박당하며

이곳에서 정답게 바라보지요. 5330

이 자유로운 시간만이라도

그대들 마음껏 놀아보라고요.

라케시스 나 혼자만이 분별을 알기에

질서를 유지하는 역할을 맡았죠.

나의 물레는 끊임없이 돌아가면서 5335

한 번도 성급한 적이 없었어요.

실이 ㅏ오면 물레에 감고,

한가닥 한가닥 제 길로 이끌지요.

어느 것 하나 어긋나지 않으니

뱅글뱅글 잘도 돌아가지요. 5340

내가 한번 정신을 팔게 되면,

당장 온 세상이 불안해질 거예요.

시간을 헤아리고, 세월을 저울질하며

실 짜는 조물주 운명의 실타래를 잡고

있지요.

의전관 여러분이 고서(古書)에 아무리 능통하다

할지라도 5345

지금 나오는 여신들은 알지 못할 것입니다.

못된 짓을 많이 했지만,

여러분은 겉만 보고 반가운 손님으로 맞겠
　　지요.

아무도 믿지 않겠지만, 바로 복수의 여신[19]
　　들입니다.
예쁘고 날씬한데다, 다정스럽고 나이도 젊
　　습니다.　　　　　　　　　　　　　　5350
사귀어보면 알게 될 것입니다.
저 비둘기들이 어떻게 뱀처럼 물어뜯는가를.

음흉한 여인들이지만, 그러나 오늘만은
모든 바보가 자신의 멍청함을 자랑하는
　　날이니,
그들도 천사의 명예까진 바라지 않고,　　5355
도시와 시골의 재앙거리쯤으로 자처하지요.

　　　　　　복수의 여신들

알렉토　무슨 소용이 있어요? 결국 우리를 믿게 될
　　걸요.
우리는 예쁘고 젊은데다가 고양이처럼 애

---

19) die Furien. 고대 신화에선 무섭고 추악한 노파의 형상이나, 이 무도회에
선 젊고 아름다운 모습이다.

교가 있으니까요.

그대들 가운데 누가 애인을 갖게 되면

귀가 간지럽도록 아양을 떨고는,   5360

눈과 눈을 마주보며 말할 거예요.

그년은 이놈 저놈에게도 추파를 보내고,

우둔한 머리에 허리를 구부정, 다리까지
　　절름대니

당신의 신붓감으론 쓸모가 없답니다.

그다음 여자 쪽에는 이렇게 위협할 거예요.   5365

당신의 애인은 몇 주일 전에

어떤 여자에게 당신의 험담을 하더군요!

그러면 화해를 해도 뒷맛이 개운치 않겠지요.

메게라　그 정도는 장난이지! 그들이 인연을 맺게
　　되면,

이번엔 내가 나서서 어떤 경우에든   5370

아름다운 행복을 근심으로 망쳐놓겠어요.

사람도 변하고 시간도 변하는 것이니까요.

아무도 소망하던 것을 품 안에 간직할 수
　　없어요.

최상의 행복이라도 곧 익숙해지면,

어리석게도 더 탐나는 걸 그리워합니다.   5375

태양을 등지고 서리로 몸을 녹이려는 격이
지요.

나는 이런 일 다루는 법을 잘 압니다.
내 친구 아스모디[20]를 데려와
알맞은 시기에 불화의 씨를 뿌려선
짝을 이룬 인간들을 모조리 파멸시키는
거예요.   5380

티지포네   나는 배신자에게 독설을 퍼붓는 대신
독약을 풀고, 칼을 날카롭게 갈리라.
다른 여자를 사랑하게 되면 조만간에
파멸이 너를 엄습하리라.

잠시 동안의 달콤함이   5385
거품 부글대는 독약으로 변하리라!
여기엔 흥정도 에누리도 없나니 —
저지른 만큼 속죄해야 하리라.

아무도 용서를 찬양하지 말아라!
나, 바위를 향해 호소하노니,   5390

---

20) Asmodi. 『구약성서』 「토비아스서」 3장 8절에 나오는, 결혼을 파괴하는
악령.

메아리를 들어보라! 〈복수〉라고 대답
　　한다!

여자를 바꾼 자 죽어 마땅하리라.

의전관 여러분, 옆으로 좀 비켜주십시오!

지금 나오는 건 당신들과 같은 부류가 아
　　닙니다.

보시는 바와 같이 산이 하나 들이닥치고
　　있습니다.　　　　　　　　　　　　　5395

몸에는 현란한 양탄자를 자랑스럽게 두르고,

머리엔 긴 이빨과 뱀같이 긴 코를 달고 있
　　습니다.

신기하긴 하지만, 그것을 푸는 열쇠를 보여
　　드리지요.

그 목덜미엔 귀엽고 사랑스러운 여인이 앉아

가는 막대기로 그걸 잘 몰고 갑니다.　　5400

그 위에 서 있는 또 한 명의 화려하고 고상
　　한 부인,

광채로 둘러싸여 내 눈을 부시게 하는구나.

그 옆으로 사슬에 묶인 귀부인들이 걸어
　　가는데,

한 명은 불안해하고, 한 명은 즐거워 보입
　　니다.

한 명은 자유를 원하고, 한 명은 자유를
　　얻은 것 같습니다.　　　　　　　　　5405

자, 각자가 자신의 신분을 밝히시오!

공포   그을음을 내뿜는 횃불, 등불, 촛불 들이
시끌벅적한 축제를 흐릿하게 비춰준다.
이 거짓 가면들 사이에서
아아! 사슬이 날 꽁꽁 묶고 있도다.   5410

물러가라, 너희들 웃음을 짓는 무리들아!
히죽대는 웃음 수상쩍기만 하구나.
내 적수들이 모두
오늘 밤 내게 달려드는구나.

보라, 친구 하나가 또 적이 되었도다.   5415
그의 가면은 내가 벌써 알고 있지!
녀석이 날 죽이려다가
들통이 나니 꽁무니를 빼누나.
아아, 어느 쪽으로 가든
이 세상에서 도망쳤으면 좋겠다!   5420
하지만 저편에서 파멸이 위협하며
암흑과 공포 속에 날 가둬놓았다.

희망   안녕하세요, 사랑스러운 자매들!
어제도, 오늘도 여러분들
가면놀이에 흠뻑 취해 있지만,   5425

무엇보다 난 잘 안다오,
내일이면 가면을 벗으리란 걸!
이런 횃불 빛 아래선
우리, 별로 즐겁지 않아요.
하지만 명랑한 대낮엔   5430
모두 우리 마음대로 할 수 있지요.
때로는 친구들과 때로는 혼자서
아름다운 들판을 자유롭게 거닐죠.
쉬거나 일하거나 내 마음대로
아무 근심 없이 살아가면서   5435
아쉬운 것 없이 항상 노력하네.
어디서나 환영받는 손님이 되어
편안한 삶 살아봅시다.
틀림없이 어느 곳에선가
최상의 것 찾을 수 있으리니.   5440

지혜 인간의 가장 큰 적(敵) 두 가지
공포와 희망을 사슬에 묶어,
군중에게서 떼어놓으련다 ―
길을 비켜라! ―그대들은 구원되었다.

보라, 탑처럼 짐을 실은   5445
이 살아 있는 거상(巨象)을 몰고 가노라.
가파른 길을 한걸음 한걸음

이놈은 싫증내지 않고 걸어가누나.

그러나 저편 뾰족산 위엔

여신이 승리를 위해   5450

민첩한 날개 활짝 펴고

사방을 두루 살피고 있다.

주위를 에워싼 빛과 영광

사면팔방 먼 데까지 비추고 있네.

승리자를 자처하는 그녀   5455

모든 활동 다스리는 여신이니라.

초일로-테르시테스[21] 허허! 내가 마침 잘 왔군!

당신네들은 모조리 나쁘다고 욕해야겠는걸.

하지만 내가 목표로 삼은 건

저 위쪽 승리의 여신이다.   5460

하얀 날개를 두 개나 달고 있으니

무슨 독수리나 되는 줄 아는 모양이지.

아무 쪽으로나 얼굴을 돌리면

---

21) Zoilo-Thersites. 남을 헐뜯고서 쾌감을 느끼는 소인배 이 인을 합친 형태
의 인물로, 꼽추의 가면을 하고 있는 메피스토펠레스이다. 수사학자 초일로
는 호메로스 시에 대한 비판자였고, 테르시테스는 이 서사시의 등장인물로
트로이전쟁의 영웅들을 비방하다가 오디세우스의 지휘봉으로 얻어맞았다.

모두가 자기 백성, 자기 땅인 줄 착각하니
　말이야.
그러나, 무언가 명예스러운 일이 이루어지면,　5465
당장 화가 나서 못 견디겠단 말이야.
깊은 건 높다고, 높은 건 깊다고,
굽은 건 곧다고, 곧은 건 굽다고
그렇게 말해야만 속이 후련하거든.
이 세상 어디서나 그러고 싶단 말이야.　5470

의전관　이 개 같은 건달 놈아,
이 거룩한 막대기의 맛 좀 보아라!
당장 구부러지며 몸을 비트는구나! ─
난쟁이 두 놈을 겹쳐놓은 형상이
순식간에 역겨운 덩어리로 뭉치는군!　5475
거참 이상하다! ─ 덩어리가 계란으로 변
　한 다음
부풀어올라선 두 조각으로 갈라지네.
그 속에서 닮은 놈이 하나씩 나오는데
하나는 독사요, 하나는 박쥐로다.
독사는 먼지 속을 슬슬 기어다니고,　5480
박쥐는 시커멓게 천장으로 날아오른다.
놈들은 서둘러 나가 다시 합치려 하지만
나는 결코 한패가 되고 싶지 않아.

투덜대는 소리　기운 내! 저 안에선 벌써 춤추고 있어 ─
싫어! 나는 진작 돌아가고 싶었어 ─　5485

저 유령 같은 놈들이

우릴 둘러싸고 있다는 걸 느끼지?—

머리 위에선 쏴쏴 하는 소리가 들려—

난 발에서 그걸 느끼겠는걸—

우리 중엔 다친 사람이 없는데—   5490

모두들 겁을 먹고 있어—

흥겨운 자리가 온통 엉망이 되었군—

그건 저 짐승들의 짓거리였어.

의전관 나는 가장무도회가 열릴 때마다

의전관의 임무에 충실했죠.   5495

여러분의 이 즐거운 자리에

훼방꾼이 끼어들지 못하도록

착실하게 문간을 지키고 서서

동요하지도 물러서지도 않았습니다.

그러나 걱정되는 건, 창문을 통해   5500

바람 같은 유령들이 잠입하는 일입니다.

도깨비나 마술쟁이 앞에선

여러분을 지킬 수가 없군요.

난쟁이 놈도 수상쩍었지만,

보세요! 저 뒤편에서 억세게 밀려오는 게

　있습니다.   5505

저 형상이 의미하는 바를

직책상 설명하고 싶소만,

나 자신도 알지 못하는 걸

설명할 도리가 없군요.

모두 날 도와 좀 가르쳐주십시오! — 　　　　　5510

저 군중 속에서 흔들리며 오는 것이 보입

　　니까?

네 마리 용마(龍馬)가 끄는 화려한 마차가

모든 것을 헤치고 달려오는군요.

하지만 군중을 갈라놓지도 않고,

어디서도 혼란함을 볼 수 없습니다.　　　　5515

멀리선 형형색색 반짝거리고,

마법의 등불인 양 어지럽게

오색찬란한 별떨기들 빛납니다.

콧김을 내뿜으며 질풍처럼 달려오는 용마.

길을 비키세요! 나도 소름이 끼치네요!

마차를 모는 소년[22]　　　　　　　　　　　　　멈춰라! 5520

용마들아, 날개를 접어라.

이 익숙한 고삐를 느끼거든

내가 너희를 제어하듯 너희 자신을 제어하라.

내가 힘을 불어넣을 때만 달려야지 —

이 장소에선 체통을 지키도록 하자!　　　　5525

둘러보아라, 점점 늘어나는 군중이

경탄하며 우리를 에워싸고 있구나.

---

22) 괴테에 의하면, 3막에서 오이포리온으로 태어나는 영(靈)이 여기서 마
차 모는 소년으로 나타난 것이라 한다.

자, 의전관이여, 그대 나름대로

우리가 이곳을 떠나기 전에

우리를 묘사하고 소개해 보시구려.　　　　　5530

우리는 알레고리란 말이오.

물론 잘 알고는 있겠지만.

의전관 이름이야 댈 수 없지만,

당신의 모습을 설명할 순 있겠소.

마차를 모는 소년 그럼 해보시오!

의전관　　　　　　솔직히 말해서　　　　　5535

우선 그대는 젊고 아름답구려.

아직 미숙한 소년이지만, 그래도 여인들은

그대를 성숙한 남자로 보고자 할 거요.

내 보기에 그대는 장차 여자깨나 희롱할

타고난 난봉쟁이 같군요.　　　　　5540

마차를 모는 소년 그거 들을 만하군요! 계속하세요.

수수께끼 풀 듯 즐거운 말을 생각해 봐요!

의전관 눈에는 검은 번개가 치고, 칠흑 같은 고수

　　머리

보석으로 장식한 허리띠에 잘 어울리는군!

어깨에서 발끝까지 흘러내리는　　　　　5545

그 의상도 참말 우아하구려.

자줏빛 단에 반짝이는 금을 박은 옷이로

　　군요.

그대를 계집애 같다고 탓할 수도 있겠지만,

좋든 나쁘든 그대는 벌써

처녀애들의 인기를 독차지했을 것이고,　　　5550

그들이 사랑의 ABC를 가르쳐주었겠지.

마차를 모는 소년 그럼 여기 마차 위 옥좌에

위엄 있게 앉아 있는 분이 누구일까요?

의전관 부유하고 온화한 임금님으로 보이는데,

그분의 은총을 받은 자 복되겠구나!　　　5555

더 이상 얻으려 애쓸 필요도 없으니,

어디 결핍을 느끼는 곳 없나 살피다가

은혜를 베푸는 순수한 기쁨

재산과 행복보다 더 클 것이외다.

마차를 모는 소년 그 정도로 그쳐선 안 돼요.　　　5560

좀 더 상세히 설명해야 합니다.

의전관 그 기품은 설명할 수가 없구면.

하지만 달처럼 둥글고 건강한 얼굴,

두툼한 입술에 꽃 같은 두 뺨이

터반의 장식 밑에서 빛나고 있구려.　　　5565

주름 많은 옷을 입고도 마냥 편안한 모습

이야.

그 단아한 모습을 무어라고 말할까?

통치자로선 잘 알려진 분인가 봐.

마차를 모는 소년 바로 이분이 부귀의 신 플루톤[23]이십니다!

이렇게 화려한 차림으로 납신 것은　　　5570

지엄하신 황제의 간청 때문이지요.

의전관 그렇다면 그대 자신은 무엇 하는 누구인지
         말해보게나!

마차를 모는 소년 저는 낭비입니다. 시(詩)이지요.
         자신의 재화를 아낌없이 뿌릴 때
         완성되는 시인입니다.   5575
         저 역시 어마어마한 재물을 갖고 있어서
         플루톤에 못지않다고 자부하지요.
         저분의 무도회나 잔치를 꾸며 활기를 넣어
          주면서
         저분에게 없는 걸 나누어드리지요.

의전관 큰소리치는 것도 그대에겐 잘 어울리는군.   5580
         여하튼 그대의 솜씨를 좀 보여주게나.

마차를 모는 소년 여길 보세요. 제가 손가락 하나를 튀기기
          만 해도,
         마차 주위가 벌써 번쩍거리죠.
         여기 진주 목걸이도 튀어나오고요!
         (계속해서 손가락을 튀기면서)
         금목걸이와 금귀고리 받으세요.   5585
         흠이 없는 빗과 관도 나오고,
         반지에 박는 값진 보석도 있습니다.
         혹시 불붙을 곳이 없나 기대하면서
         이따금 작은 불씨[24]도 보내드리죠.

---

23) Pluton. 부귀의 신. 여기서는 파우스트가 가장한 모습.

의전관 저렇게 떼를 지어 움켜쥐고 잡아채고 하는
　　　꼴이라니! 5590
　　　주는 사람이 거의 치여 죽을 지경이군요.
　　　그는 꿈을 꾸듯 보석을 튀겨내고,
　　　넓은 홀 안이 온통 난리법석입니다.
　　　하지만 이번엔 새로운 술책을 쓰는군.
　　　한 사람이 열심히 주워 모은 게 5595
　　　사실은 허탕친 꼴이 되었군요.
　　　그에게서 훌쩍 날아가 버리니 말입니다.
　　　진주알을 꿴 줄이 풀리면서
　　　손안에 딱정벌레가 우글대네요.
　　　가련한 친구가 그것을 팽개치니 5600
　　　머리 주위엔 벌레들만 윙윙 나는군요.
　　　다른 패들도 실속 있는 물건 대신
　　　고약한 나비 떼만 붙잡는 꼴이었어요.
　　　저 못된 놈 약속만 잔뜩 해놓고,
　　　고작 내준 게 금빛 나는 것뿐이었구먼! 5605

마차를 모는 소년 보아하니 당신은 가장에 관한 것만 잘 전
　　　해주는군요,
　　　껍질 속의 본질을 캐내는 일은
　　　의전관으로서의 소관이 아닌 것 같습니다.
　　　그런 일엔 좀 더 날카로운 안목이 필요하

---

24) 인간 정신을 불붙게 하는 예술, 또는 시의 불씨로 해석된다.

지요.

하지만 전 그런 일로 다투기 싫으니,　　　　5610

주인님, 당신에게 직접 물어봐야겠습니다.

(플루톤을 향해)

당신은 질풍 같은 사두마차를

제게 맡겨주셨지요?

당신이 분부하시는 대로 기꺼이 마차를 몰

　　았지요?

당신이 원하시는 곳에 가지 않은 적이 있

　　었던가요?　　　　5615

대담하게 말을 달려서

당신에게 승리의 종려나무를 꺾어다 드리

　　지 않았던가요?

얼마나 자주 당신을 위해 싸웠던가요?

그때마다 승리를 쟁취했었지요.

당신의 이마에 월계관이 장식된 것도　　　　5620

제가 정성을 바쳐 엮어드린 게 아니었나요?

플루톤 내가 증명의 말을 해줄 필요가 있다면,

기꺼이 말하거니와, 너는 내 정신의 정신이다.

너는 언제나 내 뜻에 따라 행동하고,

나 자신보다 더 부유하도다.　　　　5625

너의 봉사에 보답하려고 어느 왕관보다도

이 푸른 나뭇가지를 더 소중히 여기노라.

모든 사람에게 내 진심을 전하노니,

사랑하는 아들아, 네가 진정 내 맘에 드는
구나.

마차를 모는 소년 (군중을 향해)

보세요! 제 손의 가장 큰 선물들을   5630
주위에 두루 뿌렸습니다.
이 사람 저 사람의 머리 위에서
제가 뿌린 불꽃이 빛나고 있습니다.
이 사람에게서 저 사람에게로 튀기도 하고,
어떤 사람에겐 머물러 있는데, 다른 사람
    에게선 달이니기도 하지요.   5635
아주 드물게는 불길이 치솟아
순식간에 활짝 피어나기도 합니다.
하지만 대부분은 알아차리기도 전에
슬프게도 타버려 꺼지고 맙니다.

여인들의 재잘거림   저편 사두마차 위에 앉아 있는 놈은   5640
    틀림없이 협잡꾼일 거야.
    바로 그 뒤에 쭈그려 앉은 어릿광대 놈은
    굶주리고 목이 말라 바짝 여위었구나.
    저런 꼴은 한 번도 본 적이 없어.
    꼬집어뜯어도 느끼지 못할 것 같구먼.   5645

말라빠진 남자[25] 내 곁으로 오지 마라, 이 구역질나는 계집
    들아!
    내가 한 번도 너희들 마음에 들지 않았다
    는 걸 알고 있다.

여자들이 아직 부엌일 돌보고 있을 때,

난 알뜰한 살림꾼이란 소릴 들었지.

그땐 우리 집 형편이 괜찮았어.   5650

들어오는 건 많고, 나가는 건 없었으니까!

난 함과 장롱을 열심히 보살폈는데,

자칫 그게 악덕이 될 정도였지.

하지만 최근 들어 여자들에겐

절약하는 습관이 없어지고,   5655

모두들 지독한 빚쟁이처럼

가진 돈보다 훨씬 더 욕심을 부린단 말이야.

그러니 남편들은 많은 어려움을 참아야 하고,

어디를 둘러봐도 빚투성이지,

계집은 우려낼 수 있는 대로 우려내어   5660

몸치장을 하거나 새서방에게 갖다 바치는

　거야.

추근대며 희롱하는 사내놈들과 어울려

처먹기도 잘하고 마시기도 더 잘한단 말이지.

그러기에 난 돈에 대한 욕심이 더욱 커져서

사내들 중 지독한 욕심쟁이가 되었던 거야.   5665

여인의 우두머리 용은 용끼리 욕심을 다투는 게 좋겠지.

결국엔 거짓과 속임수밖에 없을걸!

저자는 남자들을 선동하러 온 거예요.

---

25) 욕심쟁이로 나타나며, 메피스토펠레스의 분장이다.

그러잖아도 사내들이 버릇없이 구는데요.

여인들의 무리 저 허수아비 놈! 따귀나 한 대 갈겨줘!　　5670

저런 나무십자상 같은 놈이 우릴 위협

하겠다고?

우리가 저 따위 쌍통을 두려워할까 봐!

용이란 것도 나뭇조각과 마분지로 만

든 것이니,

모두들 기운을 내서 그놈을 무찔러버리

자고!

의전관 이 지팡이에 걸고 명하노니, 조용히 하시

오!—　　5675

하지만 내가 나설 필요까지도 없겠군.

보시오, 저 성난 괴물이

날쌔게 밀고 들어온 자리에서 꿈틀거리며

두 쌍의 날개를 활짝 펼쳤습니다.

용들의 비늘 덮인 아가리가　　5680

화난 듯 흔들리며 불을 뿜고 있어요.

사람들이 도망쳐 그 자리가 텅 비었습니다.

플루톤이 마차에서 내려온다.

의전관 내리는 모습, 제왕과 같구나!

눈짓 한 번에 용들이 움직이더니,

황금과 탐욕이 든 상자를　　5685

마차에서 내려놓았습니다.

이제 상자는 그분의 발치에 놓여 있군요.

어떻게 이런 일이 있을까 신기할 뿐입니다.

플루톤 (마차 모는 소년에게) 너는 성가신 일에서 벗
　　　어나 자유의 몸이 되었으니,

　　　이제는 씩씩하게 네 영역으로 가거라.　　　　5690

　　　여기는 네 세계가 아니다! 여기선 일그러
　　　진 형상들이

　　　온통 뒤얽혀 사납게 몰려온다.

　　　네가 해맑은 세계를 또렷이 볼 수 있는 곳,

　　　너의 것이며 너만을 믿을 수 있는 곳,

　　　아름다움과 착함만이 사랑받는 곳,　　　　5695

　　　그 고독의 세계[26]로 가거라! ─거기에서
　　　네 세계를 창조하라!

마차를 모는 소년 그러면 전 당신의 중요한 심부름꾼으로 자
　　　처하고,

　　　당신을 저의 가장 가까운 친척으로 사랑
　　　하겠습니다.

　　　당신이 머무는 곳엔 충만함이 깃들이고,

　　　제가 있는 곳에선 누구나 훌륭한 수확을
　　　거뒀다고 느낄 것입니다.　　　　5700

　　　개중엔 당신을 따를까 절 따를까

---

26) 시(詩)의 세계를 말한다.

모순된 삶 속에서 헤매는 자도 있을 겝니다.

당신을 따르는 자, 물론 한가롭게 살 수 있
　겠지요.

하지만 절 따르는 자, 언제나 할 일이 많습
　니다.

저는 일을 숨어서 할 줄 모릅니다.　　　　5705

숨만 쉬어도 탄로가 나니 말입니다.

그럼 안녕히 계십시오! 당신은 정말 절 행
　복하게 해주셨습니다.

하지만 마지막이 속삭이기만 해도 당장 되
　돌아오겠습니다.

　　　　　　　　(올 때와 같은 모습으로 퇴장한다)

플루톤 이제 이 보물상자를 열어볼 때가 되었다!

의전관의 지팡이를 빌려 자물쇠를 치겠노라.　5710

자, 열렸으니, 와서 보시오! 청동의 가마솥
　안에서

무언가 넘실대다가 황금이 피처럼 끓어오
　른다.

우선 왕관, 목걸이, 반지 같은 장신구가 나
　오는데,

부글부글 끓어올라 녹여 삼킬 것만 같다.

군중들이 서로 외치는 소리 오, 저길 좀 봐! 풍성하게 솟아오
　르네.　　　　　　　　　　　　　　　　　5715

　상자의 가장자리로 흘러넘칠 지경이야—

황금그릇들이 녹고,

돈꾸러미가 뒹굴어 다닌다―

방금 찍은 듯한 금화들이 튀어나오니,

내 가슴처럼 두근대는군―   5720

탐나는 것 여기서 다 볼 수 있구나!

저기 땅바닥으로 굴러떨어진다―

너희들에게 주는 것이니 얼른 써먹어라.

허리 굽혀 주워서 부자가 되어라―

우리들은 번개처럼 날렵하게   5725

상자를 통째로 집어가자.

의전관 뭘 하는 거요, 어리석은 사람들아? 대체

무슨 짓들이오?

이건 단지 가장무도회 장난이란 말이오.

오늘 밤은 더 이상 욕심을 부리지 마시오.

황금이나 보물을 정말 주었다고 믿나요?   5730

이런 놀이에선 여러분에게

장난감 돈도 과할 것이오.

답답한 양반들! 교묘한 가상(假象)이

곧장 천박한 진실로 되어야 하는가.

여러분의 진실이란 무언가요? ―허황된

망상,   5735

그 꼬리를 잔뜩 붙잡고 있는 것이죠―

가면 쓴 플루톤, 이 무도회의 주인공이시여,

이 무리를 이곳에서 내몰아주십시오.

플루톤 그대의 지팡이는 이럴 때를 위해 준비된

　　게 아닐까.

　　그걸 잠시 내게 빌려주게—　　　　　　　5740

　　이걸 재빨리 타오르는 불꽃 속에 집어넣

　　겠소—

　　자, 가면 쓴 여러분, 조심하시오!

　　번쩍이며 탁탁거리며 불똥이 튀어나온다!

　　지팡이가 벌써 뻘겋게 달아올랐다.

　　누구든 가까이 다가오는 자,　　　　　　5745

　　당장 시정없이 그을러버리리라—

　　이제 한 바퀴 돌아보기로 할까.

비명과 혼란 아이고! 우리는 죽었다—

　　도망칠 수 있으면 어서 도망가!—

　　뒤에 있는 양반, 어서어서 물러나요!—　　5750

　　뜨거운 불똥이 얼굴에 튀는구나—

　　뜨겁게 단 지팡이가 무겁게 짓누르네—

　　우리는 모두 다 끝장이다—

　　물러나요 물러나, 가면 쓴 양반들!

　　물러나요 물러나, 정신 나간 무리여!—　　5755

　　오, 내게 날개가 있다면, 날아서 도망치

　　련만!—

플루톤 어느새 둘러쌌던 무리 물러났도다.

　　불에 그을린 자 없을 것이다.

　　군중은 물러나

쫓겨나고 말았다—   5760

하나, 그러한 질서를 보증하기 위해

보이지 않는 끈을 둘러쳐 놓으리라.

의전관 훌륭한 일을 해내셨습니다.

현명히 처리해 주신 데 대해 정말 감사드

    립니다!

플루톤 아직 좀 기다려봐야겠네, 친구.   5765

아직 여러 가지 소동이 벌어질 것 같아.

탐욕 이제는 원하는 대로 마음 놓고

이 무리를 구경할 수 있겠구나.

어디든 구경거리와 먹을 게 있으면,

늘 먼저 덤벼드는 건 여자들이지.   5770

아직 난 정력이 완전히 쇠하지는 않았어!

예쁜 계집은 언제 봐도 예쁘단 말야.

게다가 오늘은 돈도 한푼 들지 않으니까,

마음 놓고 여자 사냥이나 해볼까나.

하지만 이렇게 사람이 넘쳐나는 곳에선   5775

어떤 귀에도 내 말이 들리지 않을 거야.

그러니 약게 굴어 일이 되게 해야지.

몸짓으로 내 뜻을 분명히 전하는 거야.

손짓 발짓 몸짓만으론 충분치 않을 테니,

익살극이라도 한바탕 벌여봐야겠어.   5780

젖은 진흙처럼 황금을 주물러봐야지.

이 금속으론 무엇으로나 변화시킬 수 있을

테니까.

의전관 무얼 시작하려는 거야, 저 말라깽이 바보
　　　　　녀석!

저렇게 굶주린 놈도 유머를 알까?

모든 금을 반죽으로 만들고 있군.　　　　　5785

저놈 손에 잡히면 금이 물렁물렁해지는구나.

아무리 짓이기고 둥글게 뭉쳐도

언제나 흉측한 모양 그대로다.

그걸 저쪽 여자들에게 보여주자.

모두 비명을 지르며 도망치려 하는군요.　　5790

모두들 역겹다는 표정들이에요.

저 고약한 놈이 흉측한 짓을 하고 있군요.

풍기를 문란하게 해놓는 걸,

녀석은 흥겹다고 생각하는 모양이지.

그렇다면 잠자코 있을 수만 없지.　　　　5795

저놈을 쫓아내도록 지팡이를 돌려주십시오.

플루톤 밖에서 무엇이 닥쳐올지, 그놈은 짐작도
　　　　　못 하고 있소.

바보짓을 하도록 내버려두시오!

곧 장난칠 여지도 없게 될 거요.

법률도 강력하지만 필연의 힘은 더 강하니라.　5800

혼잡과 노랫소리　　높은 산에서, 숲속 골짜기에서

난폭한 무리들 몰려온다!

거칠 것 없이 밀려들어와

위대한 판[27] 신(神)을 축하하도다.

그들은 아무도 모르는 일을 알고 있으며,   5805

텅 빈 구역[28]으로 몰려간다.

플루톤 나는 너희들과, 너희들의 위대한 신 판도

알고 있노라.

너희들 합심하여 대담한 짓을 했구나.

나는 아무도 알지 못하는 걸 익히 알고 있

은즉,

이 좁은 구역을 열어주는 아량을 베풀겠

노라.   5810

그들에게 좋은 운이 따랐으면 좋겠다.

무척 놀라운 일이 일어날지도 몰라.

그들은 어디로 가고 있는지도 모를 정도로

자신들의 앞일엔 아랑곳하지 않는구나.

거친 노랫소리 여봐, 모양 낸 친구들, 겉만 번지르르하

구먼!   5815

거칠고 난폭하게 달려오는군.

껑충껑충 뛰고 잽싸게 달리기도 하면서

거칠고 기운차게 발을 내어딛는다.

숲의 신 파운들 파운의 무리

---

27) Pan. 목축과 수렵의 신. 그리스어로 pan은 '전체', '일체'의 뜻이므로 만
물의 신으로 해석된다.

28) 플루톤으로 가장한 파우스트가 상자 주변에 쳐놓은 마법의 선.

즐겁게 춤춥니다.   5820

곱슬대는 머리 위엔

떡갈나무 관(冠).

예쁘고 뾰족한 귀

곱슬머리에서 솟아나왔네.

납작코에 펑퍼짐한 얼굴이지만   5825

여자들은 싫어하지 않아요.

파운이 손을 내밀어 춤을 청하면,

절세미인도 쉽게 거절하지 못하지요.

숲의 신 사티로스 다음은 사티로스가 뛰어나옵니다.

염소 발에 가녀린 다리,   5830

몸은 말랐지만 근육은 억세지요.

알프스 영양(羚羊)처럼 높은 산 위에서

주위를 둘러보기 좋아합니다.

자유로운 공기 마시면 원기가 왕성해지죠.

깊은 골짜기의 안개와 연기 속   5835

남녀노소들 우습구나.

그것도 삶이라고 만족해하다니.

깨끗하고 방해받지 않는 곳,

높은 산은 우리만의 세계랍니다.

지신(地神) 그놈들 저기 난쟁이 무리가 아장아장 걸어나오네. 5840

그들은 서로 짝짓는 걸 싫어하지요.

이끼로 만든 옷에 초롱불 밝혀 들고,

뒤얽혀서 재빨리 움직입니다.

저마다 자기를 위해 일하는데,

어디서나 빛개미처럼 우글대지요.   5845

이리저리 부지런히 움직이며,

가로로 세로로 바쁘기 짝이 없네.

선량한 꼬마 요정들과 가까운 친척이며,

암벽의 외과의로도 명성이 높지요.

고산준령의 풍부한 광맥으로부터   5850

우리는 피를 빨아냅니다.

복 나와라! 복 나와라! 인사를 나누며

광물을 무더기로 파냅니다.

이건 원래 선의에서 나온 것으로,

우리는 착한 사람들의 친구랍니다.   5855

하지만 우리가 금을 파놓으면,

도둑질, 오입질이 생겨나고,

오만한 자에게 무기를 주어

대량 학살을 꿈꾸게 하지요.

세 가지 계율을 어기는 놈,   5860

다른 계율 역시 지키지 않는 법.

이 모든 게 우리의 잘못은 아닌즉

여러분도 우리처럼 참고 지내십시오.

거인들 난폭한 사내들이라 불리고,

하르츠 산중에선 이름을 떨쳤지.   5865

타고난 벌거숭이로 힘은 장사로다.

모두들 거인답게 걸어나온다.

바른손엔 전나무 지팡이,

허리엔 울퉁불퉁한 동아줄,

가지와 잎새로 엮은 거친 앞치마 두르니   5870

교황님도 갖지 못한 호위병들이다.

물의 요정 님프들의 합창 (위대한 목신 판을 둘러싸고)

저분도 오셨구나! —

세계의 모든 것을

구현하시는

위대한 판.   5875

유쾌한 요정들아, 저분을 에워싸고

둥실둥실 춤을 추며 돌아보자.

엄격한 분이지만, 마음이 착해서

모두들 즐겁기를 바란답니다.

푸른 창공 아래서도   5880

그분은 항상 잠 깨어 계시지요.

하지만 시냇물 졸졸 흐르고,

산들산들 솔솔 그분을 잠재우네.

그래서 한낮에 그분이 잠드시면,

나뭇가지의 잎새들 미동도 않고,   5885

싱싱한 초목의 그윽한 향기가

소리 없이 고요한 주위에 가득 차지요.

님프들 역시 활동할 수 없으니,

서 있던 자리에서 잠이 듭니다.

그러나 천둥처럼, 노도처럼   5890

예기치 않게, 힘차게

그분의 음성 울려퍼지면,

모두들 어쩔 바를 모르지요.

싸움터의 용맹한 군대도 산산이 흩어지고,

영웅도 혼란 속에서 벌벌 떨지요.　　　　　5895

그러니 존경받아 마땅한 분께 존경을 보

　　내자.

우리를 이끌어주신 분께 영광 있으라!

지신 그놈들의 대표 (위대한 판 신을 향해)

번쩍이는 풍부한 보화가

실처럼 바위틈에 널려 있으면,

오로지 신통한 마술 지팡이만이　　　　　5900

그 미로(迷路)를 일러주지요.

어두운 굴을 우리 집 삼아

혈거(穴居)의 무리처럼 살아갈 때,

당신은 한낮의 맑은 바람 속에서

보화들을 자비롭게 나누어주지요.　　　　　5905

이제 우리는 이 근처에서

신기한 샘 하나를 찾았습니다.

그 샘은 쾌히 약속합니다.

얻기 어려운 걸 나누어주겠다고.

이 일은 당신만이 할 수 있으니   5910

주여, 당신의 보호 아래 두옵소서.

어떤 보물이든 당신 손에 들어가야

온 세상의 복이 될 테니까요.

플루톤 (의전관에게) 우리는 마음을 굳게 가다듬고,

일어날 일은 일어나도록 내버려두어야 하리.   5915

그대는 언제나 용기 넘치는 인물이 아닌가.

이제 곧 무섭기 짝이 없는 일이 생길 것이오.

현세나 후세 사람들이 그것을 한사코 부인

　할 것이나

그대는 충실히 기록으로 남겨야 하오.

의전관 (플루톤이 손에 들었던 지팡이를 받아 들면서)

난쟁이들이 위대한 판 신을 천천히   5920

불 뿜는 샘으로 모셔갑니다.

샘은 깊은 심연에서 끓어올랐다가

다시금 밑바닥으로 가라앉았습니다.

저 시커멓게 딱 벌어진 아가리.

재차 이글대는 불길 솟아오르면,   5925

위대한 판 신 기분 좋게 서서

그 신기한 물체를 구경합니다.

진주의 거품이 이리저리 튀는군요.

어찌 그분이 저런 일을 믿을까요?

몸을 굽혀 깊은 속을 들여다봅니다.   5930

하지만 그분 수염이 떨어져 들어갔네요! —

어쩌면 저렇게 매끈한 턱을 가졌을까?
우리가 보지 못하게 손으로 가리는군요―
그러자 커다란 재앙이 뒤따릅니다.
수염에 불이 붙은 채 다시 날아와   5935
관과 머리와 가슴에 불을 붙입니다.
즐거움이 변하여 고통이 된 것이지요―
불을 끄러 사람들이 달려왔지만,
아무도 불길에서 벗어나질 못하네요.
아무리 치고 두들겨봐도   5940
새로운 불꽃만 타오를 뿐,
온통 화염에 휩싸여
한 패의 가장한 무리, 몽땅 불타고 있습니다.
그러나 귀에서 귀로, 입에서 입으로
우리에게 전해지는 것은 무엇인가!   5945
오, 영원히 불행한 밤이여,
어찌 우리에게 이런 고통을 안겨주었던가!
누구도 듣고 싶어 하지 않는 일이
내일이면 모두에게 전달되겠지.
여기저기서 외치는 소리 들려온다.   5950
〈황제께서 그 화를 당하셨다〉고.
오, 제발 사실이 아니었으면!
황제도, 그분의 시종들도 타고 있어요.
그분을 유혹하여
송진 바른 나뭇가지 몸에 두르고,   5955

미쳐 날뛰고 울부짖듯 노래하며,
모두들 멸망케 한 그놈에게 저주 있으라.
오, 청춘이여 청춘이여, 그대는 결코
기쁨의 절도를 옳게 지킬 수 없는가?
오, 폐하여 폐하여, 당신은 결코   5960
전능하신 대로 현명하게 행동할 수 없으신
　가요?

어느새 숲도 불길에 싸였습니다.
불꽃은 뾰족한 혀를 날름거리며,
나무로 엮은 지붕까지 치솟아오릅니다.
온통 불바다가 될 기세군요.   5965
재난의 한도가 지나쳐
누가 우릴 구해줄지 모르겠습니다.
그렇듯 풍요롭던 황제의 영화도
하룻밤 사이에 잿더미가 되는 겁니다.

플루톤 이만하면 충분히 혼이 났을 터,   5970
이제 구원의 손길을 뻗어야지! ―
대지가 진동하고 울리도록
성스러운 지팡이를 힘껏 쳐보자!
사면에 퍼져 있는 대기여,
싸늘한 향기를 가득 채워다오!   5975
물기를 머금고 흩어져 있는 안개여,
불어와 예서 떠돌다가

불꽃의 소용돌이를 덮어버려라!

보슬비 뿌려주고, 산들바람에 뭉게구름 피

　워내어

스며들어 구르고, 살며시 눌러　　　　　　5980

어디서나 불길을 잡아다오.

너희, 불길을 다스리는 촉촉한 기운이여,

저토록 공허한 불꽃놀이를

한 줄기 번갯불로 바꿔다오! ─

영들이 우리를 해치려 하면,　　　　　　　5985

마법이 위력을 보여야 하리라.

유원지

아침해

황제와 신하들.

파우스트와 메피스토펠레스는 눈에 띄지 않으나 풍습에
맞는 옷을 단정히 입고 무릎을 꿇고 있다.

파우스트　폐하, 어제의 어지러웠던 불꽃놀이를 용서

　　　　하소서.

황제　(일어나라고 손짓하면서) 짐은 그런 장난을

　　　　아주 좋아하노라 ─

갑자기 불구덩이에 들어가고 보니,

마치 명부(冥府)의 신 플루톤이 된 기분이

  었단다.   5990

암흑과 석탄으로 된 암석의 바닥이

불길 속에서 작열하고, 여기저기 틈새로부터

거친 불길이 수없이 소용돌이쳐 올라

날름거리며 둥근 천장을 이루었노라.

불은 가장 높은 지붕까지 치솟아   5995

그 지붕이 줄곧 보였다 사라졌다 하였노라.

불기둥 넘실대는 넓찍한 방을 통해

길게 줄지어 가는 백성들이 보이더군.

그들은 커다란 원을 그리며 다가오더니

언제나 그랬듯이 충성을 표하더구먼.   6000

그중엔 궁중의 신하도 한둘 눈에 띄었노라.

짐은 마치 수많은 샐러맨더[29]의 왕이 된

  기분이었도다.

메피스토펠레스 그건 사실이옵니다, 폐하! 모든 원소(元素)

  가 다

폐하의 권위를 무조건 인정하기 때문이옵

  니다.

불의 충성심은 시험해 보셨나이다.   6005

이번엔 사납게 날뛰는 바닷속에 뛰어들어

---

29) Salamander. 뱀의 형상을 한 불의 요정.

보옵소서.

폐하께서 진주 깔린 바닥을 밟기 무섭게

물이 솟구쳐 호화로운 자리를 마련해 드릴
    것입니다.

보랏빛 단을 한 엷은 초록색 파도가

폐하를 중심으로 위아래로 출렁대다가   6010

아름다운 궁전으로 부풀어오를 것입니다.

폐하의 발걸음 따라 그 궁전들 따라올 것
    입니다.

물의 벽들도 생을 향유하면서

떼를 지어, 살같이 빠르게 이리저리 부유
    합니다.

바다의 괴물들 그 부드러운 빛을 향해 몰
    려들지만,   6015

아무리 덤벼도 안으로 들어올 순 없습니다.

거기엔 찬란한 금빛 용들이 노닐고,

딱 벌린 상어의 입은 폐하의 웃음을 자아
    낼 것입니다.

지금도 폐하의 주위가 흥겹기는 하옵지만,

그렇듯 흥청대는 바닷속을 보신 적이 없을
    줄 아옵니다.   6020

그곳엔 사랑스러운 것들도 없지 않습니다.

호기심 많은 네레우스[30]의 딸들이

영원히 새로운 호화 궁전을 보러 올 것입

니다.

젊은 것들은 물고기처럼 수줍으나 욕정적

이고,

나이든 것들은 영리하옵지요. 어느새 테티

스가 그걸 알고,   6025

제2의 펠레우스인 폐하께 손과 입을 내어

밀 것입니다—

그런 다음 옥좌를 올림포스산으로……

황제 그런 허공의 세계는 그대에게 맡기노라.

그런 옥좌라면 얼마든지 일찍 오를 수 있

을 터인즉.

메피스토펠레스 그리고 폐하! 지상은 이미 폐하의 소유이

옵니다.   6030

황제 『천일야화(千一夜話)』에서 직접 튀어나오듯,

그대가 이곳에 온 것은 그 얼마나 다행스

러운 일이더냐?

그대의 재주가 셰에라자드31)만큼 풍부하

다면,

짐은 그대에게 최상의 은총을 확약하리라.

---

30) Nereus. 바다의 신. 오십 명의 딸이 있다고 한다. 그중 테티스(Thetis)가 맏딸이고, 펠레우스(Peleus)는 그녀의 남편.

31) Scheherazade. 『천일야화』에 나오는 재상의 딸로, 잔혹한 술탄의 왕비가 되어 목숨을 잃을 위기에 빠졌으나 끊임없이 재미난 이야기를 해줌으로써 목숨을 건진다.

	늘 그렇듯이 현실의 세계가 역겨워지면, 6035
	그대를 부를 테니 항상 대기하도록 하라.
궁내부 장관	(급히 등장) 황제 폐하, 소신은 살아생전에
	이토록 큰 행운을 고할 수 있을 줄 몰랐습
	니다.
	이는 너무나 다행스러운 일로서,
	어전에서 신은 감읍할 따름입니다. 6040
	부채란 부채는 모두 정리되었으며,
	고리대금업자의 성화도 진정되었나이다.
	지옥의 고통에서 벗어나고 보니,
	천국에서도 이보다 더 즐거울 것 같지 않
	사옵니다.
국방장관	(황급히 뒤따라 등장하며) 군인의 봉급도 일
	부 지불되었고, 6045
	전 군대가 새로 계약을 맺었나이다.
	사병들은 싱싱한 피가 끓는 듯 느끼고,
	주모(酒母)와 작부들까지 좋아하고 있습니다.
황제	경들은 가슴을 펴고 호흡하는구려!
	주름 잡혔던 얼굴에도 화색이 돌고! 6050
	경은 어찌하여 황망히 달려들어오는고!
재무장관	(등장) 이 일을 수행한 저 두 사람에게 하
	문해 주옵소서.
파우스트	이 일은 재상께서 말씀드리는 게 좋겠습니다.
재상	(천천히 다가오며) 오래 살다 보니 이렇게 행

복한 날도 있사옵군요 —

모든 고통을 행운으로 바꾸어놓은　　　　　　6055

이 역사적인 문서를 들어보십시오.

(낭독한다)

〈알기를 바라는 모든 사람들에게 고하노라.

여기 이 지폐는 일천 크로네로 통용될 것
　이다.

제국의 영토 내에 매장된 무진장한 보화를

그 확실한 담보로 충당한다.　　　　　　　6060

그 풍부한 보물을 곧 발굴하여

태환용으로 사용하도록 조치했다.〉

황제　뻔뻔스러운 일이로다. 엄청난 사기극을 벌
　인 것 같구나!

누가 여기 황제의 서명을 위조했던고?

이런 죄를 짓고도 처벌되지 않았단 말이
　더냐?　　　　　　　　　　　　　　6065

재무장관　기억을 더듬어보십시오. 폐하께서 몸소 서
　명하셨습니다.

바로 어젯밤입니다. 폐하께서 위대한 판 신
　으로 계실 때,

재상께서 신들과 함께 진언드렸지요.

〈이 성대한 축제가 백성의 행복이 될 수 있
　도록

몇 자 적어주옵소서〉 하였습니다.　　　　6070

폐하께서 선선히 적어주셨고, 이날 밤 즉시
마술사를 시켜 재빨리 수천 장을 인쇄하
　였습니다.
성은이 만백성에게 골고루 미치도록
소신들도 당장 연명으로 서명하였으니,
십, 삼십, 오십, 일백 크로네짜리 지폐가 마
　련된 것입니다.　　　　　　　　　　　　6075
그것이 얼마나 백성들을 기쁘게 했는지 상
　상도 못 하실 겁니다.
시가지를 보옵소서. 반쯤 죽은 듯 곰팡이
　가 슬었던 것이
모두 생기에 넘쳐 희희낙락 들끓고 있나이다!
폐하의 존명이 오랫동안 세상을 복되게 하
　였지만,
이번만큼 폐하를 우러러 모신 적도 없나이다.　6080
다른 글자는 이제 무용지물이 되었고,
폐하께옵서 서명하신 글자 속에서만 행복
　을 느끼게 되었습니다.
황제　백성들 사이에 그것이 금화 대신 통용되고
　있단 말이냐?
군대와 궁중의 급료로도 충분히 지불될
　수 있단 말이지?
심히 놀라운 일이나, 인정하지 않을 수 없
　구나.　　　　　　　　　　　　　　　6085

궁내부 장관 순식간에 퍼져버린 걸 회수하기란 불가능
　　　　　합니다.
　　　　번개처럼 흩어져 유통되고 있습니다.
　　　　환금(換金) 은행이 온통 성업 중입니다.
　　　　모든 지폐에 대해 할인도 하지만,
　　　　금화, 은화로 바꿔주고 있습니다.　　　　　　6090
　　　　이제 사람들은 푸줏간, 빵집, 술집으로 달
　　　　　려갑니다.
　　　　세상의 절반은 향연만을 생각하고,
　　　　나머지 절반은 새옷 해 입고 뽐내려는 것
　　　　　같습니다.
　　　　소매상은 옷감을 끊어주고, 재단사는 옷을
　　　　　짓습니다.
　　　　술집에선 〈황제 만세〉 소리가 들끓고,　　　6095
　　　　지지고 굽고 접시 소리 요란합니다.

메피스토펠레스 테라스를 혼자 거니노라면,
　　　　화려하게 단장한 절세미인이
　　　　기품 있는 공작선으로 한 눈을 살짝 가리고
　　　　웃음을 흘리며 지폐에 슬쩍 눈짓을 보내지요.　6100
　　　　그러면 위트와 재담보다 쉽게
　　　　사랑의 재미를 듬뿍 맛볼 수 있습니다.
　　　　지갑이나 주머니처럼 거추장스럽지도 않고,
　　　　지전 한 장쯤 주머니에 쉽게 지니고 다닐
　　　　　수 있어

연애편지와 짝짓기도 편하단 말입니다. 6105

신부는 경건하게 기도책 사이에 넣고 다닐

  수 있고

병사들도 허리춤의 전대가 가벼워

동작을 더 빨리 바꿀 수 있습니다.

사소한 일을 아뢰어 위대한 업적을 손상시

  켰다면,

너그러이 용서해 주십시오. 6110

파우스트 무진장한 보물이 폐하의 영토 안에서

깊이 묻힌 채 때를 기다리며

이용되지 않고 있습니다. 아무리 원대한

  사상도

이러한 재보에 비하면 심히 보잘것없는 것

  입니다.

공상의 나래 높게 펴고 아무리 노력한들 6115

결코 만족스럽게 도달할 수 없을 것입니다.

하오나 깊이 통찰하는 고귀한 정신은

무한한 것에 무한한 신뢰를 가질 것입니다.

메피스토펠레스 황금이나 진주를 대신하는 이런 지폐는

무척 편리하고, 자신이 얼마를 갖고 있는

  지도 알 수 있습니다. 6120

흥정을 하거나 환전할 필요도 없이

사랑과 술에 마음껏 취할 수 있습니다.

금속으로 된 돈을 원하면 환전소가 마련

해 주고,

거기 금이 없으면 잠깐 파내오면 되지요.

잔이나 목걸이는 경매에 붙여   6125

즉시 지폐를 상환해 준다면,

건방지게 우리를 비웃던 자들도 창피하게

　될 것입니다.

사람들은 다른 걸 원치 않고 지폐에만 익

　숙해질 것이니,

이제부터는 폐하의 영토 어디를 가나

보석과 황금과 지폐가 넘쳐나게 될 것입니다.   6130

황제　우리나라가 크게 번영함은 그대들의 덕분

　이로다.

가능하면 그 업적에 맞는 상을 내리고 싶

　구나.

제국의 땅속을 그대들에게 맡기노니,

보물의 가장 훌륭한 관리인이 되어라.

그대들은 보물이 간직돼 있는 넓은 곳을

　알고 있은즉   6135

파낼 땐 그대들의 말을 따르도록 하겠노라.

보물의 달인인 두 사람은 이제 힘을 합하여

고귀한 임무를 즐거운 마음으로 완수하라.

지상의 세계와 지하의 세계가

기쁘게 한마음 되도록 협력하라.   6140

재무장관　소신들 사이에도 불화가 생기지 않도록 하

겠나이다.

마술사를 동료로 맞게 되어 기쁩니다.

(파우스트와 함께 퇴장)

황제 궁중의 한 사람 한 사람에게 돈을 줄 터인즉,

그걸 어디에 쓸 것인지 말해보라.

시동 (돈을 받으며) 즐겁고 명랑하고 재미있게 살

겠습니다. 6145

다른 시동 (역시 받으면서) 당장 애인에게 목걸이와 반

지를 사주겠습니다.

시종 (돈을 받으며) 이제부턴 곱절 좋은 술을 마

시겠습니다.

다른 시종 (역시 받으면서) 주사위가 주머니 속에서 벌

써 충동질을 합니다.

방기기사(方旗騎士)[32] (신중하게) 성과 전답을 담보로 진 빚

을 갚겠습니다.

다른 방기기사 (마찬가지로) 이 보물을 다른 보물과 함께

저축하겠습니다. 6150

황제 짐은 새로운 일에 대한 기쁨과 용기를 기

대했건만.

하나, 너희들을 알고 있는 사람이면 쉽게

짐작가는 일이지.

짐은 잘 알았노라. 아무리 보화가 꽃처럼

---

32) Bannerherr. 방기를 높이 들고 출진할 수 있는 중세의 상급 기사.

피어나도

너희들은 예나 지금이나 변함이 없다는 것을.

어릿광대 (앞으로 나오면서) 은혜를 베푸시려거든, 소

인에게도 베풀어주십시오!　　　　　　　6155

황제 다시 태어난다 해도, 네놈은 그걸로 술을

마셔버리겠지.

어릿광대 마술 같은 지폐라! 소인은 도무지 이해할

수 없나이다.

황제 그럴 테지. 네놈은 그걸 쓸 줄도 모를 테니까.

어릿광대 여기 또 지폐가 떨어졌군요. 소인은 어찌해

야 좋을지 모르겠나이다.

황제 받아두어라. 네게 떨어진 것이니까.　　　6160

　　　　　　　　　　　　　　　　(퇴장한다)

어릿광대 오천 크로네나 내 손에 들어오다니!

메피스토펠레스 두 발 달린 술통아, 다시 살아났느냐?

어릿광대 이런 일이 종종 있었지만, 지금 같은 횡재

는 처음이라오.

메피스토펠레스 너무 좋아서 땀까지 흘리는구나.

어릿광대 이봐요, 이걸 돈으로 쓸 수 있단 말이죠?　6165

메피스토펠레스 그걸로 목구멍과 배때기가 원하는 걸 살

수 있지.

어릿광대 밭과 집과 가축도 살 수 있나요?

메피스토펠레스 물론이지! 그걸 내놓기만 해라. 안 될 일이

없을 테니까.

어릿광대   숲과 사냥터와 양어장까지 딸린 성도 살
수 있나요?

메피스토펠레스   물론이지!
네가 지엄하신 성주가 된 모습을 보고 싶
구나!   6170

어릿광대   오늘 밤엔 지주가 된 꿈이나 꾸어야겠다! ─
(퇴장)

메피스토펠레스   (혼자서) 아직도 우리 어릿광대의 재담을
의심할 자 있을까?

어두운 복도

파우스트와 메피스토펠레스

메피스토펠레스   왜 날 이 어두운 복도로 끌어냅니까?
저 안에선 아직 즐거움이 부족하단 말인
가요?
온갖 무리가 빽빽이 모여 있는 곳에선   6175
장난이나 속임수로 재미 볼 기회가 없단
말인가요?

파우스트   그런 말은 그만두게. 자네도 이미 오래전에
그런 일에 싫증이 나지 않았나.
자네가 지금 이리저리 피하는 것은

내게 확실한 말을 하지 않으려는 수작이겠지. 6180

하지만 내겐 싫어도 할 일이 있다.

궁내부 장관과 시종이 날 몰아세우고 있단

　　말이야.

황제가 당장 보고 싶다면서

헬레네와 파리스를 눈앞에 현신시키라는

　　거야.

남자와 여자의 이상적인 전형을 6185

뚜렷한 모습으로 보고 싶다는 거지.

당장 시작하게! 난 약속을 어길 수가 없어.

메피스토펠레스　그렇게 경솔한 약속을 하다니 정신이 나갔

　　군요.

파우스트　이봐, 자넨 생각도 못 했겠지.

자네의 요술이 우리를 어디로 이끌어갈지. 6190

우리가 그를 부자로 만들었으니

이제는 그를 즐겁게 해줘야 하지 않겠는가.

메피스토펠레스　그런 일이 당장 이루어지리라는 망상에 빠

　　져 있군요.

이제 우리는 힘든 고비에 다다랐습니다.

전혀 생소한 영역에 손을 뻗는다면 6195

결국은 무모하게도 새로운 빚을 지게 될 것

　　이외다.

금화 대신 통용하는 도깨비 지폐처럼

그렇게 쉽사리 헬레네를 불러올 수 있다고

생각하나요? ―

칠칠치 못한 마녀나 엉터리 도깨비,

목 뒤에 혹 달린 난쟁이라면 얼마든지 대
　　령하리다.　　　　　　　　　　　　　6200

하지만 나무랄 덴 없지만, 악마의 정부 따
　　위를

그 여주인공 대신 내세울 순 없지 않아요?

파우스트　또 상투적인 잔소리를 늘어놓는군!

자네와 얘길 하자면 늘 알쏭달쏭해진단
　　말이야.

모든 방해꾼들의 아비답게　　　　　　6205

수단을 하나 빌릴 때마다 새로운 대가를
　　요구하는군.

주문 몇 마디 웅얼대면 다 된다는 걸 알고
　　있네.

뒤 한번 돌아보는 사이에 그들을 이곳에
　　데려올 수 있을걸.

메피스토펠레스　나는 그 고대의 이교도들하곤 아무 상관
　　도 없어요.

그들은 자기들만의 지옥에서 살고 있습니다.　6210

하지만 방법이 하나 있긴 하지요.

　파우스트　　　　　　　　　　　말하라, 지
　　체 말고!

메피스토펠레스　그 숭고한 비밀을 밝히고 싶지 않습니다만.

100

여신들은 고독 속에서 거룩하게 좌정하고
　있는데,

그들 주위엔 공간도 없고 시간도 없소이다.

그들에 관해 얘기하는 것조차 황당스럽습
　니다.　　　　　　　　　　　　　　　6215

그들은 어머니들[33]이랍니다!

파우스트 (깜짝 놀라며)　　　어머니들이라고!

메피스토펠레스　　　　　　　　오싹하십니까?

파우스트 어머니들! 어머니들이라! — 정말 이상하게
　들리는걸!

메피스토펠레스 사실 이상스럽지요. 죽을 운명의 인간들에겐
　알려지지도 않았고, 우리도 부르기 꺼려하
　는 여신들입니다.

그들의 거처로 가려면 아주 깊은 곳으로
　잠입해야 합지요.　　　　　　　　　6220

그들을 필요로 하다니, 잘못을 저지르는
　겁니다.

파우스트 그 길이 어디로 나 있지?

메피스토펠레스　　　　　　길은 없어요! 아직

---

33) 괴테의 자연관에 의하면, 모든 생물의 발생과 생성은 자연의 내부, 즉
모태에 지니고 있는 '원형'에서 생겨난다 한다. 괴테는 이것을 '근원현상
(Urphänomen)'이라고 불렀으며, '어머니들'은 과거와 미래에 걸쳐 이 원형을
수호하는 신들이라 할 수 있다.

가본 적도 없고,

발을 들여놓을 수도 없는 길, 바랄 수도 가

볼 수도 없는 길이죠.

마음의 준비가 되셨습니까? ―

열어야 할 자물쇠도 빗장도 없으며,   6225

온갖 적막함 때문에 이리저리 방황할 것입

니다.

황량함과 적막함의 참뜻을 알고 계신가요?

파우스트 그 따위 격언들을랑 아껴두게나.

여기서도 마녀의 부엌 같은 냄새가 나는군.

벌써 옛날에 사라진 그 냄새 말일세.   6230

지금껏 나도 세상과 교제하지 않았더냐?

공허함을 배우고 공허함을 가르치지 않았

더냐? ―

내가 통찰한 바를 이치에 맞게 말하면

반대의 소리가 곱절이나 크게 울려왔었지.

심지어 귀찮은 세상일을 피해서   6235

고적한 곳, 황량한 곳으로 도망칠 수밖에

없었다.

하지만 완전히 버림받은 채 혼자 살지 않

으려고,

종국엔 악마에게 내 몸을 맡기고 말았노라.

메피스토펠레스 당신이 대양을 헤엄쳐 다닐 때,

끝없이 아득한 것만 보였겠지만,   6240

그곳에서 끝없이 밀려오는 파도를 보았겠
   지요.
물속에 빠질까 두렵긴 하면서도
아무튼 무언가를 볼 수 있지요.
고요한 바다의 푸른 물속을 지나는 돌고
   래며,
흘러가는 구름과 해, 달, 별 들을 볼 수 있
   지요—   6245
하지만 영원히 공허한 먼나라에선 아무것
   도 볼 수 없을 것입니다.
당신이 걷는 발소리도 들리지 않고,
몸을 쉴 만한 견고한 자리도 찾을 수 없을
   것입니다.

파우스트 자네는 새로 들어온 충실한 신자들을 속
   이는
사교(邪敎)의 교주처럼 말하는군.   6250
그 반대겠지. 자넨 날 공허 속에 보내어
거기서 내 기교와 힘을 증진시키려는 것이
   겠지.
자네는 날 불 속에서 알밤을 꺼내오는
고양이처럼 다루려 하는군.
자, 계속해 보자! 철저히 밝혀내 보자고.   6255
자네가 말하는 무(無) 속에서 삼라만상을
   찾아보겠노라.

메피스토펠레스 당신이 나와 헤어지기 전에 칭찬을 해야겠
습니다.

정말 당신은 악마를 너무나 잘 알고 있군요.

여기 이 열쇠를 받으십시오.

파우스트 이런 조그만 것을!

메피스토펠레스 우선 손에 쥐어보세요. 그러나, 과소평가
해선 안 됩니다. 6260

파우스트 내 손안에서 커지는군! 번쩍번쩍 빛도 나고!

메피스토펠레스 가지고 계신 게 어떤 물건인지 알아차렸나요?

열쇠가 올바른 장소를 냄새맡아 줄 것입니다.

열쇠만 따라가면 당신을 어머니들께 데려
다줄 것입니다.

파우스트 (몸서리치면서) 어머니들이라! 들을 때마다
한 대씩 얻어맞는 기분이다! 6265

이 무슨 듣고 싶지 않은 말일까?

메피스토펠레스 새로운 말이 성가실 정도로 그렇게 편협하
신가요?

늘 듣던 말만 듣기 바랍니까?

앞으로 어떤 소리가 들려도 귀찮아하지 마
십시오.

벌써 오래전부터 이상야릇한 일에 익숙해
오지 않았습니까? 6270

파우스트 그러나 난 경직된 상태에서 행복을 찾지는
않겠다.

놀라움[34]이란 인간의 감정 중 최상의 것이
니까.

세계가 우리에게 그런 감정을 쉽게 주지
않을지라도

그런 감정에 사로잡혀보아야, 진정 거대한
걸 깊이 느끼리라.

메피스토펠레스 그러면 내려가십시오! 아니, 올라가십시
오!라고 말해도 되겠군요.   6275

그건 매한가지니까요. 이미 생성된 것에서
벗어나

형상이 매이지 않는 나라로 가십시오.

오래전부터 존재하지 않았던 것을 즐겨보
십시오.

떠다니는 구름처럼 휘감기는 게 있을 테니

열쇠를 흔들어 달라붙지 못하게 하세요!   6280

파우스트 (열광하면서) 좋다! 열쇠를 움켜쥐니 새로
운 힘이 솟는구나.

가슴을 활짝 펴고 위대한 일을 향해 나서
련다.

---

34) das Schaudern. 괴테는 신비로운 것에 대한 놀라움이 인간의 가장 귀한
소질이라고 보았고, 무관심이 아니라 이런 놀라움에 의해 가치 있는 과학적
발견이 이루어진다고 보았다. 에커만과의 대화에서도 "인간이 도달할 수 있
는 최고의 경지가 바로 놀라움이다."라고 말하고 있다.

메피스토펠레스 불길 타오르는 삼발이 향로가 보이게 되면

당신은 마침내 깊고 깊은 밑바닥에 다다

른 것입니다.

향로의 불빛으로 어머니들을 볼 것인데,   6285

앉아 있기도 하고, 서 있기도 하고, 또 방

금 올 것처럼

걷기도 할 것입니다. 형상이 생기거나, 형

상이 바뀌면서

영원한 의미의 영원한 유희를 하고 있는 것

이지요.

주위엔 온갖 피조물의 영상이 떠돌고 있지만,

당신을 보지는 못할 겁니다. 그들이 보는

건 그림자뿐이니까요.   6290

마음을 단단히 가지세요. 무척 위험한 일

입니다.

곧장 삼발이 향로 쪽으로 걸어가

열쇠로 그것을 건드리십시오!

파우스트, 열쇠를 들고 단호히 명령하는 태도를 취한다.

(그를 바라보면서) 그 정도면 됐

습니다!

향로가 당신에게 붙어 충직한 하인처럼 따

를 것입니다.

침착하게 올라가면 행운이 당신을 끌어올

릴 것이니,   6295

어머니들이 알아차리기 전에 향로를 가지

고 돌아오십시오.

그것을 일단 이리 가져오기만 하면,

남녀 영웅들을 밤의 세계로부터 불러낼

수 있을 것이요,

당신은 최초로 이 일을 감행한 자가 될 것

입니다.

일이 성취되면, 당신이 바로 그걸 완수한

사람이지요.   6300

다음엔 마술의 조작에 따라

향로의 연기가 신들의 모습으로 변하는 것

입니다.

파우스트 자, 이젠 어떻게 하지?

메피스토펠레스   혼신을 다해 밑으로

내려가는 거지요.

발을 구르며 내려가십시오. 올라올 때도

역시 발을 구르고요.

파우스트, 발을 구르며 내려간다.

열쇠가 제대로 위력을 발휘해 주었으면 좋

겠군.   6305

그가 다시 올 수 있을지 궁금한걸.

밝게 불 밝힌 방들

황제와 제후들, 그리고 바삐 움직이는 신하들

시종   (메피스토펠레스에게) 우리에게 유령이 나오
        는 장면을 보여준다고 했지요.
        빨리 시작해요! 폐하께서 조바심을 내고
        계십니다.
궁내부 장관 방금도 폐하께서 어찌 되었나 물으셨소.
        우물쭈물하다간 폐하의 체면을 손상케 될
        것이외다.   6310
메피스토펠레스 내 친구가 그 일 때문에 떠났소이다.
        어떻게 해야 하는지 그가 잘 알고 있어요.
        혼자 틀어박혀 실험을 하고 있는데,
        온 심혈을 다 기울이고 있을 겝니다.
        아름다움이라는 보물을 끌어내려면,   6315
        최고의 기술, 즉 현자의 마술이 필요하니까요.
궁내부 장관 어떤 기술을 부리든 상관할 바 아니오.
        폐하께선 모든 게 빨리 끝나기만 바라고
        계시오.
금발의 여인 (메피스토펠레스에게) 여보세요, 한 말씀만

부탁해요! 제 얼굴이 지금은 깨끗하지만,

지긋지긋한 여름엔 그렇질 못한답니다!　　6320

갈색의 붉은 발진이 수없이 돋아나서

흉측하게도 하얀 피부를 덮어버리지 뭐예요.

좋은 약이 없을까요?

메피스토펠레스　안됐군요! 당신처럼 환한 미인에게

오월이 되면 얼룩고양이 같은 반점이 생기

　　다니.

개구리 알과 두꺼비 혓바닥으로 맑은 즙

　　을 내어,　　6325

보름달 밑에서 조심스레 증류시켰다가

달이 기울 때 정결하게 바르도록 하시오.

다음부턴 봄이 와도 얼룩점이 생기지 않

　　을 것이오.

갈색 머리의 여인　모두들 당신에게 몰려와 에워싸는군요.

제게도 처방을 좀 해주세요! 발에 동상이

　　걸려　　6330

걷기도, 춤을 추기도 힘들답니다.

인사할 때도 몸을 움직이기 거북하고요.

메피스토펠레스　실례지만 내 발로 한 번 밟아드리지요.

갈색 머리의 여인　그건 애인끼리나 하는 짓인데요.

메피스토펠레스　아가씨, 내가 밟는 것은 보다 큰 의미를 갖

　　고 있어요.　　6335

어디에 병이 나든, 같은 것은 같은 것으로

다스리는 법이죠.

발은 발로 고치는 거요. 모든 사지가 다 마
  찬가집니다.

이리 와요! 조심해요! 그렇다고 내 발을 밟
  아 응답할 필요는 없소.

갈색 머리의 여인 (소리지르며) 아야! 아야! 타는 것 같군요!
  지독하게 밟으시네요.

마치 말발굽에 밟힌 것 같아요.

메피스토펠레스   치료가 끝났
  어요.   6340

이제부턴 마음껏 춤을 출 수 있을 거요.

식사 중에 밥상 밑에서 애인과 발장난도
  할 수 있을 거고.

귀부인 (밀고 들어오면서) 날 좀 들어가게 해줘요!
  내 고통은 너무나 크답니다.

가슴속 깊은 곳이 부글부글 끓고 있어요.

어제까지만 해도 그이가 내 눈빛 속에서
  행복을 찾았는데,   6345

다른 년과 눈이 맞아 내게 등을 돌리고 있
  어요.

메피스토펠레스 그거 심각한 일이군. 그러나 내 말을 들어
  봐요.

우선 그에게 살며시 다가가도록 하시오.

그러곤 이 숯으로 줄을 하나 그어요.

소매, 외투, 어깨, 어디든 좋아요.   6350

그러면 그의 마음속에 후회의 정이 슬며시

　생겨날 게요.

그러나 숯덩이는 곧 삼켜야 합니다.

술이나 물을 입에 대지 말고 말이오.

그리되면 그가 오늘 밤 당신의 문 앞에서

　한숨을 쉴 것입니다.

귀부인 그게 설마 독약은 아니겠지요?

메피스토펠레스 (격분해서) 존경할 만하면 존경을 보내시오!   6355

당신이 이 숯을 구하려면 다리품깨나 팔

　아야 할 거요.

이것은 일찍이 우리가 열심히 불을 지폈던

화형장의 장작더미에서 가져온 거란 말이오.

시동 저는 사랑에 빠져 있는데, 모두가 절 어른

　취급을 해주지 않습니다.

메피스토펠레스 (옆을 향해) 누구 말을 들어야 할지 모르겠

　구나.   6360

(시동에게)

너무 어린 여자와 재미 보려고 하지 말게나.

자넬 알아줄 사람은 나이깨나 먹은 여자

　이니까―

다른 사람들이 몰려온다.

벌써 다른 사람들이 또 몰려오네! 못 해
  먹을 짓인데!
결국 진실을 가지고 곤경을 벗어나는 수밖에.
졸렬하기 짝이 없는 방책이지만! 고통이
  너무 크니 어쩔 수 없지 —   6365
오, 어머니들이여 어머니들이여, 파우스트
  를 좀 놓아주오!

(주위를 둘러보며)

벌써 방 안의 불빛이 흐려지고,
온 궁중이 갑자기 술렁대누나.
모두들 얌전하게 줄을 지어
긴 복도와 회랑을 지나는군.   6370
그래! 모두 옛 기사(騎士)의 방이었던 넓은
  홀로 모이는가 본데
다 들어갈 것 같지 않은데.
넓은 벽에는 양탄자들이 장식되어 있고,
구석과 벽감(壁龕)에는 갑옷과 투구가 진
  열돼 있다.
이런 곳이라면 주문(呪文)도 필요 없겠는걸. 6375
귀신들이 저절로 나올 것 같으니 말이야.

기사의 방

어둠침침한 조명. 황제와 신하들이 등장해 있다.

의전관 연극을 선전하는 나의 오랜 소임도
유령들의 은밀한 작용으로 어렵게 되었습
니다.
복잡하게 뒤얽힌 줄거리를 조리 있게 설명
한다는 건
아무래도 헛된 일인 듯싶습니다.   6380
안락의자와 걸상들은 이미 준비돼 있습니다.
황제 폐하는 바로 벽 앞에 모셨으니,
벽걸이 양탄자에 그려진 위대한 시대의 전
쟁을
아주 편안하게 구경하실 수 있을 겁니다.
이쪽엔 폐하와 신하들이 둘러앉아 있고,   6385
뒤쪽엔 긴의자들이 빽빽이 들어찼습니다.
이렇듯 유령이 나오는 음산한 시간에도
연인은 연인 곁에 정답게 자리를 차지하고
있습니다.
이렇게 모든 사람들, 어울리는 자리를 잡
았으니,
우리의 준비는 끝났군요. 자, 유령들아, 나
타나라!   6390

나팔소리

천문박사 즉시 연극을 시작하라!
페하의 분부이시다. 벽들아, 열려라!
아무 거리낄 것이 없다. 여기는 마술의 세
계다.
양탄자는 불길에 휘말린 듯 사라지고,
벽이 갈라져 뒤집힌다.   6395
깊숙한 곳에 무대가 만들어져
신비에 찬 불빛을 밝히는 것 같다.
어디 무대 앞쪽으로 올라가 봐야겠다.

메피스토펠레스 (프롬프터가 숨는 구멍에서 모습을 나타내며)
나는 여기서 관객들의 총애나 받아야겠다.
대사를 속삭여주는 게 악마의 화술이니까.   6400
(천문박사에게)
당신은 별들이 운행하는 박자까지 알고 있
으니,
나의 속삭임도 쉽사리 알아들을 수 있겠
지요.

천문박사 이상한 힘에 의해 여기 나타난 것은
장엄하기 짝이 없는 고대의 신전이다.
옛날에 하늘을 떠받치고 있던 아틀라스처럼   6405
수많은 기둥들이 줄지어 늘어섰다.
기둥 두 개면 능히 큰 건물을 받칠 수 있

으니,

저 기둥들은 바위산의 무게라도 지탱할 수
있으리.

건축가 저게 고대의 양식인가요! 칭찬할 정도는
못 되는군요.

조야한데다 너무 육중한 것 같아요.　　　　6410

거친 것을 고상하다 하고, 졸렬한 것을 위
대하다 하는군요.

내가 좋아하는 건 한없이 위로 뻗으려는
좁은 기둥[35]입니다.

뾰족한 아치형의 지붕은 인간의 정신을 높
여주지요.

그런 건물이야말로 우리를 정말로 기쁘게
한답니다.

천문박사 별의 운세가 좋은 이 시간을 경건한 마음
으로 맞으시오.　　　　6415

이성(理性) 따윈 마법의 주문으로 묶어놓고,

그 대신 화려하고 대담한 공상을

마음껏 자유롭게 구사하도록 하십시오.

여러분이 감히 갈망하던 것을 이제 눈으로
보십시오.

그것이 불가능하기에, 믿을 만한 가치가 있

---

35) 중세 고딕 양식의 기둥을 말한다.

을 것이오.   6420

파우스트가 무대 앞쪽의 다른 편에서 솟아오른다.

천문박사 사제복을 입고 화관을 쓴 기인(奇人)이 나
            타나
            자신 있게 시작한 일을 이제 완성하려 합
            니다.
            삼발이 향로가 그와 함께 구멍에서 올라
            오고,
            어느새 그 향로에서 분향(焚香) 내음이 풍
            겨오는 것 같군요.
            그가 이 큰일을 축복하고자 만반의 준비
            를 갖추고 있으니,   6425
            앞으론 단지 즐거운 일만 일어날 것입니다.
파우스트 (장중하게) 무한한 곳에 앉아 영원히 외롭
            게 살지만
            그러나 다정히 모여 있는 어머니들이여,
            나는 그대들 이름으로 행하노라. 그대들의
            머리 위엔
            생명의 형상들이 생명 없이 움직이며 떠돌
            고 있다.   6430
            한때 온갖 빛과 가상(假像) 속에 존재하던
            것이

거기서 움직인다. 그것은 영원하기를 바라
　기 때문이다.
전능의 힘을 가진 그대들은 그것을 나누어서
낮의 천막으로, 밤의 지붕 밑[36]으로 보낸다.
어떤 자는 즐거운 인생행로를 잡을 것이요,　　6435
어떤 자는 대담한 마술사를 찾아나설 것
　이다.
마술사는 아낌없이, 자신 있게 모두가 원
　하는 것,
그 경이로운 것을 보여주리라.

천문박사　벌겋게 단 열쇠가 향로에 닿자마자,
뭉게뭉게 피어나는 안개가 곧 방 안에 가
　득 차는구나.　　6440
안개는 살며시 스며들어 구름처럼 피어오
　르고,
늘어나고, 뭉치고, 얽히고, 나뉘었다가 다
　시 짝을 짓는다.
자, 이제 정령들의 걸작품을 보십시오!
안개가 떠도는 대로 음악이 생겨난다.
허공에 울리는 음향에서 무엇인지 알 수
　없는 것이 솟아나고,　　6445

---

36) 낮의 천막은 지상의 현상세계, 밤의 지붕 밑은 지하의 어두운 세계를
말한다.

안개가 움직이는 동안 모든 것이 멜로디가
  된다.
원주(圓柱)들은 물론 세 줄 장식37)까지 울
  려퍼지니,
신전 전체가 노래 부르는 것 같구나.
운무가 가라앉자, 그 희미한 베일 속에서
아름다운 젊은이가 박자에 맞춰 걸어나온다. 6450
이쯤해서 내 임무를 끝낼까 합니다. 그의
  이름을 댈 필요도 없지요.
어느 누가 미남 파리스를 모르겠습니까?

파리스 등장

귀부인 오, 피어나는 젊음의 힘이 어쩌면 저리도
  눈부실까?
둘째 귀부인 물이 뚝뚝 흐르는 싱싱한 복숭아 같군요!
셋째 귀부인 아름답고 달콤한, 저 도톰한 입술 좀 봐! 6455
넷째 귀부인 저 입술을 술잔처럼 빨고 싶은 게지?
다섯째 귀부인 기품은 없을지 몰라도 정말 미남이구나.
여섯째 귀부인 조금만 더 행동이 민첩했으면.
기사 양 치는 목동 같은 인상을 주는군.
  왕자 같지도 않고, 궁중예법도 전혀 모르

---

37) die Triglyphe. 그리스의 도리아식 원주에 새겨진 세 줄기 오목 팬 곳.

다른 기사   정말이야! 반 벌거숭이라 아름답게 보이지만,

일단 갑옷을 입혀놓고 봐야지!

귀부인   자리에 앉는군요. 사뿐히, 그리고 기분 좋게.

기사   그의 품에 안기면 기분이 좋겠단 말이죠?

귀부인   머리에 팔을 받치는 모습도 정말 우아하구나. 6465

시종   버릇없는 녀석인데! 저건 참을 수 없는 일

이다!

귀부인   당신들 남자들은 매사에 흠만 잡아내려

하는군요.

시종   폐하의 면전에서 기지개를 켜고 하품을 하

다니!

귀부인   저건 연기(演技)일 뿐예요! 그는 혼자만 있

다고 생각하거든요.

시종   아무리 연극이라도 여기선 예절을 지켜야죠. 6470

귀부인   저 귀여운 사람이 고이 잠들었네.

시종   곧 코를 골 겁니다. 완전히 생긴 대로 노는군!

젊은 귀부인   (황홀해져서) 이 연기에 섞여 나는 냄새가

뭘까요?

제 가슴 깊은 곳까지 시원해지는군요.

중년 귀부인   정말이야! 한 줄기 향내가 마음속 깊이 스

며드네.   6475

저 젊은이로부터 나오는 거야.

가장 나이 많은 귀부인   그건 청춘의

꽃향기라오.
젊은이의 몸에서 영약으로 만들어져
주변의 대기 속으로 퍼져가는 것이지.

헬레네 등장

메피스토펠레스 바로 저 여자군! 저 여자라면 안심이다.

예쁘긴 해도 내 마음엔 들지 않는걸. 6480

천문박사 명예를 존중하는 사람으로서 솔직히 고백
하건대

이번엔 더 이상 할 말이 없구나.

저런 미인이 오면, 불 같은 혀를 가진들 무
슨 소용이 있을까! ―

아름다움에 대해선 예로부터 무수히 찬미
되어 왔지만 ―

저 여자 앞에선 누구나 넋을 잃겠구나. 6485

그녀를 소유했던 자, 너무나 행복했겠지.

파우스트 내게 아직 두 눈이 있는가? 마음속 깊은
곳에서

아름다움의 샘물, 철철 넘쳐나는 게 보이
는가?

나는 무서운 여행길에서 가장 축복받은 선
물을 가져왔구나.

지금껏 세계는 얼마나 보잘것없고 폐쇄돼

있었던가! 6490

하지만 내가 사제가 된 이후로 어떻게 변
했는가?

비로소 바람직한 것, 근본이 있고 영속적
인 것이 되었다!

만일 내가 그대와 다시 떨어지게 된다면,

내 생명의 숨결이 사라져도 좋다! ―

일찍이 마법의 거울 속에서 날 매혹하고, 6495

기쁘게 했던 아름다운 자태,

이 미인에 비하면 한낱 거품 같은 무상(模
像)에 지나지 않도다! ―

그대야말로 내 모든 힘의 충동을,

정열의 정수(精髓)를,

동경, 사랑, 숭배, 광신을 바쳐야 할 상대일
진저. 6500

메피스토펠레스 (프롬프터의 구멍 안에서) 정신 차려요. 맡은
역할을 잊지 말아요!

중년 귀부인 키가 크고 몸매도 아름다운데 머리가 너
무 작군요.[38]

젊은 귀부인 저 발 좀 보세요! 볼품없이 크기만 하네요!

외교관 제후의 부인들에게서 저런 모습을 보았습

---

38) 그리스의 조각들, 특히 리시포스(Lysippos)의 작품이나 밀로(Milo)의
비너스상 등은 일반적으로 머리가 작고 발과 다리가 크다는 평을 받고 있다.

니다.

제겐 머리에서 발끝까지 다 아름다워 보이
는군요.   6505

궁신 잠든 젊은이에게 살금살금 다가가는군요.

귀부인 젊은이의 깨끗한 모습에 비하면 정말 못생
겼네!

시인 그녀의 아름다움으로 인해 젊은이가 빛나
는 겁니다.

귀부인 엔디미온과 루나[39]를 그려놓은 것 같아요!

시인 맞아요! 여신이 몸을 굽히는 모습이지요.   6510
젊은이의 숨결을 마시려고 몸을 숙이는군요.
부러운걸!—키스를 하는구나! —이거 너
무하는데.

궁녀장 많은 사람들 앞인데! 정말 미쳤나 봐!

파우스트 애송이한테 너무 지나친 정을 주는군!—

메피스토펠레스   쉿!

조용히!

유령들이 하는 대로 내버려두세요.   6515

궁신 그녀가 사뿐히 물러나네요. 젊은이가 깨어
났습니다.

귀부인 그녀가 돌아보는군요. 내 그럴 줄 알았어요.

---

39) Endymion und Luna. 영원히 잠든 미소년 엔디미온과 달의 여신 루나
가 남몰래 내려와 입맞추는 상면은 많은 그림과 시의 소재가 되었다.

궁신	젊은이가 놀라는군! 그에겐 기적 같은 일
	이 일어난 것이지.
귀부인	여자에겐 일어난 일이 기적이랄 것도 없어요.
궁신	여자는 얌전하게 그에게 돌아가는군요.　　6520
귀부인	그녀가 그를 가르치려는 것이지요.
	이런 경우 남자들이란 모두 어리석거든요.
	젊은이도, 자신이 첫번째 상대라고 믿겠지요.
기사	그녀는 내 맘에 꼭 드는군요. 품위 있고,
	고상하고! ―
귀부인	화냥년이에요! 저런 건 천하다고 하는 거
	예요!　　6525
시동	내가 저 남자라면 얼마나 좋을까!
궁신	저 그물에 걸려들지 않을 자가 있을라고!
귀부인	저 보물은 벌써 여러 사람의 손을 거쳐갔
	어요.
	금박도 상당히 벗겨졌고요.
다른 귀부인	저 여잔 열 살 때부터 못쓰게 되었지요.[40]　　6530
기사	누구나 그때그때 최상의 것을 취하게 마련
	입니다.
	나는 저 아름다움의 찌꺼기라도 갖겠습니다.
학자	저 여자를 똑똑히 보고 있지만, 솔직히 말

---

40) 헬레네는 열 살 때 아테네 왕 테세우스에 의해 아티카로 유괴당했다고
한다.

해서

그녀가 진짜인지 의심스럽군요.

눈에 보이는 건 과장되기 쉬워서　　　　　　　　6535

난 무엇보다 기록된 것을 중히 여깁니다.

그래서 읽어보았더니, 저 여자는 정말로

트로야[41]의 수염난 노인들에게 각별한 사

　　랑을 받았답니다.

그게 이번에도 꼭 들어맞은 것 같군요.

나도 젊지 않지만, 그녀가 내 맘에 꼭 들거

　　든요.　　　　　　　　　　　　　　　　6540

천문박사　이젠 소년이 아니군요! 용맹한 영웅이 되어

그녀를 끌어안으니, 저항하지도 못하는군요.

억센 팔로 그녀를 들어올리는군.

여자를 유괴하려는 걸까?

　파우스트　　　　　　　　　　뻔뻔스러운 바보 녀석!

어딜 감히! 들리지 않느냐! 멈춰라! 그건

　　너무 지나치다!　　　　　　　　　　　6545

메피스토펠레스　그런 도깨비 장난은 당신 자신이 하고 있

　　는 거요!

　천문박사　한마디만 더 하겠습니다! 지금까지 일어난

　　일로 미루어보아

이 연극을 헬레네의 납치라고 부르겠습니다.

---

41) Troja. 트로이의 라틴어 이름.

파우스트 뭐 납치라고! 내가 이 자리에서 멍청이가
되 줄 아느냐!

이 열쇠가 아직 내 손안에 있지 않으냐!　　　6550

이것이 날 인도하여 고독의 공포와 파랑
(波浪)을 헤치고

여기 안전한 해안으로 이끌어준 것이다.

여기에 나는 굳건히 서 있다! 여기에 모든
현실이 존재한다.

여기서부터 정신이 정령들과 싸우고,

위대한 이중세계[42]를 세울 수 있다.　　　6555

그렇게 멀리 있던 여인이 어찌 더 가까워
질 수 있으랴!

내가 그녀를 구하겠다. 그러면 그녀는 이중
으로 내 것이 되리라.

자, 용기를 내자! 어머니들이여! 어머니들
이여! 용납해 주소서!

그녀를 알게 된 자, 그녀를 놓칠 수 없으리라.

천문박사 무슨 짓을 하는 거요, 파우스트! — 힘으로
그녀를 잡다니,　　　6560

어느새 그 형상이 흐릿해지는구나.

열쇠를 젊은이에게 가져가

그의 몸에 대는군! — 아이고! 저런! 저런!

---

42) 현실과 초현실이 교차하는 세계.

폭발. 파우스트, 바닥에 쓰러진다.

유령들은 연기 속으로 사라진다.

메피스토펠레스 (파우스트를 어깨에 둘러메고)

이것 보라지! 바보 녀석을 떠맡게 되면

결국 악마까지 손해를 보게 된다니까.　　　6565

암흑, 소란

2막

높고 둥근 천장의 좁은 고딕식 방

전에 파우스트가 쓰던 방, 달라진 것이 없다.

메피스토펠레스 (커튼 뒤에서 나온다. 그가 커튼을 들고 뒤를
돌아보는 동안, 고풍스러운 침대에 누워 있
는 파우스트가 보인다)
여기 누워 있으라. 헤어나기 어려운,
사랑의 굴레에 유혹된 불행한 친구여!
헬레네 때문에 넋이 나간 자,
쉽게 정신을 되찾지 못할 것이다.
(주위를 둘러보며)
저편, 이편, 그 어느 쪽을 둘러봐도　　　　　6570
모든 게 변함없이 옛날 그대로구나.

채색된 창유리가 더 흐려진 것 같고,

거미줄이 많이 늘어났다.

잉크는 말라붙었고, 종이도 누렇게 색이
　바랬다.

하지만 모든 것이 제자리에 놓인 채로다.　　6575

파우스트가 악마에게 계약서를 작성한

그 펜까지 아직 여기에 놓여 있구나.

그렇다! 펜대 깊숙이 숨겨져 있으리라,

내가 그를 꾀어 빼앗은 피 한 방울이.

이렇듯 하나뿐인 진품(珍品)이라면,　　6580

뛰어난 수집가라도 기쁘게 해줄 수 있을걸.

저 낡은 모피옷까지 옛날의 옷걸이에 걸려
　있네.

저걸 보니 언젠가 내가 소년을 가르치던,

엉터리 선생질이 생각나는군.

그놈은 청년이 되어서도 그걸 되씹고 있겠지.　　6585

포근하고 따뜻한 외투여, 내 너를 걸치고,

사람들이 정말 대단하게 여겨주는

대학교수로 다시 뽐내고 싶은 생각이

정말 간절히 일어나는구나.

학자라면 도달하는 방법을 알겠지만,　　6590

악마에겐 이미 지나간 일이로다.

(그는 모피옷을 내려서 턴다. 귀뚜라미, 딱정벌
　레, 나방이 들이 튀어나온다)

곤충들의 합창	어서 오세요! 어서 오세요,
	우리의 옛 보호자[1]님!
	우리는 날면서, 노래하면서
	벌써 당신을 알아보았죠.

6595

남몰래 한 마리씩

우리를 심어놓으시더니,

이제는 수천의 무리

춤을 춥니다, 아버지시여!

약은 놈은 가슴속에

6600

숨어서 살지만,

털옷 속의 이들은

일찌감치 기어나오죠.

메피스토펠레스 이 조그만 녀석들이 날 기쁘게 하다니 놀
랍구나!

씨를 뿌려놓으면 언젠가는 수확을 얻게 되
는 법이렷다.

6605

이 낡은 옷을 다시 한번 털어보자.

여기서도 한 마리, 저기서도 한 마리 또 튀
어나오는구나―

뛰어올라라! 흩어져라! 요 사랑스러운 것
들아.

---

1) 옛날 메피스토펠레스가 이 옷을 입었을 때 벌레들을 옮겨놓았기 때문.

어서 서둘러 수많은 구석으로 몸을 숨겨라.

헌 상자들이 있는 저곳이나,　　　　　　　　6610

여기 갈색으로 바랜 양피지 속이나,

깨진 항아리의 먼지 낀 조각 속이나,

쾡하니 뚫린 해골의 눈구멍 속이나.

이렇게 지저분하고 곰팡이가 낀 곳에는

언제나 벌레들이 우글거려야 하느니라.　　6615

　　　　　　　　　　　(모피옷을 입는다)

자, 다시 한번 내 어깨를 감싸다오!

오늘은 내가 또 교수님이 되셨다.

하지만 그렇게 자처한들 무슨 소용이 있으랴.

날 인정해 줄 사람들이 어디 있단 말인가?

　　그가 초인종 줄을 잡아당기자, 날카롭고 섬뜩한 소리가 울려
퍼진다. 그 때문에 온 집 안이 진동하고 문들이 튕기듯 열린다.

조수　(길고 어두운 복도를 비틀비틀 걸어오며)

이게 무슨 소리지! 몸이 오싹해지네!　　　　6620

충계가 흔들리고 벽이 진동하는구나.

흔들리는 채색 창유리를 통해

번갯불 번쩍이는 게 보인다.

마룻바닥이 갈라지고, 천장으로부턴

석회와 흙덩이가 떨어져 내린다.　　　　　　6625

게다가 단단히 잠갔던 문들이

이상한 힘 때문에 빗장이 풀렸다.

저길 좀 봐! 무시무시한데! 어떤 거인이

파우스트 선생님의 모피옷을 입고 서 있네!

그의 눈짓, 그의 손짓에도   6630

나는 그 자리에 주저앉을 것만 같다.

달아나야 할까? 그냥 서 있어야 할까?

아, 나는 어떻게 될까!

메피스토펠레스 (손짓을 하며) 여보게, 이리 오게나! ─자

　　네 이름이 니코데무스지.

조수　　그렇습니다. 존경하는 선생님! ─기도하옵

　　나이다.   6635

메피스토펠레스 기도 같은 건 집어치우게!

조수　　　　　　　　　　저를 아신다니 정

　　말 기쁩니다!

메피스토펠레스 잘 알고 있지. 나이를 먹었어도 아직 학생

　　이로군.

만년 서생이겠지! 학자들도 뾰족한 수가

　　없으니까

그렇게 공부나 계속하는 거라고.

그리하여 제 나름의 공중누각을 세우지만, 6640

제아무리 위대한 인간도 그걸 완성시킬 순

　　없네.

하지만 자네의 선생은 훌륭한 분이야.

고귀한 바그너 박사님을 모를 사람이 누가

있겠나.

지금 학계에서 일인자로 꼽히는데 말씀이야!

학계를 짊어진 유일한 존재로서   6645

날마다 지혜를 증진시키고 있는 분이지.

온갖 지식을 갈망하는 청강생들이

구름처럼 그의 주위에 몰려들어

오로지 그분만이 강단에서 빛나는 존재일세.

성 베드로처럼 열쇠를 사용하여   6650

지상의 것이건 천상의 것이건 다 해명해
　준다네.

어느 누구보다 찬연히 빛나기 때문에

어떤 명성 어떤 명예도 그에게 맞설 수가
　없다네.

파우스트의 이름도 희미해지고 보니

오로지 독창적인 인재는 그분뿐일세.   6655

조수 용서하십시오, 존경하는 선생님!

이런 말씀 드리면 거역하는 것 같습니다만,

그 모든 게 그분껜 문제되지 않습니다.

겸손이야말로 그분의 타고난 천성이니까요.

그 고명하신 분이 불가사의하게 실종되신 후 6660

그분은 망연자실하고 계십니다.

박사님이 돌아오시는 것만이 그분의 위안
　이며 행복일 것입니다.

이 방도 파우스트 박사께서 계시던 때 그

대로

떠나신 후에도 손끝 하나 대지 않고

옛 주인이 돌아오기만을 기다리고 있습니다.　6665

저 같은 건 감히 여기에 들어올 엄두도 못

　　냅니다.

지금의 성시(星時)가 어떻게 되었을까요?

벽들이 겁을 집어먹은 듯하고

문짝이 흔들거리며 빗장도 튕겨져 나갔군요.

그렇지 않았다면 선생님께서도 들어오지

　　못했을 겁니다만.　6670

메피스토펠레스　자네의 선생님은 어디 가셨는가?

날 그에게 안내하거나 그를 내게 모셔오게나!

조수　아이고! 그분의 분부가 하도 엄해서

제가 감히 그래도 될는지 모르겠습니다.

여러 달 동안 위대한 작업[2] 때문에　6675

아주 조용히 파묻혀 지내십니다.

학자들 가운데 가장 상냥한 분인데,

지금은 마치 숯 굽는 사람처럼

귀에서 코끝까지 온통 검정칠을 하고 계시죠.

불을 부느라 눈이 빨갛게 충혈되었고,　6680

매 순간을 정말로 부심하고 계십니다.

짤그랑거리는 부집게 소리가 음악처럼 울

---

2) 인조인간 호문쿨루스를 만들어내는 일.

린다니까요.

메피스토펠레스 내가 들어가는 걸 그가 거절할 수 있을까?

나는 그의 성공을 촉진시켜 주는 사람인데.

조수는 퇴장하고, 메피스토펠레스는 거드름을 피우며 자리
에 앉는다.

내가 자리를 잡자마자   6685

저편에서 안면이 있는 손님이 나타나는군.

하지만 녀석이 최신 학파에 속하게 됐으니,

이번엔 한없이 뻔뻔스레 굴겠지.

학사(學士) (복도를 마구 달려오면서) 대문도 방문도 다

열려 있군!

이제야 드디어 희망이 보인다.   6690

지금처럼, 살아 있는 사람이

곰팡이 속에서 산송장이 되고,

오그라들고 썩어서 산 채로 그냥

죽어가는 일은 없으리라.

이 담들, 이 벽들도   6695

기울어져 마침내 무너질 것 같군.

우리가 곧 피하지 않으면

넘어져 깔려죽고 말 거야.

어느 누구보다 담대한 나도

더 이상 들어가질 못하겠구나.　　　　　　6700

그런데 오늘은 이상하기도 하지!
이곳은 벌써 여러 해 전에
내가 선량한 신입생으로서
두려워 가슴 죄며 왔던 곳이 아닌가?
저 수염난 작자들을 믿고　　　　　　　6705
그들의 허튼소리에 감동하던 곳이 아
　　닌가?

케케묵은 책갈피 속에서
그들이 알아낸 것으로 날 속였지.
자신이 아는 것도 믿지 않으며,
그들과 나의 삶을 앗아가 버렸지.　　　6710
저게 뭘까? ―저 방 안의 뒤편
어두컴컴한 곳에 누군가 앉아 있네!
가까이 다가가 보니 놀랍게도
저자는 정녕 떠날 때와 같이
갈색 모피옷을 입고 앉아 있구나.　　　6715
아직도 저 투박한 털옷에 감싸여 있다니!
그때는 내가 제대로 알지 못해서
그를 노련한 학자로 여겼었지.
오늘은 어림도 없다.
당당히 그에게 부딪혀보겠어!　　　　　6720

노(老)선생님, 망각의 강 레테의 탁류가

갸우뚱 숙인 선생님의 대머리를 적시지 않

  았다면,

대학의 채찍질에서 벗어난 지 오랜

옛날 학생이 여기 온 걸 아시겠지요?

제가 보기에 선생님은 아직 그대로신데,   6725

저는 다른 사람이 되어 나타난 겁니다.

메피스토펠레스 초인종 소리를 듣고 달려와 주어 반갑네.

그 당시에도 자네를 과소평가한 게 아니었네.

애벌레나 번데기를 보면 장차

오색찬란한 나비가 되리란 걸 알 수 있는 법. 6730

고수머리에다 옷깃엔 레이스를 달고,

자네는 어린애다운 기쁨에 들떴었지 —

자네는 머리를 땋아내린 적³)이 없는 모양

  이지?

오늘은 스웨덴식 머리⁴)를 하고 있군 그래.

아주 과감하고 씩씩해 보이긴 하지만,   6735

절대주의자⁵)가 되어 집에 돌아가지는 말

---

3) 십팔 세기에서 십구 세기 초에 걸쳐 유행한 머리 모양. 편협하고 현학적
인 기풍으로 배척의 대상이 되었다.

4) 삼십년전쟁의 영웅 아돌프와 그의 병사들의 짧게 치켜 깎은 군대식 머리
모양.

5) 피히테, 셸링, 헤겔 등의 아류, 즉 경험을 무시하고 철저한 주관주의에 빠
진 사상가를 말한다.

게나.

학사 노선생님! 우리는 옛날과 같은 장소에 있
긴 하지만
새로워진 시대의 흐름을 생각하시어
애매한 말씀은 삼가십시오.
이제 우리의 관점은 아주 달라졌습니다.   6740
옛날엔 착하고 선량한 학생을 우롱하셨고,
그것도 아무 기술도 없이 성공을 거뒀지만,
오늘날엔 누구도 감히 그런 짓을 못 할 것
입니다.

메피스토펠레스 젊은이에게 순수한 진리를 말해주면,
아직 주둥이도 노란 것들이 전혀 좋아하
질 않는단 말이야.   6745
하지만 그 뒤 여러 해가 지나
모든 걸 직접 피부로 체험하고 나면,
그것이 자기 머리에서 나온 양 착각하고
선생은 바보였다고 큰소리치기 일쑤지.

학사 사기꾼이라고 하겠죠? —도대체 어떤 선
생이   6750
직접 우리에게 진리를 말해준답니까?
순진한 애들을 상대로 때로는 진지하게,
때로는 유쾌하게 재치 있게,
늘였다 줄였다 마음대로지요.

메피스토펠레스 배우는 데는 물론 때가 있는 법이야.

보아하니, 자네는 가르칠 수 있다고 자신
　　하는 모양이지.　　　　　　　　　　6755
그동안 여러 달 여러 해가 지났으니,
자네도 제법 풍부한 경험을 쌓았겠구면.

학사 경험이라고요! 그건 거품과 연기 같은 것
　　이지요!
결코 정신과 비할 바가 못 됩니다.
솔직히 고백하십시오! 지금껏 알고 있던
　　것은　　　　　　　　　　　　　　6760
전혀 알아둘 만한 가치가 없다고 말입니다.

메피스토펠레스 (잠시 후에) 오래전에 그런 생각이 들었네.
　　내가 바보였다고.
이제는 내가 정말 멍청하고 우둔하다는 생
　　각이 드네.

학사 아주 반가운 말씀이군요! 정말 분별 있는
　　말씀을 들었습니다.
이성(理性) 있는 노인장을 처음 만난 것 같
　　군요.　　　　　　　　　　　　　6765

메피스토펠레스 나는 숨겨진 황금 보화를 찾으려다가
역겨운 석탄만 계속 캐낸 꼴일세.

학사 고백하십시오. 선생님의 두개골과 대머리가
저기 저 텅 빈 해골보다 낫다곤 못 하시겠죠?

메피스토펠레스 (상냥하게) 여보게, 자네는 자신이 얼마나
난폭한지 모르는 모양이지?　　　　6770

학사 독일에선 점잖을 때 거짓말을 하지요.

메피스토펠레스 (바퀴 달린 의자를 무대 전면으로 밀고 나온

다음, 관중을 향해) 이 위쪽은 너무 눈이

부시고 숨이 막히는군요.

저도 여러분 틈에 끼여 앉을 수 있을까요?

학사 시대에 뒤떨어져 아무 가치가 없는데도

무엇이나 되는 척하는 건 건방진 수작입니다. 6775

인간의 생명은 핏속에 있는데

청년의 육체만큼 피가 들끓고 있는 곳이

어디 또 있을까요?

그것은 싱싱한 힘을 가진 살아 있는 피로서

생명으로부터 새로운 생명을 창조해 내지요.

거기서 모든 게 약동하고 무언가가 이루어

지며,   6780

약한 것은 쓰러지고, 유용한 것은 뻗어나

갑니다.

우리가 세계의 절반을 정복하는 동안

당신들은 도대체 무엇을 했습니까?

졸고, 생각하고, 꿈꾸고, 궁리하면서 허구

한 날 계획만 세웠지요.

분명합니다! 늙음이란 차가운 열병 같아서 6785

변덕스러운 고민으로 오한을 일으켜요.

누구나 나이 삼십이 지나면6)

이미 죽은 것이나 진배없어요.

	따라서 당신네들은 적당한 때에 때려죽이는 게 상책이지요.
메피스토펠레스	이쯤 되면 악마도 더 할 말이 없구나. 6790
학사	내가 원치 않으면, 악마도 존재할 수 없습니다.
메피스토펠레스	(옆에 떨어져) 그 악마가 멀지 않아 네놈의 다리를 걸어넘어뜨릴걸.
학사	이것이 젊은이들의 가장 고귀한 사명입니다!

세계는 내가 창조하기 전엔 존재하지 않았
    습니다.
태양은 내가 바다에서 끌어올린 것입니다. 6795
달이 차고 이지러지는 것도 나와 더불어
    시작되었고,
하루하루는 내가 가는 길을 장식해 주었
    으며,
대지는 나를 위해 푸르고, 꽃피는 것입니다.
무수한 별들도 저 첫날 밤에
내 손짓 하나로 찬란한 빛을 발했지요. 6800
속물적인 편협한 사상의 굴레에서
나 말고 누가 당신들을 해방시켰단 말입

---

6) 피히테의 글에 "인간이 삼십 세가 넘으면 그들의 명예를 위해, 또한 세상을 위해 죽는 편이 좋다고 하지 않을 수 없다!"라는 대목이 있는데, 이것이 보편적 의미로 오해되어 예나와 바이마르 청년들이 삼시 사주 인용했다.

니까?

그러나 나는 정신이 일러주는 대로 자유롭게

기쁘게 내면의 빛을 따라갑니다.

밝음을 앞으로, 어둠을 뒤로하고 6805

나만의 황홀경 속에서 신속하게 나아갑니다.

(퇴장한다)

메피스토펠레스 괴상한 녀석. 어디 너 잘난 대로 해봐라! —

하지만 이걸 알게 되면 얼마나 가슴이 아

플까?

어리석은 생가이든, 똑똑한 생각이든

옛사람들이 벌써 생각지 않은 게 없다는

사실을 말이야 — 6810

하지만 저런 녀석이 있다고 해도 우린 걱

정할 게 없지.

몇 해만 지나면 달라지고 말 테니까.

포도주가 아무리 괴상하게 끓어올랐자

결국은 포도주밖에 될 수 없는 것.

(박수치지 않는 젊은 관객을 향해)

자네들은 내 말을 듣고도 냉담하구먼. 6815

선량한 애들이라 내버려두지만,

잘 생각해 보라고. 악마는 늙은이니까

자네들도 늙으면 그의 말을 이해할 거야!

실험실

중세풍의 실험실

공상적인 목적을 위한, 규모가 크고 다루기 힘든 기구들이 있다.

바그너　(화로 옆에서) 섬뜩하게 초인종이 울리면서,

그을린 벽들이 흔들리는군.　　　　　　　6820

참으로 진지한 기대가

더 이상 불확실하게 지속될 순 없다.

어두웠던 곳들이 벌써 밝아지고 있다.

이미 시험관 안에선

불타는 석탄 같은 게 이글거린다.　　　　6825

아니, 찬란한 홍옥 같은 게

어둠을 뚫고 번쩍거린다.

밝고 하얀 빛이 나타나는군!

오, 이번만은 실패하지 말아야지! ―

아니, 저런! 왜 문이 저리도 덜거덕거릴까?　6830

메피스토펠레스　(들어오면서) 안녕하시오! 도움이 될까 해

서 왔소이다.

바그너　(불안하게) 어서 오십시오. 성운(星運)이 좋

을 때 오셨습니다!

(낮은 소리로)

하지만 입을 다물고 숨을 죽이세요.

곧 굉장한 일이 일어날 겁니다.

메피스토펠레스 (더 낮은 소리로) 대체 무슨 일이지요?

바그너 (더 낮은 소리로) 인간을

만드는 중입니다. 6835

메피스토펠레스 인간이라고요? 그렇다면 사랑하는 한 쌍을

이 연기나는 구멍에 집어넣었단 말인가요?

바그너 천만에요! 지금껏 유행하던 생산방식을

어리석은 장난이라고 선언하는 바입니다.

생명이 튀어나온 오묘한 점이라든가, 6840

내부에서 밀고 나와 주거니 받거니 하며

자신의 모습을 본띠내고, 처음엔 가까운

것을,

다음엔 낯선 것을 자기 소유로 만드는

그 사랑스러운 힘 따위는 가치가 없어졌습

니다.

동물들은 계속 그런 걸 즐길지 모르나, 6845

위대한 천분을 타고난 인간이라면

장차, 보다 고상한 근원에서 태어나야겠지요.

(화로 쪽으로 몸을 돌리고)

빛이 나는군요! 보십시오! ─이젠 정말 희

망이 보입니다.

우리는 수백 가지의 물질을 혼합해서─

사실 이 혼합이 중요한 것이지만─ 6850

인간의 원소를 적절히 구성해 냅니다.

그걸 시험관 속에 넣어 밀봉하고

적당히 증류시키면,

은밀히 그 일이 성취되는 것입니다.

(다시 화로 쪽을 향해)

되어갑니다! 덩어리가 더욱 맑게 움직이고

　있습니다!　　　　　　　　　　　　　　　6855

확신했던 바가 점점 진실이 되어갑니다!

우리가 자연의 신비라고 찬양하던 걸

오성의 힘으로 실험해 봅니다.

지금껏 자연이 유기적으로 만들어내던 걸

우리가 결정(結晶)을 시켜 만드는 것입니다.　6860

메피스토펠레스 오래 살다 보면 여러 가지 경험을 하게 되

　는즉,

그런 사람에겐 세상에서 새로운 일이란 있

　을 수 없지요.

내 일찍이 두루 방랑하고 다니던 시절

결정으로 된 인종을 본 적이 있소이다.

바그너 (그때까지 시험관을 주시하고 있다가)

올라옵니다. 빛을 내며 한군데로 모입니다.　6865

이제 곧 이루어질 것입니다.

위대한 계획은 처음엔 미친 듯 보이는 법이

　지요.

그러나 앞으론 우연을 비웃으렵니다.

탁월한 생각을 하는 두뇌도

앞으론 사상가가 만들어낼 것입니다.　　　6870

146

(황홀하게 시험관을 바라보며)

부드러운 힘에 의해 유리병이 울리는군요.

흐려졌다가 맑아지는군. 이젠 틀림없습니다!

귀여운 모습으로 꼼지락거리는

조그만 인간이 보입니다.

우리가 뭘 원하겠나요? 세상이 더 이상 뭘

   원하겠나요?   6875

신비가 백일하에 드러났는데 말입니다.

이 소리에 귀를 기울여보세요.

저것이 소리가 되고 말이 될 것입니다.

호문쿨루스[7] (시험관 속에서 바그너에게)

안녕하세요, 아빠! 이건 농담이 아니었군요.

이리 오셔서 절 가슴에 포근히 안아주세요. 6880

하지만 너무 힘을 주진 마세요. 유리가 깨

   지니까요.

사물의 특성이란 이런 거지요.

즉, 자연적인 것에겐 우주 공간도 좁지만,

인공적인 것은 제한된 공간을 필요로 하지요.

(메피스토펠레스에게)

---

7) Homunculus. 괴테가 파라켈수스(Paracelsus)의 학설에서 힌트를 얻었으
리라 생각된다. 남성의 정자를 밀폐된 증류기에 넣어두면 생기를 얻게 되는
데, 거기에 사람 피의 엑기스를 섞어 사십 주 동안 양육하면 인간의 모습이
된다고 한다.

아니, 장난꾸러기 아저씨, 당신도 계셨군요?   6885

알맞을 때 와주셔서 고맙습니다.

정말 운수가 좋아 이리 오신 것 같군요.

저도 존재하는 동안 활동을 해야겠어요.

당장 일할 준비를 갖추고 싶어요.

아저씨는 노련하시니, 빠른 방법을 일러주

  세요.   6890

바그너 한마디만 더 해야겠다! 지금까지 젊은이나

  늙은이나

갖가지 문제들을 가지고 몰려오는 게 질색

  이었어.

예를 들어 이건 아직 아무도 풀지 못한

  건데,

육체와 영혼이 그다지도 잘 어울리고

떨어질 수 없이 굳게 결합되어 있건만,   6895

그런데도 끊임없이 서로를 싫어하는 이유

  가 무얼까?[8]

그리고 또 —

메피스토펠레스   잠깐! 나라면 차라리 이렇게

  묻겠소.

어째서 남자와 여자는 그리도 사이가 나쁘

  냐고.

---

8) 영육일치(靈肉一致)의 문제는 괴테 시대의 중요한 논쟁거리었다.

당신은 이것에 대해 명쾌한 대답을 하지
　　못할 거요.
여기 할 일이 하나 있는데, 바로 이 꼬마에
　　게 부탁해야겠소.　　　　　　　　　　6900

호문쿨루스　할 일이 뭐죠?

메피스토펠레스　(옆문을 가리키며) 여기서 네 재주를 보여
　　다오!

바그너　(여전히 시험관을 들여다보며) 정말 너는 사
　　랑스러운 아이로다!

옆문이 열리자, 침상에 누워 있는 파우스트가 보인다.

호문쿨루스　(놀라면서) 굉장하군요! ―

시험관이 바그너의 손을 빠져나와
파우스트의 위를 맴돌며 그를 환히 비춰준다.

　　　　　　　　　　　　주변이 아름답구
나! 무성한 숲에는
맑은 시냇물! 여인들이 옷을 벗는구나.
정말 아름답기도 하지! ―볼수록 멋진 광
　　경이구나.　　　　　　　　　　　　6905
그중에도 한 여인만이 유난히도 환히 빛나
　　는 게

빼어난 영웅의 혈통일까, 신의 혈통일까?

투명하게 맑은 물에 발을 담그고,

기품 있는 육체의 우아한 생명의 불길을

수정같이 맑은 물에 식히고 있다.　　　　　　　6910

그런데 돌연 이 무슨 날개 치는 소리람?

무엇이 수런수런 찰랑찰랑 잔잔한 수면을

　교란하는고?

처녀들은 기겁하고 달아난다.

하지만 홀로 태연한 여왕의 시선,

집요하게 무릎에 달라붙는 백조들의 왕을　6915

자랑스러운 듯 여자다운 즐거움에 넘쳐 바

　라본다.

백조는 이런 일에 익숙한 것 같아―

그러나 갑자기 안개가 피어올라

그 촘촘히 짠 비단폭으로

아름답기 짝이 없는 장면을 덮어버리네.　　6920

메피스토펠레스　못 할 말 없이 잘도 지껄이누나!

몸집은 작아도 넌 대단한 공상가다.

내겐 아무것도 보이지 않는데―

　　호문쿨루스　　　　　　　　　　　그럴 거예요.

　당신은 북쪽에서 태어나

몽롱한 시대에 유년기를 보냈고,

기사와 승려들이 들끓는 속에서 자랐으니　6925

어떻게 눈이 트일 수 있었겠어요!

암흑의 세계만이 당신의 고향일 텐데요.

(주위를 둘러보며)

곰팡이가 핀 역겨운 갈색 돌들이

뾰족한 아치를 이루고 구불구불 내리누르
　　는구나! ―

이 사람이 깨어나면 새로운 고통이 생길
　　테니,　　　　　　　　　　　　　　　6930

이 자리에서 당장 죽어버릴지도 모르겠어요.

숲속의 샘, 백조들, 벌거숭이 미녀들이

이분이 에감했던 꿈이있죠.

어찌 이런 곳에서 살려 하겠습니까!

단순하기 짝이 없는 저도 참기 어려운데
　　말예요.　　　　　　　　　　　　　　6935

자, 이분을 데리고 나갑시다!

메피스토펠레스　　　　　　　　　　그 방법도 괜찮
　　겠군.

호문쿨루스　병사들은 싸움터로 가도록 명하고,

처녀들은 무도장으로 데려가세요.

그러면 모든 게 당장 해결됩니다.

문득 생각난 것인데, 오늘은 마침　　　　6940

고전적 발푸르기스 축제의 밤입니다.

우리가 할 수 있는 최선의 방법이에요.

이분의 성미에 가장 맞는 그곳으로 데려갑
　　시다!

메피스토펠레스   그런 축제에 관해 들어본 적이 없는데.

호문쿨루스   어찌 그런 이야기가 당신의 귀에 들어가겠

      어요?   6945

      당신이 아는 건 다만 낭만적인 유령9)뿐일

      텐데요.

      진짜 유령은 고전적이어야 할 거예요.

메피스토펠레스   도대체 어느 쪽으로 갈 거지?

      고전적인 친구라는 말만 들어도 싫어지는걸.

호문쿨루스   마귀 아저씨, 당신의 낙원은 서북쪽이지만,   6950

      이번엔 동남쪽으로 항해해 갑시다—

      넓은 평원으로 페네이오스강10)이 유유히

      흐르고,

      조용하고 습한 만(灣)이 수풀과 나무에 둘

      러싸여 있어요.

      평원이 산골짜기까지 펼쳐져 있고,

      그 위에 신구(新舊)의 파르살루스시11)가

      자리잡고 있지요.   6955

---

9) 낭만적인 것을 싫어했던 괴테의 면모가 엿보인다. 괴테는, "낭만적인 것
은 병적이고 고전적인 것은 건전하다."고 말한 적이 있다.

10) Peneios. 테살리아 평야를 뚫고 다도해로 흘러드는 강.

11) Pharsalus. 그리스 지방의 테살리아 고원에 있는 도시로, 일찍이 카이사
르와 폼페이우스가 자웅을 겨뤘던 격전지. 그 회전(會戰)을 기념하는 6월
8일에서 9일 밤에 걸쳐 발푸르기스의 축제가 열리는데, 여기에는 그리스의
유령들이 모여든다는 전설이 있다.

메피스토펠레스 아이고 맙소사! 그만두게나!

폭군과 노예의 싸움[12]을랑 보고 싶지도

　　않네.

정말 지루한 일이지. 겨우 끝났는가 하면

다시금 처음부터 시작하니까 말이야.

실은 악마 아스모데우스[13]가 숨어서 농간

　　을 부리는 건데　　　　　　　　　　6960

그걸 아무도 알아차리지 못한단 말이야.

그들은 소위 자유권을 위해 싸운다고 하

　　지만,

알고 보면 노예와 노예의 싸움질일 뿐이지.

호문쿨루스 인간의 호전적 기질은 어쩔 수 없지요.

누구나 어린 시절부터 될 수 있는 한 자신

　　을 지켜야 하고,　　　　　　　　　　6965

그러다가 결국 어른이 되는 거니까요.

지금 문제되는 건, 어떻게 이 사람을 치유

　　할 수 있느냐죠.

방법이 있다면 여기서 시험해 보세요.

할 수 없거든 저한테 맡기시고요.

메피스토펠레스 브로켄산에서의 마술이라면 시험해 볼 만

---

12) 카이사르와 폼페이우스의 싸움은 결국 삼두정치(三頭政治)와 제정(帝
政), 즉 폭군정치와 노예제도의 싸움이었다.

13) 앞에서는 아스모디로 나왔다. 부부간을 이간시키는 악마.

한 것도 많지만,   6970

이교도의 세계에선 통하질 않는단 말씀

　이야.14)

그리스인들은 별로 쓸모가 없는 종족이야!

그런데도 방종한 관능의 유희로 너희를 유

　혹하고,

인간의 마음을 죄악의 기쁨으로 이끌거든.

그러니 우리의 죄악이 더욱 음침해 보일

　테지.   6975

자, 이제 어떻게 한다?

호문쿨루스　　　　　　　　당신은 이전엔 그렇게

명청하지 않았지요.

제가 테살리아의 마녀 얘기를 꺼냈다면

할 말은 다 했다고 생각하는데요.

메피스토펠레스 (음탕한 표정으로) 테살리아의 마녀들이라!

그거 좋지! 내가 오랫동안 찾았던 계집들

　이야.   6980

그것들과 밤마다 지낸다는 게

썩 기분 좋은 일은 아니겠지만,

그래도 한번 찾아가 시험해 보는 것도—

호문쿨루스　　　　　　　　　　　그 외투

---

14) 파우스트가 헬레네 때문에 실신했기 때문에, 이교국인 그리스에선 악
마도 힘을 쓸 수 없다는 뜻.

를 이리 주세요.

이 기사(騎士)님[15]을 둘러싸세요.

이 포대기가 예전처럼   6985

당신네 두 분을 날라다 줄 겁니다.

제가 앞에서 불을 밝히겠어요.

바그너 (불안하게)   그럼 나는?

호문쿨루스   아, 그렇지.

당신은 집에 남아 중요한 일을 해주세요.

해묵은 양피지 책을 펼쳐놓고,

처방대로 생명의 원소들을 모은 나음   6990

신중하게 이것저것을 배합해 보세요.

무엇을 할 건가도 생각하겠지만, 어떻게

  할 건가를 더 생각하세요.

그동안 저는 세상을 좀 돌아보고

아이(i)자 위의 점 하나쯤은 발견해 내겠어요.

그렇게 되면 위대한 목적이 달성되는 것이죠. 6995

그만한 노력엔 그만한 보상이 따르는 법.

황금, 명예, 명성, 건강과 장수,

그리고 아마 학문과 덕망까지도 얻을 수

  있을 겁니다.

안녕히 계세요!

바그너 (침울하게)잘 가거라! 내 가슴이 미어지는

---

15) 파우스트가 유괴당하는 헬레네를 구하려 했기에 부른 칭호.

것 같구나.

다시는 널 못 보게 될까 걱정이다.　　　　　7000

메피스토펠레스　자, 페네이오스강으로 힘차게 내려가자!

이 조카 녀석을 깔봐선 안 되겠는걸.

(관객을 향해)

결국 우리는 자신이 만든

인간에게 끌려다니는 꼴이 되는군.

고전적 발푸르기스의 밤

파르살루스의 들판

암흑

마녀 에리히토[16]　음침한 마녀인 나 에리히토는 전에도 종종

그랬듯이　　　　　　　　　　　　　7005

오늘 밤에도 저 무서운 축제에 참석하렵니다.

괘씸한 시인들이 날 과장해서 헐뜯고 있

지만,

그 정도로 흉측하진 않답니다…… 시인들

---

16) 테살리아의 마녀. 밤의 요귀이며 예언가이기도 하다. 카이사르와 폼페이우스의 싸움에서 카이사르의 승리를 예언했다고 한다.

의 칭찬과 비난이란 게

어디 끝이 있어야지요…… 멀리 보이는 골
　짜기는

잿빛 천막의 물결로 희뿌옇게 보이는데,　　　7010

그것은 근심과 공포에 가득 찼던 밤의 잔
　영(殘影)입니다.

벌써 얼마나 자주 되풀이되던 일인가요!
　앞으로도

영원히 되풀이되겠지요…… 아무도 나라를

다른 이에게 내주려 하지 않아요.

힘으로 빼앗아 힘으로 다스리려는 자에게
　맡기질 않지요.　　　　　　　　　　　7015

내면의 자아를 다스릴 줄 모르는 자일수록

자신의 오만한 뜻에 따라 이웃의 의지를
　지배하려 드니까요……

그러한 예로 여기서도 싸움이 있었지요.

폭력이 보다 큰 폭력에 맞섰습니다.

수천의 꽃으로 엮은 아름다운 자유의 화
　환이 찢기고　　　　　　　　　　　　7020

딱딱하게 굳은 월계관이 승자의 머리 위에
　씌워졌었죠.

여기서 폼페이우스는 지난날의 위대한 황
　금기를 꿈꿨고,

저기서 카이사르는 흔들리는 저울침을 응

시하며 밤을 지새웠죠.

승부는 가려졌지요. 누가 이겼는지는 세상

이 다 아는 일입니다.

화톳불이 빨간 불꽃을 날리며 타오르고, 7025

대지는 쏟아진 피를 반사하며 번들거립니다.

희귀하고 이상한 밤의 광채에 이끌려

그리스 전설의 군대들이 모여드네요.

화톳불마다 옛 전설의 형상들이

불안하게 흔들리거나 편히 앉아 있기도 합

니다. 7030

보름달은 아니지만 밝은 달이 솟아올라

부드러운 광채를 사방에 뿌려주니,

천막의 환영은 사라지고 불만 파랗게 타오

릅니다.

그러나 머리 위로 웬 뜻밖의 유성(流星)일

까요?

빛을 내며 몸뚱이같이 둥근 것을 비춰주

네요. 7035

살아 있는 것 같군요. 나는 해로운 존재니까,

생명체에 접근하는 게 적절치 않겠어요.

소문만 나빠지고, 이로울 게 없을 테니까요.

벌써 내려오네요. 나는 조심해서 피하렵니다.

(멀어져간다)

공중에서 나는 자들

호문쿨루스	화톳불과 저 몸서리쳐지는 놈들 위로	7040
	다시 한번 빙 선회합시다.	
	하긴 골짜기에서나 땅바닥에서나	
	온통 도깨비들만 보이는 것 같군요.	
메피스토펠레스	그 옛날 창문을 통해	
	북방의 혼란과 공포를 보았듯이,	7045
	몽땅 흉측한 도깨비들뿐이라	
	여기나 저기나 모두 내 집 같구나.	
호문쿨루스	보세요! 저기 키 큰 여자[17]가	
	우리 앞을 성큼성큼 가고 있네요.	
메피스토펠레스	그녀는 겁을 먹은 것 같아.	7050
	우리가 공중을 나는 걸 보고 말야.	
호문쿨루스	가도록 내버려두시죠! 그분이나 내려놓아요.	
	당신의 기사 말예요.	
	당장 살아날 겁니다.	
	이야기의 나라[18]에서 생명을 찾는 사람이	
	니까요.	7055

---

17) 에리히토를 가리킨다.

18) 그리스를 가리킨다. 괴테 역시 고대 그리스에 대한 동경이 대단했다.

파우스트   (땅에 닿자마자) 그녀는 어디 있지? ─

호문쿨루스   그건

        알 수 없어요.

        하지만 여기서 물어볼 순 있겠군요.

        날이 새기 전에 서둘러서

        화톳불을 하나씩 찾아다니세요.

        어머니 나라까지 갔다 온 분이니까   7060

        아무것도 두려울 게 없을 거예요.

메피스토펠레스 나 역시 여기에서 볼일이 있네.

        그러니 우리 모두 즐겁게 지낼 최선의 방

          법은,

        각자가 화톳불을 찾아다니며

        자신의 모험을 시험해 보는 거야.   7065

        그다음 우리가 다시 만나도록

        꼬마 친구, 자네의 불빛을 소리내며 비춰주

          게나.

호문쿨루스 이렇게 빛을 내고, 이렇게 소리를 울리겠

          어요.

        유리병이 울리면서 강렬한 빛을 발한다.

        그럼, 기운을 내어 신기한 것들을 구경하

          러 갑시다!

파우스트   (혼자서) 헬레네는 어디 있을까? ─ 이제

더 이상 묻지 않겠다……   7070

이 흙덩이, 그녀가 밟던 게 아니라도,

이 물결, 그녀에게 밀려왔던 게 아니라도

이 공기만은 그녀의 말을 전했던 것이다.

기적에 의해 나, 여기 그리스 땅에 왔노라.

땅에 발이 닿자마자 나는 그걸 느꼈다.   7075

잠자던 내게 새로운 정신이 불타오르자

생기를 되찾은 안타이오스[19]처럼 나는 일

　　어났다.

여기에 어떤 진기한 게 모여 있든

저 불꽃의 미로를 샅샅이 찾아다니련다.

　　　　　　　　　　　　　　　　　(퇴장한다)

페네이오스강 상류

메피스토펠레스 (사방을 살펴며) 이 화톳불 사이를 두루 돌

　　아다니다 보니   7080

완전히 낯선 곳에 온 느낌이 드는걸.

거의 다 벌거벗었고, 몇몇만 속옷 차림이군

　　그래.

스핑크스[20]들은 부끄러움을 모르고, 그라

---

19) Antaios. 해신 포세이돈과 대지의 여신 사이에 태어난 거인. 발이 대지
에 닿기만 하면 새로운 힘을 얻는다고 한다.

이프[21]들 역시 낯가죽이 두껍구나.

앞쪽 뒤쪽에서 눈에 비치는 건,

고수머리에 날개를 달고 있는 것들뿐일세!—   7085

우리도 속마음이 얌전하진 못하지만,

그리스 것들은 너무나 노골적이야.

최신 감각으로 이것들을 다루어

유행에 맞도록 다채로운 겉칠을 해야겠다.

역겨운 족속이야! 하지만 불쾌한 표정을

  지을 순 없지.   7090

새로 온 손님으로서 점잖게 인사나 건네자—

안녕하세요, 아름다운 아가씨들과 현명하

  신 그라이스[22]들!

그라이프   (투덜대는 말투로) 그라이스가 아니라 그라

  이프요!—

늙은이라 부르면 누군들 좋아하겠소?

어떤 말이든 어원이 있어, 그에 알맞게 울

  리게 마련이지.   7095

회색의, 언짢은, 까다로운, 잔인한, 무덤, 격

---

20) Sphinx. 이집트의 스핑크스는 남성의 머리에 사자의 몸을 하고 있지만, 그리스의 것은 여인의 상반신과 날개를 가진 괴물이다.

21) Greif. 독수리 머리에 사자의 몸을 지닌 괴물로 북방의 보물을 수호한다고 한다.

22) Greis. '늙은이'의 독일어. 그라이프(Greif)와 비슷한 발음을 이용해 빈정대고 있다.

분한 등은

어원학상 같은 음(畜)에 속하는 말들로 우

리의 비위를 상하게 하거든.

메피스토펠레스 하지만 너무 빗나가지 마세요.

존함 그라이프 중 〈그라이〉는 〈움켜잡다〉

의 뜻이라 마음에 들텐데요.

그라이프 (전과 같은 목소리로 계속해서)

물론이야! 그 말의 친족성을 실험해 보면서 7100

욕도 많이 먹었지만, 칭찬을 더 많이 들었지.

여자든 왕관이든 황금이든 나 움겨삼아

야 해.

움켜잡는 자에겐 대개 행운의 여신이 미소

를 보낸단 말이야.

개미들 (거대한 종류) 황금 얘길 하시는군요. 우리

도 그걸 잔뜩 모아

바위틈과 굴속에 몰래 숨겨놨었죠! 7105

그러나 아리마스펜[23]이 냄새를 맡고

멀리 훔쳐가지고 달아나 거기서 웃고 있다오.

그라이프들 우리가 놈들을 잡아다가 자백케 해주지.

아리마스펜 이 흥겨운 축제의 밤엔 참아주세요!

---

23) Arimaspen. 헤로도토스에 의하면 스키티아(지금의 우랄) 지방에 사는
외눈박이 종족. 거대한 개미족들이 사금을 모아 집을 지었는데, 아리마스펜
족이 그것을 발견하고 빼앗았다 한다.

내일까진 다 써버리고 말 텐데요.   7110

이번엔 우리도 성공할 것 같아요.

메피스토펠레스 (스핑크스들 사이에 앉아 있다) 여기라면 기

꺼이 살 수 있겠다!

한놈 한놈 말하는 건 다 이해할 수 있으니까.

스핑크스 우리들은 유령의 소리를 뱉어낸 것인데

당신들이 그것을 구체화시킨 것이죠.   7115

차차 알게 되겠지만 이름이나 우선 말해주

시죠!

메피스토펠레스 사람들은 여러 가지 이름으로 날 부르고

있지! —

여기 영국 사람 없나? 그들은 여행을 매우

즐겨

전쟁터나 폭포수나 허물어진 성벽 등

고색창연한 곳은 모조리 찾아다니거든.   7120

여기도 그들이 찾을 만한 곳이야.

그들이 지어낸 것이지만, 옛날 연극에서

나를 늙은 악덕[24]이라고 했었지.

스핑크스 왜 그랬을까요?

메피스토펠레스   이유는 나도 몰라.

---

24) Old Iniquity. 영국의 중세 교훈극에 'Iniquity', 혹은 'Vice'라는 역이 등
장하는데, 벤 존슨(Ben Johnson)이라는 사람이 'Old Iniquity'라는 역을 만
들었다.

| 스핑크스 | 그럴 수도 있겠죠! 별에 관해선 좀 아시나요? | 7125 |

스핑크스 그럴 수도 있겠죠! 별에 관해선 좀 아시나요? 7125

지금의 시간에 대해 무어라고 말하시겠어요?

메피스토펠레스 (위를 쳐다보며) 별들이 별들을 쫓고, 이지

러진 달이 밝기도 하구나.

나, 이 정겨운 자리에서 기분 좋게

너의 사자털에 몸을 녹이고 있는데,

하늘까지 올라갔다 손해만 보겠지. 7130

차라리 수수께끼나 물어주게. 글자 맞추기

라도 괜찮아.

스핑크스 당신 자신의 이야길 하면 그게 빌써 수수

께끼가 될 겁니다.

당신의 마음속을 한번 풀어보세요.

〈착한 사람이나 악한 사람에게 다 필요한

존재로서,

착한 이에겐 금욕을 위해 싸우는 갑옷이

되고, 7135

악한 이에겐 미친 짓을 같이 하는 동료가

된다.

그런데 두 가지 다 제우스 신을 기쁘게 하

는 것이다.〉

첫째 그라이프 (투덜대는 소리로) 저놈이 난 싫어!

둘째 그라이프 (더욱 투덜대는 소리로) 저놈이 우리에게 뭘

바라는 거지?

둘이 함께 저 추악한 놈은 여기 둘 수 없어!

메피스토펠레스 (난폭하게) 네놈은 이 손님의 손톱이 7140
너의 날카로운 발톱만큼 할퀼 수 없다고
생각하는 모양이지.
어디 한번 시험해 볼까!

스핑크스 (부드럽게)　　　　얼마든지 머물러도
좋아요.
하지만 당신이 먼저 우리에게서 달아나고
말 겁니다.
당신네 나라에선 재미 보며 살았던 모양
인데,
내가 잘못 보지 않았다면 여기선 영 못마
땅하신 것 같아요. 7145

메피스토펠레스 네 상반신은 정말 구미가 당기는데,
아래통의 짐승 모습엔 소름이 끼친다.

스핑크스 당신 같은 거짓말쟁이는 쓰디쓴 앙갚음을
받을 거예요.
우리의 앞발이 억세니까요.
당신의 오그라붙은 말발굽 따위론 7150
우리 사이에서 마음 편할 리 없겠죠.

세이렌들이 위쪽에서 전주곡을 노래한다.

메피스토펠레스 강가의 백양나무 가지에 앉아
흔들대며 노래하는 새들은 무엇이지?

스핑크스	조심해야 돼요! 한다하는 양반들도	
	저 노랫소리에 넘어가고 말았으니까요.	7155
세이렌들[25]	아, 어찌하여 당신들은	
	추하고 이상한 것들과 어울리나요!	
	들으세요, 우리들 여기 떼지어 몰려와	
	가락도 아름답게 노래부르나니,	
	이것이 세이렌의 예법이지요!	7160

스핑크스들	(세이렌들을 조롱하며 같은 멜로디로)	
	저것들을 끌어내려 보세요!	
	그들의 흉측한 매의 발톱을	
	나뭇가지에 숨기고 있답니다.	
	만일 귀를 기울이고 있노라면,	
	당신을 사로잡아 파멸로 이끌 거예요.	7165

세이렌들	미움을 버리세요! 질투를 버리세요!	
	하늘 아래 흩어져 있는	
	깨끗한 기쁨을 모으자고요!	
	물에서나 뭍에서나	
	가장 명랑한 태도로	7170
	우리의 손님을 환영합시다.	

---

25) Seiren. 『오디세이아』에 나오는 물의 요정. 여자의 머리에 새의 몸을 가졌는데, 아름다운 노래로 뱃사공을 유혹해 난파시킨다고 한다.

메피스토펠레스   제법 산뜻한 신곡들인데[26]

목구멍에서 나는 소리, 현(絃)에서 나는 소리,

서로 얽히고설키는구나.

저 노랫소리가 내겐 신통치 않은걸.   7175

귓전은 간지럽게 하지만

가슴속까지 스며들지는 못하니까.

스핑크스들   가슴이라뇨! 당치도 않은 말씀.

쭈글쭈글한 가죽 주머니라고 하는 게

당신 얼굴과 어울리겠는데요!   7180

파우스트   (다가오면서) 놀라운 일이로다! 보기만 해

도 흐뭇하구나.

추악한 것에도 위대하고 힘찬 모습이 깃들

어 있도다.

나는 벌써 행운을 예감하노니,

이 진지한 시선이 날 어디로 이끌어줄까!

(스핑크스들을 향해)

그 옛날 이것들 앞에 오이디푸스가 서 있

었겠지.   7185

(세이렌들을 향해)

이것들의 유혹이 두려워 율리시스는 삼끈

으로 자기 몸을 묶었었지.

(개미들을 향해)

---

26) 당시의 새로운 시도, 즉 낭만파의 음악적인 시를 말한나.

이것들에 의해 최고의 보물이 저장되었지.

(그라이프들을 향해)

이것들에 의해 충실히, 그리고 실수 없이
　보관되었지!

맑은 정신이 내 몸속으로 스며드는 것 같
　구나.

형상이 위대할수록 기억에 남는 것도 위대
　하도다.　　　　　　　　　　　　　　7190

메피스토펠레스　전에는 이런 것들을 저주하고 물리치더니

지금은 이런 것도 마음에 드는 모양이군요.

하긴 애인을 찾으러 온 마당에

괴물인들 반갑지 않겠어요.

파우스트　(스핑크스들을 향해) 너희 여성상들아, 내게
　말해다오.　　　　　　　　　　　　　7195

너희 중 누가 헬레네를 보았는가?

스핑크스들　우리는 그녀의 시대까지 미치질 못합니다.

우리의 막내들을 헤라클레스[27]가 때려죽
　였기 때문이죠.

케이론[28] 선생에게나 물어보세요.

---

27) Heracles. 제우스와 알크메네 사이에 태어나 지상의 해로운 괴물을 모
두 퇴치했다는 영웅. 스핑크스를 죽였다는 것은 괴테의 창작이다.
28) Cheiron. 상반신은 인간이며 하반신은 말인 켄타우로스족의 현자. 의
사이자 음악가이며 천문학자로서 헤라클레스, 아스클레피오스, 아킬레우스
등 많은 영웅을 가르쳤다고 한다.

이런 유령의 축제날엔 뛰놀고 다니지요. 7200

그를 붙잡기만 하면 많은 얘길 들을 텐데요.

세이렌들　당신에게도 소홀히하지 않겠어요! ―

율리시스도 우릴 업신여기지 않았죠.

지나치지 않고 머물러서

많은 얘길 들려주었답니다. 7205

푸른 바닷가에 있는

우리의 고향으로 찾아오시면,

모든 얘기를 들려드리죠.

스핑크스　귀한 손님, 저런 말에 속지 마세요!

율리시스처럼 몸을 묶는 대신 7210

우리의 친절한 충고를 새겨두세요!

케이론 선생만 찾을 수 있다면,

제가 장담한 걸 알게 될 거예요.

파우스트, 퇴장한다.

메피스토펠레스　(역정을 내며) 날개 치며 까옥까옥 울고 가

는 게 뭐지?

볼 수도 없게 저리도 빨리 7215

줄지어 날아가는 놈들 말이다.

사냥꾼도 지쳐버리겠다.

스핑크스　겨울의 쪽풍처럼 빠르고,

알키데스[29]의 화살도 미치지 못하는 놈들,

스팀팔로스[30]의 민첩한 새들이지요.　　　　7220

독수리 부리에 거위 발을 가졌지만,

까옥까옥 우는 건 호의를 표하는 인사지요.

우리들 모임에 끼어들어

한집안[31]임을 증명하고 싶은 거예요.

메피스토펠레스 (겁이 나는 듯) 그사이에서 쉿쉿거리는 게

　　　　또 있는데.　　　　　　　　　　　7225

스핑크스 그건 조금도 겁낼 필요 없어요!

저건 레르니의 뱀대가리[32]들이랍니다.

몸통이 잘렸는데도, 제구실을 하는 거지

　　　　요—

하지만 당신은 어떻게 된 건가요?

왜 그리도 안절부절못하지요?　　　　　7230

어딘가 가려고 그러세요?—그럼 떠나세요.

알겠어요. 당신은 저 합창단 쪽으로

목을 길게 빼고 있군요. 억제할 것 없이

---

29) Alcides. 알케우스의 손자인 헤라클레스를 부르는 칭호.

30) Stymphaliden. 아르카디아의 동북방 깊은 골짜기에 있는 호수. 옛날에
철로 된 날개와 부리와 발톱을 가진 괴조(怪鳥)가 살았다고 한다.

31) 그리스신화의 세계.

32) 아르골리스 지방 레르나의 늪지대에 사는 독사. 머리가 아홉으로 목을
잘라도 다시 생겨나기 때문에 헤라클레스는 목을 칠 때마다 불로 지져서
죽었다고 한다.

어서 가보세요! 매력적인 얼굴들에게 인사
　　라도 하세요!
저건 라미아[33]들이에요. 쾌락을 주는 매
　　춘부들이죠.　　　　　　　　　　　　　7235
오만한 이마에 미소를 흘리면
사티로스족[34]들이 사족을 못 쓰지요.
염소 발굽을 가진 자라면 거기서 무슨 짓
　　이라도 할 수 있답니다.

메피스토펠레스 그대들은 여기 머물러 있겠지? 다시 만나
　　고 싶은데.

스핑크스 그럼요! 어서 가서 저 바람둥이 사이에 섞
　　여보세요!　　　　　　　　　　　　　7240
우리는 이집트 시대부터 수천 년 동안
한군데 앉아 있는 데 익숙해졌어요.
하지만 우리의 위치를 유의하세요.
우리가 음력과 양력을 조정하고 있거든요.

백성들의 최후의 심판을 보려고　　　　7245
피라미드 앞에 앉은 우리들,
홍수가 나건, 전쟁과 평화에도

---

33) Lamia. 흰 유방을 드러내어 남성을 유혹하는 마녀. 남자의 피와 살을
빨아먹고 산다고 한다.
34) Saturos. 음탕한 숲의 신으로 반인반양(半人半羊)의 모습을 하고 있다.

얼굴 한번 찡그리지 않았답니다.

페네이오스강의 하류

페네이오스가 늪과 물의 요정들에 둘러싸여 있다.

페네이오스 일렁거려라, 속삭이는 갈대여!

고요히 숨쉬어라! 갈대의 누이들아.   7250

살랑거려라, 늘어진 버들가지여.

소곤거려라, 떨고 있는 백양나무 사시들아.

깨져버린 꿈길을 더듬어서!……

그러나 무시무시한 진동과

은밀히 만물을 뒤흔드는 소리가   7255

물결 속에서 쉬는 나를 깨우는구나.

파우스트 (강가로 걸어가며) 내 귀가 틀림없다면,

이 우거진 나뭇잎 사이에서,

이 나뭇가지 이 수풀 속에서

사람 소리 비슷한 걸 들은 것 같다.   7260

물결도 무언가 재잘거리고,

살랑대는 바람─ 흥겨운 이야기를 하고

있구나.

님프들 (파우스트에게) 당신에게 권합니다.

여기에 편안히 누워

피곤해진 육신,   7265

시원한 그늘에서 푸세요.

늘 얻기 어려웠던

휴식을 즐기세요.

살랑대며 졸졸거리며

당신의 귓전에 속삭일게요.　　　　　　　　　7270

파우스트　정녕 꿈이 아니로다! 저 여인들[35]을,

그 비할 수 없이 아름다운 모습들을,

내가 본 대로 그곳에서 놀게 해다오!

희한한 감동이 온몸을 파고든다!

이것이 꿈일까? 아니면 추억일까?　　　　　　7275

언젠가 한번 이런 행복을 맛본 적이 있었지.

부드럽게 일렁이는 무성한 숲속,

시원한 그늘 속으로 물이 흐른다.

요란하지 않게 돌돌돌 흐른다.

수많은 물줄기 사방에서 흘러　　　　　　　　7280

한데 모여 깨끗한 웅덩이를 만드니

평평한 게 목욕하기 알맞다.

건강하고 젊은 여인들의 육체가

거울 같은 수면에 비쳐

내 눈을 황홀하게 하누나!　　　　　　　　　7285

---

35) 파우스트가 꿈속에 보았던 강변의 연인들. 헬레네의 어머니 레다가 백
조의 모습으로 나타난 제우스 신과 가까이했다.

어울려서 희희낙락 목욕하다가
대담하게 헤엄을 치거나 조심조심 물을 건
　너고,
결국은 와자지껄 물싸움이 벌어진다.
나는 여기서 눈요기나 하며
이 광경에 만족해야 하련만.　　　　　　　　　　7290
마음이 점점 앞으로 내달아
저편 은밀한 곳으로 날카로운 눈길을 보낸다.
거기 푸른 잎새 무성한 곳에
고귀한 여왕님 숨어 있지 않나 해서.

이상도 하다! 후미로부터　　　　　　　　　　　7295
백조들까지 헤엄쳐 온다.
깨끗하고 당당한 모습으로.
유유히 떠다니며 정답게 어울리지만,
자신을 뽐내는 양 오만하게
머리와 주둥이를 움직이는 모습이라니……　　　7300
그중에서도 한 마리가 유별나게
가슴을 활짝 펴고 자신만만하게
다른 무리 속을 재빨리 헤쳐나간다.
온몸의 깃털 잔뜩 부풀리고서
물결 위에 큰 물결을 일으키면서　　　　　　　7305
성스러운 곳으로 돌진해 들어간다…….
다른 백조들은 조용히 깃털을 반짝이며

이리저리 헤엄치며 돌아다닌다.

때로는 떠들썩하지만 화려한 싸움을 벌여

수줍은 처녀들의 마음을 빼앗는다.　　　　　7310

자신의 안전만을 생각한 나머지

여왕 지키는 임무를 잊게 하기 위함이다.

님프들　자매들이여, 이 강변의 푸른 언덕에

귀를 대고 들어보아요.

우리 귀가 틀림없다면, 어쩐지　　　　　7315

말발굽 소리가 들리는 것 같아요.

대체 누가 이 축제의 밤에

급한 소식을 전하려는 걸까요?

파우스트　성급히 달려오는 말발굽 소리에

대지가 쾅쾅히 울리는구나.　　　　　7320

저쪽을 좀 보라지!

은혜로운 행운이 벌써

날 찾아온 것일까?

오, 비할 데 없는 기적이로다!

기사 한 명이 달려온다.　　　　　7325

지혜와 용기를 타고난 것 같은데,

눈부시게 하얀 말을 타고 있다…….

틀림없다. 나는 이미 저 사람을 알고 있다.

필리라의 유명한 아들[36]이로다! ─

---

36) 케이론은 해신 오케아노스의 딸 필리라(Philyra)의 아들.

멈추시오! 케이론! 그대에게 할 말이 있

소……. 7330

케이론 무슨 일인가? 왜 그러는 거야?

파우스트 걸음을 좀 멈

추시오!

케이론 나는 쉬어갈 수가 없네.

파우스트 제발 부탁이오! 날

데리고 가주오!

케이론 올라타게! 그래야 내가 마음대로 물어볼

수가 있지.

어디로 가는 길인가? 자네는 강가에 서 있

는데,

내가 이 강을 건너게 해줄 수도 있다네. 7335

파우스트 (올라타면서) 마음대로 가시오. 내 그대의

은혜를 영원히 잊지 않으리다…….

그대는 위대한 인물이며 고귀한 교육자요.

영웅들을 길러 명성을 높이고,

아르고 선(船)에 탔던 훌륭한 무리[37]와

시인들이 찬미한 모든 영웅들을 가르쳤소. 7340

케이론 그런 이야길랑 그만두게나!

팔라스조차 스승으로선 존경받지 못한다네.

---

37) 이아손을 대장으로 하여 아르고라는 배를 타고 콜키스로 금양모피(金
羊毛皮)를 빼앗으러 떠났던 영웅들.

결국 제자들은 자기 방식대로 발전해 가
　는 걸세.

누구의 교육도 받지 않은 것처럼 말이야.

파우스트　당신은 의사로서 온갖 초목에 정통하시죠. 7345

그 뿌리를 심오한 곳까지 알아

병을 고쳐주고 상처의 아픔을 덜어줍니다.

내 정신력과 체력을 다해 이렇게 당신을

　껴안고 있습니다!

케이론　내 곁에서 영웅이 부상을 당하면

내가 치료하며 도와줄 수 있었소. 7350

하지만 나의 의술도 결국

무녀(巫女)나 목사들에게 맡겨버렸지.

파우스트　당신은 진정 위대한 인간입니다.

칭찬의 말에는 귀도 기울이지 않는군요.

자기 같은 인물은 부지기수라는 태도로 7355

겸손하게 말을 피하려 드시니.

케이론　그대는 아첨하는 기술에 능하니

군주나 백성의 비위를 잘 맞춰주겠군.

파우스트　그러나 이것만은 인정하겠지요.

당신은 당신 시대의 가장 위대한 인물들을

　보았고, 7360

그 고매한 자들의 행위를 본받으려 애쓰며

반신(半神)처럼 진지한 나날을 살아왔음을.

그렇다면 수많은 영웅들 중에서

누구를 가장 훌륭하다고 생각합니까?

케이론 아르고 선에 탔던 저 고귀한 용사들은   7365

　　　　모두가 자기 나름대로 용감하였소.

　　　　각자 고무된 힘에 따라

　　　　서로의 결점을 보충할 수 있었지.

　　　　넘치는 젊음과 아름다움으로 말하자면

　　　　언제나 디오스쿠로이 형제[38]가 출중했지.   7370

　　　　과감하고 민첩하게 다른 사람을 구하는
　　　　　　데는

　　　　보레아스의 두 아들[39]이 훌륭한 몫을 해
　　　　　　냈으며,

　　　　신중하고 강하고, 총명하여 좋은 의견을
　　　　　　내는 데는

　　　　여인들에게 인기 있었던 이아손[40]이 제일
　　　　　　이었다오.

　　　　다음은 오르페우스[41]로, 우아한데다 항상
　　　　　　조용하고 신중했으며,   7375

　　　　누구보다 뛰어나게 칠현금을 연주했소.

---

38) Dioskuroi. 헬레네의 형제로서 쌍둥이인 카스토르와 폴리데우케스.
39) 바람의 신 보레아스의 아들 칼라이스와 제테스로 날개가 있었다고 한다.
40) 테살리아의 왕자로 숙부로부터 왕위를 되찾기 위해 아르고선을 타고 모험을 떠났다.
41) Orpheus. 오이아그로스와 뮤즈 중 한 명인 칼리오페 사이에 난 아들로 칠현금의 명수이며 가수.

천리안인 린케우스[42]는 밤낮을 가리지 않고,

암초를 뚫고 성스러운 배를 몰았었지.

모두 도와야 위험을 벗어날 수 있는 법.

한 사람이 활동하면, 다른 사람은 모두 칭

  찬을 해야 하오.   7380

파우스트   헤라클레스에 대해선 한마디도 않으십니까?

케이론   오, 슬프다! 내 그리운 정을 건드리지 마시오!

나는 태양의 신 포이보스를 본 적이 없고,

아레스[43]며 헤르메스[44]라고 하는 자들도

  마찬가지지만

만인이 신처럼 찬양하는 그만은   7385

바로 내 눈앞에서 보았다오.

그는 타고난 왕자였소.

젊었을 땐 보기에도 늠름했지만,

형님에겐 더없이 공손했지요.

사랑스러운 여인들에게도 물론.   7390

대지의 여신 가이아도 다시는 그런 자를

  낳지 못할 것이며,

헤베[45]도 또 한번 그런 자를 하늘로 데려

---

42) Lynkeus. 아르고 선의 조타수로 눈이 밝아 천리안이라 불렸다.

43) Ares. 군신(軍神). 라틴어로는 마르스(Mars).

44) Hermes. 신들의 사자(使者). 라틴어로는 메르쿠리우스(Mercurius).

45) Hebe. 제우스와 헤라 사이에 난 딸로 청춘의 신. 올림포스에서 헤라클
레스와 결혼해 하늘로 데리고 올라갔다고 한다.

가지 못하리라.

노래를 부르려 해도 헛된 일이요,

돌에 새겨보고자 한들 고생일 뿐이외다.

파우스트 조각가가 아무리 그를 재현하려 애써도,　　7395

결코 그의 훌륭한 모습을 보여주진 못할

겁니다.

그런데 잘난 남자의 얘길 하셨으니,

이번엔 잘난 여자의 얘기도 해주시오!

케이론 뭐라고! 여인의 아름다움이란 별것이 아니오.

자칫하면 굳어버린 모습이 되기 쉽지.　　7400

찬양할 만한 미의 속성이란 오로지

삶을 즐기는 데서 솟아나는 것이오.[46]

아름다움이란 자기도취에 빠지기 쉬운데,

우아한 아름다움이라야 정말로 거역할 수

없는 것이지.

내가 태워다 주었던 헬레네처럼.　　7405

파우스트 당신이 그녀를 태워다 주었다고요?

케이론　　　　　　　　　　　　　그렇소.

바로 이 등 위에.

파우스트 벌써부터 내 마음 어쩔 바를 몰랐는데,

이런 자리에 앉았다니 난 정말 행복하군요!

---

46) 우리의 마음을 사로잡는 우미(優美)는 생동하는 아름다움 속에만 존
재한다는 게 실러의 설인데 괴테도 이에 찬동했다.

케이론　　그녀도 내 머리카락을 꼭 잡고 있었소.

　　　　　지금의 그대처럼.

파우스트　　　　　　　　　　오, 정말 정신을 잃을 지경

　　　　　입니다!　　　　　　　　　　　　　　　　　7410

　　　　　어찌 된 연유인지 얘기해 주시겠어요?

　　　　　그녀만이 내 유일한 소망입니다!

　　　　　오, 어디에서 어디로 그녀를 태워다 주었

　　　　　지요?

케이론　　그 질문에 답하기야 쉽지.

　　　　　저 디오스쿠로이 형제가 그 당시에　　　　7415

　　　　　누이동생 헬레네를 도둑 떼⁴⁷⁾의 손에서 구

　　　　　해내었소.

　　　　　그러나 남에게 져본 적이 없는 도둑들은

　　　　　분기충천하여 뒤를 추격해 왔소.

　　　　　그때 엘레우시스 근처의 늪들이

　　　　　남매들의 바쁜 걸음을 가로막았다오.　　　7420

　　　　　형제는 걸어서 건너고, 나는 그녀를 태우

　　　　　고 물을 치면서 헤엄쳤지요.

　　　　　껑충 뛰어내린 그녀는 내 젖은 갈기를 쓰

　　　　　다듬으며,

　　　　　귀엽고 영리하고 또 자신만만하게

---

47) 테세우스 일당. 스파르타의 디아나 신전에서 춤추고 있는 헬레네를 유
괴했다. 그러나 카스토르와 폴리데우케스 형제가 구해냈다고 한다.

애교를 부리고 감사를 표했지.

그 젊고 매력적인 모습이라니! 늙은이까지

즐겁게 하더군!   7425

파우스트   겨우 열 살이었을 텐데요![48]

케이론   내 보기엔, 문헌

학자들이

그대는 물론 자기 자신까지 속였던 것이외다.

신화 속의 여인은 아주 독특해서

시인들은 필요에 따라 멋대로 그려낸다오.

어른이 되지도 않고 늙지도 않고,   7430

항상 군침 넘어가는 모습을 하고 있지요.

어려서는 유혹을 당하고, 늙어서도 청혼을

받는 여인으로 말이오.

요컨대 시인이란 시간에 얽매이지 않는다

니까.

파우스트   그렇다면 그녀도 시간에 얽매이지 말아야

지요!

아킬레우스가 페라이에서 그녀를 만난 것도 7435

모든 시간을 초월한 것이었지요![49] 얼마나

---

48) 괴테는 처음에 칠 세로 썼다가, 후에 에커만에게 십 세로 고치라고 유언
했다고 한다. 문헌학자들 사이에선 칠 세, 십 세, 십사 세 등 여러 설이 있다.
49) 그리스 전설에 의하면 아킬레우스가 죽은 후 어머니의 탄원으로 다시
지상에 나와 페라이에서 헬레네와 결혼했다고 한다.

드문 행복인가요.

운명을 거역하고 사랑을 쟁취하다니!

나도 간절한 그리움의 힘으로

그 비길 데 없는 자태를 끌어낼 수 없을까요?

위대하고 상냥하고 고상하고 사랑스러우며 7440

신들에 못지않은 그 영원한 존재를?

당신은 옛날에 보았지만, 나는 오늘 만나

　보았어요.

아름답고 매력적인 모습, 그리움을 자아내

　기에 충분했어요.

이제 내 마음과 몸이 꼼짝없이 사로잡혔

　으니,

그녀를 얻지 못한다면 살아갈 수가 없습

　니다! 7445

케이론　낯선 친구여, 그대는 인간으로선 감격적이나

　　　정령들 사이선 미친놈 취급을 받을 것

　　　이오.

그런데 그대에게 마침 다행한 일이 있소.

내가 해마다, 잠깐씩이긴 하지만

아스클레피오스의 딸 만토50)에게 들르곤

　한다오. 7450

50) Manto. 테베의 예언자 티이레시아스의 딸인데, 괴테는 여기서 의술(醫術)의 신 아스클레피오스의 딸인 양 쓰고 있다.

그녀는 조용한 기도로 호소하지요.

아버지가 명예를 위해서라도

의사들의 마음을 정말 바르게 고쳐

무모하게 사람을 죽이는 일이 없게 해달

　라고.

무녀들 가운데 내가 가장 좋아하는 아이로　7455

호들갑을 떨지 않고, 귀엽고 상냥하다오.

다행히 그녀 곁에 며칠 머무를 수 있다면,

약초의 힘으로 그대의 병을 완치할 수 있

　을 거요.

파우스트　치료 같은 건 받지 않겠어요. 나의 심신은

　건강하니까요.

치료를 받으면 다른 이들처럼 속물이 되고

　말 겁니다.　　　　　　　　　　　　　　7460

케이론　고귀한 샘물의 영험을 소홀히하지 마시오!

빨리 내려요! 다 왔으니까.

파우스트　이봐요. 당신은 이 무시무시한 밤에

자갈 깔린 강을 넘어 어디로 날 데려온 것

　인가요?

케이론　여기는 로마와 그리스가 맞서 싸우던 곳

　이오.51)　　　　　　　　　　　　　　　7465

---

51) 기원전 168년 로마의 집정관 파울루스가 마케도니아 국왕 페르세우스
의 군대를 무찌른 곳.

오른편엔 페네이오스강이 흐르고, 왼편으
론 올림포스산이 솟아 있지요.
그 위대한 제국은 덧없이 사라져버렸소.
왕은 달아나고 백성들은 승리를 외쳤지요.
위를 쳐다보시오! 아주 가까운 곳에
달빛 속에 그 영원한 신전[52]이 서 있어요.   7470

만토 (안에서 꿈을 꾸듯) 이 성스러운 계단에
말굽 소리 울리며
반신(半神)들께서 들어오시는군요.

케이론 바로 그렇단다!
눈을 떠보아라!   7475

만토 (깨어나면서) 어서 오세요! 꼭 오실 줄 알았
어요.

케이론 너의 신전이 그대로 서 있는 한!

만토 여전히 쉬지 않고 돌아다니시나요?

케이론 네가 늘 고요히 평화롭게 사는 것처럼
나는 돌아다니는 것이 즐겁단다.   7480

만토 제가 기다리고 있으면 시간이 제 주위를
돌지요 ─
그런데 이분은?

케이론   소문이 자자한 오늘 밤 축제가
이 사람을 휘몰아 예까지 데려왔지.

---

52) 올림포스의 아폴론 신전.

헬레네에게 미쳐

그녀를 얻으려 하지만,   7485

어떻게, 어디서 시작해야 할지도 모르고

   있단다.

무엇보다 아스클레피오스의 치료가 필요

   한 사람이다.

만토 불가능한 것을 갈망하는 자, 그런 사람을

   전 좋아해요.

케이론은 어느새 가버렸다.

만토 들어오세요! 용감한 분, 기뻐해도 될 거예요!

이 어두운 길은 페르세포네[53])에게 통하고

   있지요.   7490

그녀는 올림포스의 빈 굴속에서

금지된 비밀 인사를 엿듣고 있답니다.

언젠가 제가 오르페우스를 들여보낸 적이

   있었죠.

더 잘 해보세요! 기운을 내요! 마음을 굳

   게 먹고요!

그들은 아래로 내려간다.

---

53) Persephone. 제우스와 데메테르 사이에 난 딸로 명부(冥府)의 신.

페네이오스강의 상류

이전과 같이

세이렌들   페네이오스강 속으로 뛰어들어라.   7495
거기서 철벙철벙 헤엄을 치자.
불행한 뭍사람들을 위해
노래하고 또 노래하자.
물이 없으면 행복도 없다네!
우리들 명랑한 무리   7500
서둘러 에게해(海)로 내려가면,
온갖 즐거움이 기다린다네.

지진

세이렌들   파도는 거품을 일으키며 되돌아오는데,
강바닥엔 더 이상 물이 흐르지 않네.
대지가 흔들려 물길을 막고,   7505
자갈밭과 강변이 갈라져 연기를 뿜는구나.
도망치세요! 모두 오세요! 어서요!
이 괴변은 인정사정 안 보니까요!

고상하고 유쾌한 손님네들,
바다의 명랑한 축제를 보러 갑시다.   7510

흔들리는 파도 반짝거리며

조용히 굽이쳐 강변을 적셔요.

거기 달빛이 이중으로 빛나는 곳

성스러운 이슬로 우리를 적셔주지요!

여기엔 불안한 지진이 있지만,   7515

거기엔 자유분방한 삶이 있어요!

현명한 분들은 서둘러 떠납시다!

이곳은 너무나 소름이 끼쳐요.

세이스모스[54]   (땅속에서 으르렁쿵쾅거리며)

한 번 더 힘껏 밀어젖히자.

어깨로 용감하게 들어올리자!   7520

그래서 우리가 땅 위로 나가면,

모두들 우리를 피할 것이다.

스핑크스들   이 얼마나 불쾌한 진동이며,

추악하고 무시무시한 날씨인가!

요동치고 흔들리며   7525

그네 타듯 오르락내리락!

정말 견딜 수 없이 기분이 나쁘군!

하지만 우린 자리를 바꾸지 않는다.

지옥이 온통 터진다 해도.

---

54) Seismos. '지진'을 뜻하는 그리스어. 괴테가 이것을 의인화한 것이다.

둥근 지붕 같은 게 올라온다.   7530

신기해라. 저 사람은 바로

벌써 백발이 된 노인이구나.

산고(産苦)를 겪는 여인[55]을 위해

물결을 헤치고

델로스섬을 솟아오르게 한 분.   7535

그는 있는 힘껏 밀고 누르고,

두 팔을 뻗고 등을 구부려

마치 아틀라스[56]와 같은 자세로

땅바닥과 풀밭과 대지와

자갈이나 모래 그리고 진흙 할 것 없이   7540

우리의 고요한 강 언덕을 밀어올린다.

그래서 조용한 계곡의 땅을

모로 비스듬히 찢어놓았네.

피로를 모르는 기운찬 모습은

거대한 여상주(女像柱)처럼,   7545

아직도 가슴까지 땅속에 묻힌 채

무시무시한 돌 바탕을 들고 있다네.

하지만 그 이상은 올라오지 못할걸.

우리 스핑크스들이 자리를 잡았으니까.

---

55) 아폴론과 디아나의 어머니인 레토를 일컫는다. 헤라 여신의 질투 때문
에 쫓기며 해산의 진통을 겪고 있을 때, 그녀의 순산을 도우려고 델로스섬
이 바다 한가운데서 솟아났다고 한다.

56) Atlas. 허리를 굽히고 두 팔로 천공(天空)을 떠받치고 있는 거인.

세이스모스 이 일을 오직 나 혼자 해냈다는 사실을   7550

결국 사람들도 인정해 줄 거야.

내가 흔들고 밀고 하지 않았다면,

어찌 세계가 이리 아름다우랴!

그림같이 황홀한 저 산들도

내가 밀어올리지 않았던들,   7555

저 맑고 푸른 창공 위에

어찌 솟아나 있었으랴!

지고한 조상, 밤과 혼돈 앞에서

첨찬 행동거지로 거인들과 어울리며

펠리온산과 옷사산[57]을   7560

공놀이하듯 내던지기도 했지.

청춘의 열기 속에서 마구 날뛰다가

이윽고 싫증이 나자

모자를 씌우듯 두 개의 산을

파르나소스산[58] 위에 올려놓았다 ―   7565

지금은 아폴론과 행복한 뮤즈의 무리와

그곳에서 즐겁게 살고 있단 말이다.

번갯불을 안고 있는 주피터[59]를 위해서도

---

57) 둘 다 테살리아에 있는 산. 거인들이 신을 습격하기 위해 올림포스산
위에 이 산들을 쌓아올리려 했다고 한다.

58) Parnassos. 델피에 있는 산. 아폴론과 뮤즈들이 살았다고 한다.

59) Jupiter. 제우스 신의 로마식 이름.

의자[60]를 높이 올려주었지.

그래서 지금도 엄청난 노력으로 7570

깊은 심연으로부터 밀고 올라와

나, 유쾌한 주민들을 향해

새로운 삶을 소리쳐 요구하는 것이다.

스핑크스들 여기 우뚝 솟은 산들이

땅속에서 비집고 나오는 양을 7575

우리가 직접 보지 않았다면,

태곳적부터 있었다고 말들 할 테지.

무성한 숲이 계속 퍼져나가고,

아직도 바위들이 연신 몰려오누나.

스핑크스라면 그런 일쯤 개의치 않아. 7580

우리는 성스러운 자리를 지키고 있겠다.

그라이프들 종이 같은 황금, 금박 같은 황금이

바위틈 사이로 번쩍이누나.

저런 보물을 빼앗겨선 안 돼!

개미들아, 어서! 그것을 파내려무나. 7585

개미들의 합창 거인들이 이 산을

밀어올린 것처럼,

너희들도 아장아장

냉큼 위로 올라가거라!

---

60) 올림포스산을 말한다.

잽싸게 들락날락하여라!   7590

이런 바위틈에선

아무리 작은 부스러기도

모아둘 가치가 있느니.

모든 구석 샅샅이

서둘러 들어가   7595

제아무리 작은 것도

찾아내야 하느니라!

바글거리는 무리들아,

부지런히 일해라.

황금만 물어와라!   7600

돌덩이는 버려라!

그라이프들 들어오너라! 들어와! 황금만 쌓아올려라!

우리가 그것을 발톱으로 누르고 있으니

자물쇠로는 최상이라,

아무리 큰 보물이라도 잘 간수될 것이다.   7605

난쟁이 피그마이오이들[61] 우리가 이렇게 자리를 잡았지만,

어찌 된 셈인지는 모르겠어요.

우리가 어디서 왔는지 묻지 마세요.

어쨌든 지금 이렇게 와 있으니까요!

인생을 즐겁게 지내는 곳이라면,   7610

---

61) Pygmaioi. 세계의 남단에 산다는 소인종. 강 위를 날아 습격해 오는 학들과 전쟁을 한다고 한다.

어떤 나라인들 매한가지죠.

바위틈이 보이기만 하면

어느새 난쟁이가 차지한답니다.

난쟁이 내외는 아주 부지런해서

모든 쌍들의 모범이지요.   7615

옛 낙원에서도 똑같았는지

그건 잘 모르겠어요.

하지만 여기가 제일 좋으니

우리의 별에 감사해야겠어요.

동쪽에서건 서쪽에서건   7620

어머니 대지는 잘도 생명을 낳으니까요.

꼬마 난쟁이 닥틸로이[62] 어머니 대지는 하룻밤 사이에

조그만 아이들을 낳았습니다.

아주 작은 꼬마도 낳을 테니까

어울리는 상대도 찾아내겠죠.   7625

최고령의 피그마이오이 서둘러서 편안한

자리 하나 마련하라!

어서어서 일을 하라!

힘보다는 재빠르게!

아직은 평화로우나,   7630

---

62) Daktyle. 피그마이오이보다 더 작은 난쟁이로 솜씨 좋은 대장장이.

대장간 지어놓고,
갑옷과 무기 만들어
병사들을 무장시켜라!

너희 모든 개미는
떼를 지어 부지런히   7635
쇠붙이를 날라오라!
아주 작지만 수가 많은
너희 닥틸로이들아,
니, 명령하노니
장작을 가져오너라!   7640
층층이 쌓아올려
은근히 불에 구워
검정 숯을 만들어라!

장군   활과 화살을 가지고
기운차게 나오너라!   7645
저기 연못가에
무수히 깃을 치고,
교만하게 뽐내는
백로들을 쏘아라.
한 마린들 놓칠쏘냐.   7650
남김없이 쏘아라.
우리는 그것으로

투구를 장식하겠다!

개미와 닥틸로이들 누가 우리를 구해주랴!

우리가 쇠붙이를 구해오면   7655

저들은 쇠사슬을 만든다,

뿌리치고 달아나기엔

아직 때가 되지 않았으니,

고분고분 참을 수밖에!

이비쿠스의 학들[63] 살인자의 고함, 단말마의 비명!   7660

두려움에 날개를 치는 소리!

이 무슨 신음, 이 무슨 탄식이

이 높은 데까지 들려오는가!

어느새 모두 죽어서

호수를 피로 물들였도다!   7665

비뚤어진 탐욕이

백로의 고상한 장식을 앗아간다.

그 깃털은 어느새 휘날리고 있다.

배불뚝이, 꾸부정다리 악한들의 투구

---

63) Die Kraniche des Ibykus. 이비쿠스는 기원전 6세기의 그리스 시인. 실러의 담시(譚詩)에 의하면, 이비쿠스의 억울한 죽음을 목격한 학이 그 죄상을 폭로해 복수의 계기를 마련해 준다. 여기서는 피그마이오이들이 백로들을 죽여 투구의 장식으로 삼았으므로 이에 대한 복수를 요청하는 것이다.

위에서!

너희 우리의 친구들이여,   7670

줄지어 바다 위를 나는 새들이여,

가까운 친척이 당한 일에

복수할 것을 요망하노라.

모두 힘과 피를 아끼지 말고

이 악당들과 영원한 원수가 되라!   7675

깍깍 울면서 공중으로 흩어진다.

메피스토펠레스 (들판에서) 북녘의 마녀들은 쉽게 다룰 수
　　　　가 있었지만,

이 낯선 유령들은 만만치가 않구나.

브로켄산은 정말 편안한 곳이지.

어디를 가든 내가 있는 곳을 알 수 있었어.

일젠 아줌마[64]는 그녀의 바위 위에서 우
　　　　리를 지켜주고,   7680

하인리히는 자기 언덕 위에서 기분이 좋을
　　　　거야.

드르렁 바위는 엘렌트 마을을 향해 코를

---

64) 1부 「발푸르기스의 밤」에서 일젠슈타인이라는 이름으로 나온다. 하인
리히 언덕도 브로켄산에 있는 언덕이며, 드르렁 바위와 엘렌트(Elend, 가난
의 뜻) 마을 역시 「발푸르기스의 밤」에서 언급되었다.

고는데,

천년이 지나도록 모든 게 그대로란 말이야.

하지만 여기에선 어디를 가나, 어디에 서

　　있거나

언제 발밑의 땅이 부풀어오를지 모르는 노

　　릇이다…….　　　　　　　　　　　　　7685

내가 유쾌하게 완만한 골짜기를 거니노라면,

갑자기 뒤쪽에서 무언가 솟아오른단 말이야.

산이라고 부를 것까지는 없지만,

스핑크스와 나를 갈라놓을 만큼은 높다.

여기 골짜기를 따라 내려가면서　　　　　7690

아직도 많은 화톳불이 반짝이며 진기한

　　광경들을 비춰준다…….

아리따운 계집들이 날 유혹하는 듯 피하

　　는 듯,

교활하게 춤추며 빙빙 돌아다닌다.

슬며시 다가가 볼까! 훔쳐 먹는 데 익숙한

　　자라면

여기가 어디건 무엇이나 가로채 봐야지.　7695

라미아들　(메피스토펠레스를 유인하면서) 빨리, 더 빨리!

　　좀 더 앞으로!

　　그러곤 다시 멈칫거리며

　　재잘재잘 떠들자.

　　죄 많은 저 늙은이　　　　　　　　　7700

우리가 꾀어보자.

사정없이 죄를 물으면

정말 재미나겠다.

굳어버린 발을 끌고,

절름절름 비틀비틀   7705

이쪽으로 다가온다.

발을 질질 끌며,

우리가 내빼는 쪽으로

뒤쫓아 오는구나.

메피스토펠레스 (걸음을 멈추면서)

운수 사납군! 속아넘어간 사내 꼴이 됐어!   7710

아담 때부터 사내란 꾐에 빠지기 일쑤였지!

나잇살이 들어도 똑똑해지긴 틀린 모양이지?

그만했으면 바보 노릇은 어지간히 했을 텐데!

허리를 졸라매고, 덕지덕지 분칠을 한 얼

  굴들,

그런 족속은 전혀 쓸모가 없다는 것쯤 알

  고 있지.   7715

어디를 만져봐도 성한 곳 한군데도 없이

사지가 온통 썩어 문드러졌단 말이야.

그건 뻔하지. 눈으로 봐도 알고 만져봐도

  알아.

하지만 저 썩은 년들이 피리를 불면 춤을

추게 된단 말이야!

라미아들　(걸음을 멈추고)

잠깐! 저 작자가 생각에 잠겨 주저하고 서

　　있구나!　　　　　　　　　　　　　　7720

도망가지 못하도록 놈에게 접근해라!

메피스토펠레스　(계속 걸어가면서) 가보자! 의혹의 올가미에

　　걸려

바보 꼴이 되지는 말아야지.

세상에 마녀들이 없다면,

어떤 악마가 악마 노릇을 하겠나!　　　　7725

라미아들　(한껏 애교를 부리며) 이분 주위를 에워싸자

　　꾸나!

이분의 마음에 사랑이 싹터

누군가 한 명에게 고백하게 될걸.

메피스토펠레스　희미한 불빛이긴 하지만

그대들은 예쁜 여인들 같구려.　　　　　7730

그래서 비난할 마음이 없어지는데.

엠푸사[65]　(밀고 들어오면서) 나를 욕하지 마세요! 이

　　아가씨들처럼

나도 당신을 따르게 해줘요.

라미아들　이 애는 우리에게 낄 수 없어요.

---

65) Empusa. 라미아들과 동족. 청동의 당나귀 발을 가진 여괴(女怪)로 여
러 모습으로 변한다.

언제나 우리의 놀이를 망쳐놓거든요!　　　　　7735

엠푸사 (메피스토펠레스에게) 사촌동생 엠푸사가

　　　　인사드립니다.

당나귀 발굽을 가진 친척이지요!

당신은 말발굽만 갖고 계시는군요.

하지만 사촌오빠, 인사 받으세요!

메피스토펠레스 온통 낯선 자들투성인 줄 알았는데,　　　　7740

제기랄, 가까운 친척도 있었군.

족보책이라도 들춰봐야겠구먼.

하르츠에서 헬라스까지 온통 친척들이니!

엠푸사 전 무슨 일이든 곧 할 수 있어요.

여러 가지 변신도 할 수 있답니다.　　　　7745

지금은 당신에게 경의를 표하는 뜻으로

당나귀 대가리로 둔갑했지요.

메피스토펠레스 알고 보니, 이 족속들 사이에선

친척지간이라는 게 큰 의미를 갖는구먼.

하지만 무슨 일이 생겨도 좋으니　　　　7750

그 당나귀 대가리만은 집어치워라.

라미아들 그 못생긴 여자는 내버려두세요.

아름답고 사랑스러운 건 무엇이나 쫓아버

　　　　리는 여자지요.

아름답고 사랑스러운 것이 있다가도

저 여자만 나타나면 없어지고 만다니까요!　7755

메피스토펠레스 이 상냥하고 날씬한 사촌들도

내겐 모두 수상쩍기만 하다.

저 장밋빛 뺨 뒤에

무언가 다른 모습이 숨어 있을까 두렵구나.

라미아들 한번 해보세요! 우리들은 여러 명이잖아요.   7760

잡아보세요! 당신의 운이 좋으면,

이 놀이에서 제일 좋은 제비를 뽑을 거예요.

탐을 내며 우물거려서야 쓰겠어요?

당신은 신통찮은 난봉꾼이군요.

뽐내고 돌아다니며 잘난 척이나 하고요! —   7765

이제 저 작자가 우리 패거리에 걸려들었다.

차례차례 가면을 벗어젖혀

너희들의 참모습을 보여주어라.

메피스토펠레스 제일 예쁜 걸 골라잡았다……

(그녀를 껴안는다) 아이고 맙소사! 말라빠

진 빗자루 아냐!   7770

(다른 여자를 붙잡으며)

그럼 요것은? ……지독한 상판이로군!

라미아들 더 나은 아일 바라나요? 아서요.

메피스토펠레스 작은 계집아일 하나 잡으려 하니……

도마뱀처럼 손아귀에서 빠져나가누나!

머리채는 뱀처럼 매끄러웠어.   7775

그래서 키다리 계집을 잡으니……

손에 잡히느니 바쿠스 신의 지팡이,

끝에는 솔방울 같은 머리통이 달려 있구나!

그러면 어쩐다? ……뚱보라도 하나 잡아
　보자.

이번엔 혹시 재미가 있을지 몰라.　　　　　　7780

자, 마지막이다! 어디 해보자!

정말 뭉실뭉실하고 피둥피둥하군.

동양인들이라면 후한 값을 치렀겠다……

그런데 어렵쇼! 말불버섯이 두 동강이 났네!

라미아들 이젠 흩어져 둥실 떠다니자.　　　　　　7785

검은 날개를 펼쳐 번갯불처럼

굴러든 마녀의 자식 놈을 에워싸

불안하고 무서운 원을 만들자!

박쥐처럼 소리 없이 날개를 쳐라!

하지만 녀석은 용케 빠져나갔네.　　　　　　7790

메피스토펠레스 (몸을 떨면서) 아직도 난 똑똑하지 못한 모
　양이야.

북쪽에서도 엉망이더니, 여기서도 엉망이
　구나.

도깨비들은 여기나 거기나 비틀려 있고,

백성이나 시인 놈들은 멋이 없단 말이야.

여기서도 막 가장무도회가 열렸는데,　　　　7795

어느 곳에서나 그렇듯 감각적인 춤판이로다.

귀여운 가면을 향해 손을 뻗었지만

손에 잡히느니 소름끼치는 놈들뿐……

그나마 좀 오래 놀 수 있었다면

모른 척 속아주려 했건만.   7800

(바위 사이를 헤매면서)

여기가 어디지? 어디로 나가야지?

전엔 오솔길이었는데 이젠 자갈밭이군.

나는 평탄한 길을 걸어왔는데,

지금은 커다란 돌멩이들이 앞을 막는구나.

쓸데없이 오르락내리락하고 있으니,   7805

스핑크스들을 어디에서 다시 만날까?

하룻밤 사이에 이런 산이 생기다니,

이런 황당한 생각은 하지도 못했다!

신명나게 달려온 마녀들이

브로켄산까지 날라 온 모양이지.   7810

오레아스[66]   (천연의 바위 위에서)

이리 올라오세요! 나의 산은 오래되었고,

태곳적 자태로 서 있답니다.

험준한 바윗길들을 존경하세요.

핀두스산맥[67]에서 뻗어나온 마지막 줄기
   랍니다!

폼페이우스가 날 넘어 도망쳤을 때에도   7815

나는 꼼짝없이 이렇게 서 있었지요.

옆에 있는 환상의 모습을랑

---

66) Oreas. 산의 정령.

67) der Pindus. 테살리아의 산맥 이름. 페네이오스강의 원천이다.

첫닭의 울음소리에 벌써 사라져버리지요.

그런 이야기들은 생겨났다간

갑자기 다시 사라져버릴 때가 많지요.　　　　7820

메피스토펠레스 거룩한 산봉우리여, 삼가 경의를 표하노라.

높은 참나무 숲으로 덮인 산이여!

한없이 맑은 달빛조차

그 어두움 속을 뚫지 못하는구나—

하지만 저 숲 가장자리로　　　　7825

가냘프게 빛나는 불빛 하나

이 모든 게 어찌 된 걸까?

그렇다, 저건 필경 호문쿨루스다!

여보게, 꼬마 친구, 어디에서 오는 길인가?

호문쿨루스 나는 이렇게 여기저기 떠돌아다닙니다.　　　　7830

최상의 의미로 생성되고 싶어서지요.

이 유리를 깨뜨리고 싶어 안달이 날 지경

　　이에요.

하지만 지금까지 살펴본 바로는

들어가고 싶은 곳이 하나도 없어요.

다만, 당신을 믿고 말씀드리는 건데　　　　7835

나는 지금 두 철학자[68]의 뒤를 쫓고 있답

　　니다.

엿듣자니, 자연, 자연! 하고 외치더군요.

---

68) 아낙사고라스(naxagoras)와 탈레스(Thales)를 가리킨다.

이 두 사람을 놓치지 않으렵니다.

그들은 세상의 일을 잘 알고 있을 테니까요.

결국 그들에게서 배우겠어요.　　　　　　　　7840

어느 쪽으로 가는 게 가장 현명한가를.

메피스토펠레스　그런 건 자네가 직접 하게나.

유령들이 판치는 곳에선

철학자들도 환영을 받을 테니까.

그들은 당장이라도 한 다스의 유령[69]을 만들어내어　　　　　　　　7845

기술과 호의로 사람들을 기쁘게 할 수 있거든.

방황해 보지 않으면 자각에 이르지 못하는 법이야.

생성을 원한다면 자네 자신의 힘으로 이루어보게나!

호문쿨루스　하지만 좋은 충고도 무시해선 안 됩니다.

메피스토펠레스　그럼 떠나게나! 더 두고 보자고.　　　7850

　　　　　　　　　　　　　　　　　(헤어진다)

아낙사고라스[70]　(탈레스에게) 자네는 고집스러운 마음을 굽힐 줄 모르는군.

---

69) 여러 가지 새로운 학설에 대한 야유.

70) 그리스의 철학자. 원래 원자론을 주장했으나, 여기서는 화성론자(火成論者)의 대표로 등장한다.

자네를 설득하려면 무엇이 더 필요할까?

탈레스[71] 파도는 모든 바람에 순종하지만,

험한 바위는 멀리 피해 간다네.

아낙사고라스 그 바위도 화염 속에서 생겨났지.   7855

탈레스 생명체는 습기 속에서 생겨났고.

호문쿨루스 (두 사람 사이에서) 저도 두 분 곁에서 따라

가도록 해주세요.

저 자신 생성되길 간절히 바라고 있어요!

아낙사고라스 오, 탈레스, 자네는 하룻밤 사이에

진흙으로 이런 산을 만들어낸 적이 있는가?   7860

탈레스 자연과 그 활기찬 흐름은 결코

낮이나 밤이나 시간에 구애받지 않는다네.

어떤 형상이든 규칙에 따라 만들어내지.

아무리 위대한 것일지라도 폭력을 쓰지는

않는다네.

아낙사고라스 그러나 여기선 그랬지! 플루톤의 성난 불

길과   7865

아이올로스의 연기가 무섭게 폭발하면서

평평한 땅의 해묵은 껍질이 깨지고,

당장 새로운 산 하나가 생겨났었네.

탈레스 그래서 다음에 어떻게 됐단 말인가?

---

71) 그리스의 자연철학자. 만물이 물에서 생겼다는 수성론(水成論)을 주장
한다.

산이 여기 있다. 결국 그걸로 족하네.　　　　7870

그런 싸움을 벌이다간 시간도 여유도 잃게

　　될 것이요

참을성 있는 백성을 이리저리 끌고 다닐

　　뿐이야.

아낙사고라스　어느새 산에는 미르미돈족[72]이 생겨나

바위들 틈새에서 살게 되었지.

피그마이오이들, 개미들, 난쟁이들,　　　　7875

그 밖에도 부지런한 조그만 종족들이.

(호문쿨루스에게)

자네는 한 번도 큰일을 시도해 보지 않고

은둔자처럼 갇혀서 살아왔구면.

자네가 지배자의 생활에 익숙해진다면,

나는 자네에게 왕관을 씌워주겠네.　　　　7880

호문쿨루스　탈레스 선생님께서는 어떻게 생각하시는지?

탈레스　　　　　　　　　　　권하고 싶지 않군.

작은 놈들과는 작은 일밖에 못하는 법,

큰 놈을 상대해야 작은 놈도 커지는 걸세.

저길 보게나! 저 검은 학의 무리를!

저들은 흥분한 군중을 위협하고 있거니와　7885

왕에게도 저렇게 위협을 가할 것일세.

---

72) Myrmidon. 트로이전쟁 때 아킬레우스가 거느렸던 종족으로 개미로부
터 빌생했다고 한다.

날카로운 부리와 예리한 발톱으로

작은 종족들을 내리덮치니

불길한 운명이 벌써 번개처럼 빛나는구나.

저것은, 고요하고 평화로운 연못을 에워싸고,   7890

백로들을 살육했던 죄과를 치르는 거야.

비 오듯 쏟아지는 살육의 화살들은

잔인하고 피비린내나는 복수심을 불러일

　으키고,

이웃 종족인 학들의 분노를 자극해

흉포한 피그마이오이족이 피를 바라는 것

　일세.　　　　　　　　　　　　　　　　7895

이제 방패며 투구며 창 따위가 무슨 소용

　있으랴?

백로의 깃털 장식이 난쟁이들에게 무슨 도

　움을 주겠나?

닥틸로이와 개미들이 숨는 꼴 좀 보라지!

난쟁이 군대는 어느새 동요되어 도망치며

　무너지고 있도다.

아낙사고라스　(잠시 후 엄숙하게) 나 지금까지 지하세계를

　찬양했지만,　　　　　　　　　　　　7900

이런 경우엔 하늘을 향해 기도해야겠구

　나…….

그대여! 천상에서 영원히 늙지 않는 분이

　시여,

세 가지 이름과 세 가지 형상[73]을 지닌 자여,

우리 종족의 고통 때문에 당신을 부르나
　이다.

디아나, 루나, 헤카테[74]여!　　　　　　　　7905

그대, 가슴을 펴고 심사숙고하는 자여,

그대, 조용히 빛을 발하는 강하고도 은근
　한 자여,

그대 그림자의 무서운 입을 벌려

옛날의 위력을 마술 없이 보여주소서!

(잠시 사이를 두고)

　　내 기원이 어느새 하늘에 닿았는가?　　7910

　　하늘을 향한

　　내 소망이

　　자연의 질서를 어지럽혔는가?

둥글게 에워싸인 여신의 옥좌가

크게, 점점 크게 다가온다.　　　　　　　　7915

보기에도 무섭고 엄청나구나!

어스름한 곳에 붉은빛이 물들어 간다……

더 가까이 오지 말라, 위협적인 둥근 달이여!

그대는 우리와 땅과 바다를 파멸시키려는가?

---

73) 초승달, 보름달, 그믐달을 가리킨다.
74) 달의 여신을 천상에선 디아나, 지상에선 루나, 지하세계에선 헤카테라
고 부른다.

그럼 그게 사실이었던가? 테살리아의 마녀들이   7920
뻔뻔스럽게 마술을 부려 친한 척하며,
노래를 불러 그대를 궤도에서 끌어내려
크나큰 재앙을 그대에게 강요했다는 것이……
빛나는 원반(圓盤)이 어두워지며
돌연한 폭발에 번쩍번쩍 불꽃이 튀누나!   7925
저 폭발음! 저 쉿쉿거리는 소리!
그사이로 천둥소리, 폭풍소리! ―
겸허하게 옥좌의 계단 앞에 엎드리자! ―
용서하소서! 내가 불렀나이다.

(땅바닥에 얼굴을 대고 엎드린다)

탈레스 이 사람에겐 들리지 않는 게 없고, 보이지 않는 게 없는 모양이지!   7930
우리에게 무슨 일이 일어났는지 난 정말 모르겠다.
그가 말하는 걸 느끼지도 못하겠다.
고백하건대, 미칠 듯한 순간이다.
달의 신 루나는 예나 다름없이
제자리에 아늑하게 떠 있지 않은가.   7935

호문쿨루스 저 피그마이오이들이 있던 자리를 보세요!
둥글던 산이 이제는 뾰족해졌어요.
전 무시무시한 충격을 느꼈습니다.

바위가 달에서 떨어져

그만 다짜고짜로   7940

친구건 적이건 닥치는 대로 짓이겨 죽었어요.

하지만 전 그 기술을 찬양합니다.

단 하룻밤에 창조력을 발휘해

아래로부터, 동시에 위로부터

이런 산을 만들어냈으니 말예요.   7945

탈레스 진정하게! 그건 단지 환상이었다네.

저 흉측한 난쟁이들은 사라져야 해.

자네가 왕이 되지 않은 건 다행일세.

이젠 유쾌한 바다 축제에나 가보세.

그곳에선 귀한 손님들을 환대하고 존경한

다네.   7950

(함께 퇴장한다)

메피스토펠레스 (반대쪽에서 기어올라오며)

내가 어쩌다 이 가파른 바윗길과

늙은 떡갈나무의 딱딱한 뿌리를 헤치며

다니게 되었던가!

고향 하르츠산에선 송진부터가

내가 좋아하는 역청 냄새가 났었지.

근처엔 유황도 있었건만…… 여기 그리스엔   7955

그 같은 냄새는 흔적도 없구나.

그러나 호기심이 발동해 알아보고 싶은 건,

지옥의 고통과 불꽃을 무엇으로 지피는가

하는 것이다.

나무의 요정 드리아스 당신 나라에선 제법 똑똑했던 모양이나,

이 낯선 고장에선 당신도 별수 없군요.　　　7960

그렇게 고향 생각만 하지 마시고,

여기 신성한 떡갈나무의 가치도 알아주세요.

메피스토펠레스 누구나 떠나온 곳을 그리워하는 법,

정들어 살던 곳이 천국이지.

그런데 저 동굴 속 흐릿한 빛 속에　　　7965

웅크리고 있는 세 사람은 누구인고?

드리아스 포르키스의 딸[75]들이지요. 두렵지 않으시

다면

그곳으로 다가가 이야기를 걸어보세요.

메피스토펠레스 못 할 것도 없지! ─하지만 모습을 보니

놀랍구나!

나도 오만하지만, 솔직히 말해서　　　7970

저런 것들은 본 적이 없구먼.

정말이지 알라우네보다 더 지독하구나…….

저 세 겹의 괴물을 보기만 해도

태곳적부터 비난받는 죄악들조차

조금도 추하단 생각이 들지 않겠어.　　　7975

---

75) 바다의 신 포르키스와 바다의 요정 케토 사이에 난 세 자매로 한 개의
눈과 한 개의 이빨만을 가진 괴물 그라이아이를 가리킨다. 셋이 번갈아 눈
과 이빨을 사용했다. 포르키스의 자녀들을 통칭해 포르키데스라고 부른다.

우리의 가장 무서운 지옥일지라도

문간에 저런 걸 놓아둔다면 견디지 못할걸.

여기 미의 나라에 저런 것이 뿌리를 내리고

고전적이라 불리며 명성을 얻고 있다니……

저것들이 움직인다. 날 알아차린 모양이다.　7980

박쥐 같은 저 흡혈귀들이 피리 소리를 내

　며 지껄인다.

포르키데스　동생들아, 눈을 이리 좀 다오.

뉘 감히 우리 성전에 다가왔는지 봐야겠다.

메피스토펠레스　친애하는 여인들이여! 실례지만 가까이 다

　가가

당신들의 축복을 삼중으로 받고 싶소이다.　7985

낯선 자로 이렇게 나타났으나,

내 생각이 틀리지 않았다면, 우리는 먼 친

　척 사이일 것이오.

예로부터 존경받는 신들은 모두 찾아보았

　어요.

옵스와 레아 신76)에게도 깍듯이 인사를

　드렸고요.

혼돈의 아이이며 당신들의 자매가 되는　7990

파르카이들77)도 어제 ― 아니 엊그제 만났

---

76) 옵스(Ops)는 로마인에게 대지의 신, 레아(Rhea)는 그리스의 신으로 제
우스의 어머니. 훗날 양자(兩者)가 거룩한 신으로 동일시되었다.

지요.

하지만 당신 같은 분들은 본 적이 없소이다.

지금은 말문이 막히고, 그저 황홀할 따름
　　이외다.

포르키데스들　이 유령 놈은 제법 분별이 있군 그래.

메피스토펠레스　시인들이 당신을 찬양하지 않다니 이상할
　　뿐이오.　　　　　　　　　　　　　　7995

대체 어쩌다 그리 되었지요?

그림 속에서도 당신들처럼 고상한 모습은
　　본 적이 없소이다.

조각가의 끌도, 유노, 팔라스, 비너스 같은
　　것보다는

당신들의 모습을 아로새겼어야 했어요.

포르키데스들　고독과 고요한 암흑 속에 묻혀 있다 보니　8000

우리 셋은 그런 생각을 해보지 못했지요!

메피스토펠레스　어떻게 그런 생각을 하겠소? 이렇듯 세상
　　을 등진 채

아무도 만나지 않고, 아무도 당신들을 찾
　　지 않으니.

호화로움과 예술이 같은 자리를 차지하
　　는 곳,

대리석 덩어리가 영웅의 모습이 되어　　8005

---

77) Parcae. 인간의 수명을 다스리는 운명의 세 여신.

날마다 민첩하게 세상으로 걸어나오는 곳,

당신들은 그런 고장에 살았어야 하는 건데.

그곳에선—

포르키데스   그만 닥쳐요. 우리 마음을 들뜨

게 하지 말아요!

그게 좋다고 생각한들 무슨 소용이 있겠

어요?

밤에 태어나 밤의 것들과 친척이 되어   8010

아무도 알지 못하고, 심지어는 우리 자신

도 알지 못하는데요.

메피스토펠레스 처지가 그렇다면 별로 할 말이 없군요.

하지만 자신을 남에게 맡겨볼 수도 있지요.

당신네 셋은 눈 하나 이빨 하나면 족하니,

세 사람의 본질을 두 사람으로 줄이고,   8015

세번째 분의 모습을 내게 맡긴다 해도

신화학적(神話學的)으로 별 지장이 없을 텐

데요.

잠시 동안만 말이오.

한 포르키데스   어떻게 생각해? 괜찮을까?

다른 포르키데스들 한번 해보자!—하지만 눈과 이빨은 안

돼요.

메피스토펠레스 그럼 가장 좋은 걸 빼놓는 셈인데.   8020

그래서야 어찌 꼭 같은 모습이 될 수 있을까!

한 포르키데스 한쪽 눈을 감아요. 쉽게 할 수 있어요.

그리고 곧바로 앞니 하나만 드러내 보이세요.

그러면 옆모습이 곧 같아지고,

우리와 동기처럼 꼭 닮을 거예요.　　　　　　　8025

메피스토펠레스　정말 영광입니다! 해봅시다!

포르키데스들　　　　　　　　　　　해보세요!

메피스토펠레스　(포르키데스의 옆모습이 되어)

　　　　　　　　　　　　　　　　자, 이

렇게 해서 나는 벌써

혼돈세계의 사랑스러운 아들이 되었구나!

포르키데스들　우리들은 분명 혼돈세계의 딸들이고요.

메피스토펠레스　이제 날 반양반음(半陽半陰)이라고 비난할

테니 좀 창피하군.

포르키데스들　새로 생긴 세 자매는 정말 미인이야!　　8030

우리는 이제 눈도 둘, 이빨도 둘이에요.

메피스토펠레스　나는 사람들의 눈을 피해 숨어 있어야겠군.

지옥의 늪에서 악마들까지 놀래줄 정도니

까 말이야.　　　　　　　　　(퇴장한다)

　　　　　에게해의 바위 만(灣)

　　　　　달이 중천에 떠 있다.

세이렌들　(암석 위 여기저기에 앉아 피리를 불며 노래한다.)

전에는 무서운 한밤중에

테살리아의 마녀들이 당신을   8035
무엄하게도 끌어내렸죠.
오늘은 당신의 밤하늘에서
떨리는 물결을 부드럽게 비추며
저 빛의 다발을 고요히 바라보세요.
파도를 헤치고 솟아나온   8040
저 혼란한 무리를 비춰주세요!
당신을 위해 무슨 일이나 몸바치오니,
아름다운 루나여, 자비를 베푸소서!

네레우스의 딸들과 트리톤들[78] (바다의 요괴들로서)

광막한 바다에 울려퍼지도록
더 크고 날카로운 소리를 내어   8045
깊은 바다의 무리를 불러냅시다!
무서운 폭풍의 나락에서 벗어나
고요하기 그지없는 해변으로 피했더니,
감미로운 노랫소리 우리를 이끄는구나.
보라! 우리는 너무나 황홀하여   8050
황금의 사슬로 몸단장하고
왕관과 보석은 물론

---

78) 해신(海神) 네레우스에게는 쉰 명의 딸들이 있었고, 그들을 네레이데스
라 부른다. 트리톤은 해신 포세이돈의 아들로 하반신은 물고기와 같고 소라
같은 피리를 불었다.

팔찌와 허리띠까지 갖추었지요!
이 모든 게 당신들 덕분이라오.
좌초하여 여기에 묻힌 보물들은   8055
그대들, 우리 만(灣)의 정령들이
노래를 불러 우리에게 모아준 것이지요.

세이렌들   우리는 잘 알아요. 신선한 바닷속에
고기들이 기분 좋게 유영하며
근심 없이 살아간다는 것을.   8060
하지만 축제에 모여온 무리들이여.
오늘 우리는 알고 싶어요.
그대들이 물고기보다 더 훌륭하다는
　　것을.

네레우스의 딸들과 트리톤들 우리가 여기에 오기 전
벌써 그 생각을 했었지요.   8065
형제들아 자매들아, 어서 서둘러라!
오늘은 잠시 길을 떠나서
완전무결하게 증명해야겠다.
우리가 물고기보다 훌륭하다는 걸.

　　　　　　　　　　　　　　　　　　(퇴장한다)

세이렌들   순식간에 모두 사라졌구나!   8070
곧장 사모트라케[79)]를 향해

순풍을 타고 사라졌구나.

고귀한 카베이로이[80]의 나라에 가서

무슨 일을 할 생각일까?

그들은 신기하기 그지없는 신들이지요.   8075

끊임없이 자신을 생산하면서도

자신이 누구인지 전혀 모르지요.

자비로운 루나여, 그대 창공 위에

자애롭게 머물러 계세요.

낮이 우리를 쫓아내지 못하도록,   8080

언제나 밤으로 남아 있도록!

탈레스 (바닷가에서 호문쿨루스에게)

자네를 네레우스 영감에게 데려가도 좋지.

그가 사는 동굴이 멀지 않다네.

하나 여간 고집쟁이가 아닐세.

까다롭기 짝이 없는 심술통이고.   8085

이 까다로운 영감태기에겐

인간 세계의 일이 하나도 맘에 들지 않는

거야.

---

79) Samothrace. 에게해의 북동쪽에 위치한 섬.

80) Kabeiroi. 페니키아의 수호신으로, 그 거처와 수효를 파악하기 어려운 신비스러운 존재.

하지만 앞날의 일을 잘 알아맞히기에

그 점에선 누구나 경의를 표하고,

노인을 그 자리에 앉혀놓고 있다네.　　　8090

사실 여러 사람에게 좋은 일도 많이 했거든.

호문쿨루스　시험삼아 한번 두드려보십시다!

당장 유리나 불꽃이 희생되지는 않겠지요.

네레우스　내 귀에 들리는 게 인간의 목소리가 아닌가?

당장 내 가슴속에 화가 치밀어오르는군!　　　8095

저 형상들이 신의 영역에 도달하려 애를
　　쓰지만,

늘 자기 자신에 머물도록 저주받았지.

자고로 나는 신들처럼 편안히 쉴 수 있지만,

빼어난 놈에겐 잘해주고픈 충동에 사로잡
　　힌단 말이야.

하지만 마지막에 놈들이 해놓은 걸 보면,　　　8100

충고를 안 해준 것이나 다를 게 없으니 원.

탈레스　하지만 바다의 영감님, 모두들 당신을 믿
　　고 있습니다.

당신은 현인이니 우리를 예서 내쫓지 마
　　세요!

이 불꽃을 보십시오. 인간과 유사하긴 해도

당신의 충고에는 전적으로 따를 것입니다.　　　8105

네레우스　뭐 충고라고! 인간들에게 충고 따위가 먹
　　혀들어갔던가?

아무리 현명한 말이라도 마이동풍격이지.

뻔질나게 자신의 행동에 화를 내고 자책
　　하곤 하지만

인간은 예나 다름없이 제 고집만 부린단
　　말이야.

파리스에게도 내가 얼마나 아버지처럼 나
　　무랐던가.　　　　　　　　　　　　　　　8110

한 이방의 여자가 그의 욕정에 올가미를
　　씌우기 전에 말이야.

녀석이 그리스 해안에 배짱 좋게 서 있었
　　을 때,

나는 마음속에서 본 것을 그에게 일러주
　　었지.

연기 매캐하게 피어오르고, 온통 번져가는
　　불길,

불타는 서까래와 그 밑에서 자행되는 살육
　　과 죽음.　　　　　　　　　　　　　　　8115

트로야 심판의 날은 시구(詩句)에 담겨

수천 년을 두고 전해질 무서운 사실이라고
　　했지.

하지만 늙은이의 말이 그 건방진 녀석에겐
　　한낱 웃음거리였어.

자신의 욕망을 따랐고, 결국 일리오스[81]는
　　멸망하고 말았네—

오랜 고통 끝에 뻗어버린 거인의 시체는   8120
핀두스[82]의 독수리에겐 반가운 먹이였지.
율리시스도 마찬가지야! 내가 그에게 미리
키르케[83]의 간계와 거인 키클롭스[84]의 잔
    인성을 일러주지 않았느냔 말이야?
그의 우유부단과 부하들의 경박함까지도
모조리 얘기했건만, 그게 무슨 소용에 닿
    았던가?   8125
수없이 풍랑에 시달린 다음 늦게서야 간신히
피도 덕분에 호의익 해안[85]에 다다를 수
    가 있었지.

탈레스 현인에겐 그런 행동이 고통을 주었겠지만,
선량한 분이라면 다시 한번 해보시겠지요.
아주 사소한 감사라도 그를 기쁘게 하고,   8130
엄청난 배은망덕을 완전히 상쇄해 줄 것입
    니다.
이렇게 말하는 것은, 우리에게 작지 않은

---

81) Ilios. 트로야를 말한다.
82) Pindus. 테살리아산맥 중의 산 이름. 핀두스의 독수리는 그리스군(軍)
을 가리킨다.
83) Circe. 헬리오스의 딸. 아이아이에 살며 마술을 쓰는 요정.
84) Cyclops. 호메로스의 『오디세이아』에 나오는 외눈박이 거인.
85) 파이아케스 국(國)의 해안. 그곳의 왕 알키노오스가 그들 일행을 친절
히 맞아 고국으로 보내주었다.

청이 있어서인데,

여기 이 아이가 현명하게 생성되길 원한다
는 것입니다.

네레우스 모처럼 맛보는 이 유쾌한 기분을 망치지
말게나!

오늘 내게는 아주 다른 볼일이 있다네.　　　　8135

도리스가 낳은 내 딸들,

저 바다의 그라치에들을 모두 불렀지.

올림포스산에도, 너희들 고장에도

그렇게 귀엽게 구는 미인들은 없을걸.

그 애들은 아주 우아한 몸짓으로　　　　8140

해룡으로부터 해신 넵투누스의 말 잔등으
로 옮겨 타는데

물거품마저 그 애들을 둥실 싣고 가는 양

어쩌면 물과 그리도 잘 어울리는지.

제일 예쁜 딸 갈라테이아는 비너스의

오색찬란한 조개마차를 타고 온다네.　　　　8145

그 애는 키프로스가 우리를 등지고 떠난 후

파포스에게 여신으로까지 숭배되었지.

그 귀여운 것은 벌써 오래전에

상속녀로서 신전이 있는 도시와 수레의 옥
좌를 차지하고 있어.

물러가게! 아비의 기쁨을 누리고 있는 지금,　　8150

가슴에 증오를 품고 입에 욕설을 올리는

건 어울리지 않아.

프로테우스[86]에게 가게! 그 괴상한 자에게

　　물어보게나.

어떻게 해야 생성되고 변신할 수 있는가를.

　　　　　　　　(바다 쪽으로 사라진다)

탈레스 이 방법으론 아무것도 얻어내지 못했구나.

프로테우스를 만난다 해도 곧 사라져버릴걸.　8155

설혹 만나준다 해도 결국 그의 말은

우리를 놀라게 하거나 어리둥절하게 만들

　　기야.

하지만 자네에겐 그의 조언이 필요할 터인즉

어디 시험삼아 발길을 돌려보기로 하세!

　　　　　　　　(퇴장한다)

세이렌들 (바위 위에서) 저 멀리 넘실대는 파도 위로　8160

　　미끄러져 오는 게 무엇일까?

　　바람의 조정에 따라

　　하얀 돛배들 밀려오듯,

　　보기에도 마냥 눈부신

　　바다 처녀들의 빛나는 자태.　8165

　　우리, 아래로 내려가

---

86) Proteus. 『오디세이아』에 나오는 해신(海神). 불, 물, 나무, 사자, 용 등으로 변신하는 재주를 지녔다.

저들의 음성을 들어봅시다.

네레우스의 딸들과 트리톤들 우리가 손에 받쳐들고 온 것은

여러분 모두를 즐겁게 할 거예요.

거대한 거북 켈로네의 등 위에서   8170

빛나는 엄숙한 모습.

우리가 모셔 온 신(神)들이니[87]

거룩한 노래로 맞아주세요.

세이렌들 몸집은 작아도

힘은 장사.   8175

난파한 자들의 구조자,

옛날부터 존경받는 신들이죠.

네레우스의 딸들과 트리톤들 평화로운 축제를 벌이기 위해

카베이로이 신들을 모셔 왔어요.

이분이 성스럽게 다스리는 곳에선   8180

해신 넵투누스도 얌전해진답니다.

세이렌들 우리는 당신들 뒤를 따르겠어요.

배가 부서지게 되면

맞설 수 없는 큰 힘으로

사공들을 지켜주세요.   8185

네레우스의 딸들과 트리톤들 세 분을 우리는 모셔 왔지요.

네번째 분은 오려 하지 않고,

---

87) 해신 네레우스의 딸들과 트리톤들은 그 수호신을 모셔 옴으로써 자신
들이 다른 어류보다 우월함을 나타내려 한다.

	자기야말로 모두를 대신하는	
	진정한 신이라는 거예요.	
세이렌들	한 신이 다른 신을	8190
	조롱하는 모양이지요.	
	하지만 모든 은총을 공경해야죠.	
	모든 앙화는 두려워하고요.	

네레우스의 딸들과 트리톤들 원래는 모두 일곱 분이죠.

세이렌들   나머지 세 분은 어디 계신가요?   8195

네레우스의 딸들과 트리톤들 우리도 그것은 모르겠으니,

올림포스산에 가서 물어보세요.

거기엔 아무도 생각지 못한

여덟번째 신[88]도 계실 거예요.

자비롭게 우리를 돌봐주지만   8200

모두 다 완성된 건 아니지요.

이 비할 바 없는 신들은

언제나 계속해서

이룰 수 없는 것을 동경하며

마냥 허기에 시달리지요.   8205

세이렌들   신이 어디에 앉아 계시든

우리의 버릇은

해와 달을 향해 기도하는 것.

---

88) 카베이로이는 끊임없이 자기생식을 하기 때문에 명확한 숫자를 알 수 없다. 원래 셋이라고 하나 넷, 다섯, 일곱, 때로는 여덟이라는 설도 있다.

그것은 보람 있는 일이랍니다.

네레우스의 딸들과 트리톤들 이런 축제를 이끌다니   8210

우리의 명성은 드높이 빛나겠지!

세이렌들 옛날 영웅들의 명성이

어디서 어떻게 빛났든 간에

이처럼 빛나지는 못했을 거예요.

영웅들은 황금 모피를 얻었지만,   8215

그대들은 카베이로이 신들을 모셔 왔

어요.

(모두들 합창으로 반복한다)

영웅들은 황금 모피를 얻었지만,

우리와 그대들은 카베이로이 신들을 모

셔 왔어요.

네레우스의 딸들과 트리톤들이 지나간다.

호문쿨루스 저 못생긴 모습들[89]을 보고 있자니

마치 흙으로 구운 형편없는 항아리들 같

군요.   8220

그런데도 현자들이 스스로 부딪쳐

---

89) 문학이나 예술에서 거의 취급하지 않는 카베이로이란 신을, 학자들, 예
컨대 셸링이 「사모트라케의 신들에 관하여」라는 논문에서 다룬 사실을 괴
테가 야유하는 것이다.

자기 머리를 깨뜨리는 거군요.

탈레스 그것이야말로 사람들이 탐내는 것이라네.

동전도 녹이 슬어야 값이 나가는 법이거든.

프로테우스 (모습을 보이지 않고) 나같이 늙은 공상가에   8225

겐 저런 게 마음에 든단 말이야!

괴상하면 괴상할수록 더욱 존경심이 간단

말이거든.

탈레스 자네 어디 있나, 프로테우스?

프로테우스 (복화술로 때로는 가까이 때로는 멀리에서) 여

기야! 이번엔 여기!

탈레스 자네의 해묵은 농지거리를 나무라진 않겠

네만,

친구에게 공허한 소릴랑 집어치우게!

난, 자네가 엉뚱한 곳에서 지껄이고 있다

는 걸 알고 있네.   8230

프로테우스 (먼 곳에서인 양) 안녕하신가?

탈레스 (나지막하게 호문쿨루스에게)

그는 아주 가까이에 있어. 불을 환히 밝혀

보게!

이 친군 물고기처럼 호기심이 많아서,

어디에 어떤 모습으로 처박혀 있든

불빛으로 꾀어낼 수가 있을 거야.

호문쿨루스 당장 많은 빛을 쏟아낼 수 있지만,   8235

유리가 깨지지 않도록 조심해야겠어요.

프로테우스 (커다란 거북의 모습을 하고)

저렇듯 우아하고 아름답게 빛나는 게 뭐지?

탈레스 (호문쿨루스를 가로막으며) 좋아! 보고 싶거

든 가까이 다가오게.

약간 힘이 들더라도 싫어하지 말고

사람답게 두 발로 선 모습을 보이란 말이야.   8240

우리가 감춘 걸 보려는 자는

우리의 호의, 우리의 의사대로 따라야 할걸.

프로테우스 (기품 있는 모습으로) 자네의 약삭빠른 처세

술은 여전하구먼.

탈레스 모습을 바꾸는 게 아직도 자네의 도락이

로군.

(호문쿨루스를 보여준다)

프로테우스 (깜짝 놀라며) 빛을 발하는 난쟁이라! 아직

한 번도 본 적이 없는데!   8245

탈레스 이 친구는 조언을 받아 생성하고 싶어 한

다네.

내가 그에게서 들은 바로는,

이상하게도 절반밖에 세상에 나오지 않았

다는 거야.

정신적인 특성에선 결여된 바 없지만,

손에 잡히는 유용성이 전혀 없다는군.   8250

지금껏 무게를 주는 건 유리뿐인즉,

어떻게 해서든 육체를 갖고 싶다는 길세.

프로테우스　너야말로 진정한 숫처녀의 아들이구나.

　　　　　존재해선 안 될 것이 벌써 나왔으니 말이다!

탈레스　　(나지막하게) 게다가 내겐 다른 측면에서도

　　　　　이상스러워.　　　　　　　　　　　　　8255

　　　　　내 보기에 녀석은 자웅동체(雌雄同體) 같

　　　　　단 말이야.

프로테우스　그거 차라리 잘되었구먼.

　　　　　어디엘 가건 원하는 대로 사용할 수 있을

　　　　　테니까.

　　　　　하지만 여기선 여러 가지 생각이 필요 없

　　　　　겠군.

　　　　　넓은 바다에서 시작하면 될 거야!　　　　8260

　　　　　우선 작은 것에서 시작하여

　　　　　작은 놈부터 삼키길 즐기는 거야.

　　　　　그러면 점점 자라나서

　　　　　보다 높은 완성에 이르는 거지.

호문쿨루스　여기엔 정말 상쾌한 바람이 불고 있군요.　8265

　　　　　싱그러운 풀 냄새가 제겐 무척 기분 좋은

　　　　　데요!

프로테우스　그럴 게다. 귀엽기 짝이 없는 아이야!

　　　　　하지만 좀 더 나아가면 더욱 기분이 좋아

　　　　　질걸.

　　　　　이 좁다란 해변의 끝에 이르면

　　　　　공기의 상쾌함이 이루 말할 수 없지.　　　8270

바로 저 앞에 행렬이 보이는구나.

일렁거리며 막 다가오고 있지 않니?

우리 함께 가보자꾸나!

탈레스　　　　　　　　　　나도 함께 가겠네.

호문쿨루스　이건 희한한 세 도깨비[90]의 행차로군요!

로도스섬의 텔키네스족[91]들이 마체어미(馬體魚尾)의 괴물
과 해룡을 타고 넵투누스의 삼지창을 휘두르며 등장한다.

합창　광란하는 파도를 진정시켜 주도록　　　　8275

우리는 넵투누스에게 삼지창을 만들어주

었네.

우레의 신이 먹구름을 펼쳐놓으면,

무섭게 구르는 소리에 넵투누스가 대꾸합

니다.

위로부터 번갯불 날카롭게 번쩍이면,

아래서는 물결이 연달아 튀어오르네.　　　8280

이럴 때 겁먹고 싸우는 무리들,

오래 휘둘러지다가 물속 깊이 삼켜집니다.

---

90) 탈레스는 철학자의 망령, 호문쿨루스는 연금술의 산물인 일종의 데몬,
프로테우스는 바다의 괴물.

91) Telchines. 로도스섬의 원주민으로 수공업에 뛰어나 해신 넵투누스의
삼지창을 만들고 폭풍을 일으키며 마술에도 능했다고 한다.

오늘은 넵투누스가 우리에게 왕홀을 넘겨

　　주었으니,

축제의 기분으로 경쾌하게 떠돌아다닙니다.

　　세이렌들　　태양신 헬리오스에 귀의한 자들이여.　　　8285

　　밝은 날의 축복을 받은 자들이여.

　　달의 여신 루나를 찬양하는 이 시간,

　　정말 잘들 오셨어요!

텔키네스족　　하늘 높이 떠 계신 사랑스러운 여신이여!

　　그대 오라비를 찬양하는 노래, 기쁜 마음

　　　으로 들어주소서.　　　8290

　　축복의 로도스에 귀를 기울이시면,

　　거기 헬리오스를 찬미하는 소리 끝없이 피

　　　어오르리다.

　　하루의 운행을 시작해 중천에 오르면,

　　그분은 불같은 빛의 눈길로 우리를 내려다

　　　보십니다.

　　산마을 해변과 파도까지　　　8295

　　신의 가호로 밝고 사랑스럽습니다.

　　안개가 우릴 에워싸지 않고, 어쩌다 살며

　　　시 스며든다 해도

　　한 줄기 햇살과 바람에도 섬은 다시 맑아

　　　집니다!

　　거기 숭고한 신은 수많은 형상으로 나타나

　　　지요.

젊은이, 거인, 위대한 자 그리고 온유한 자로. 8300
우리가 처음이었네. 신의 위엄을
존귀한 인간의 모습[92]으로 만들어낸 것은.

프로테우스 마음껏 노래하고 자랑하라지!
태양의 성스러운 생명의 빛에 비하면
생명 없는 작품 따윈 한낱 장난일 뿐. 8305
지칠 줄 모르고 만들었다 녹였다,
청동을 부어 무언가 주조해 놓고,
제법 무엇이나 되는 듯 생각한단 말이야.
결국 저 거만한 족속들도 별수없었지.
신들의 형상, 거대한 모습으로 서 있었
    지만— 8310
결국은 지진으로 파괴되어
다시 녹아버린 지도 오래되었다.
지상의 일이란 무엇이든 간에
항상 헛수고에 지나지 않는다.
살아가는 데는 파도가 훨씬 유용하리라. 8315
너를 영원한 물의 세계로 데리고 가는 건
프로테우스-돌고래란 말이다.

---

92) 태양의 신 아폴론의 동상은 수없이 많지만, 기원전 303년 로도스섬에
세워진 삼십이 미터의 거대한 상은 고대의 칠 대 불가사의 중 하나로 꼽힌
다. 신상을 인간의 모습으로 만든 것은 텔키네스족이 처음이었다. 그 상은
팔십 년 후 대지진으로 붕괴되었다.

(변신한다)

자, 이제 되었다!

이젠 네게도 멋진 행운이 찾아올 게다.

널 내 등에 태워가지고

저 넓은 바다와 인연을 맺게 해주마.　　8320

탈레스　생명의 창조를 처음부터 시작하려는

그 가상한 소망에 찬사를 보내겠네!

신속하게 행동하도록 준비하여라!

영원한 규범에 따라 움직이며

수천, 아니 수만의 형체를 거쳐　　8325

인간이 되기까진 시간이 걸릴 게다.

호문쿨루스, 프로테우스 – 돌고래를 탄다.

프로테우스　정신적 존재로서 습기찬 물의 세계로 가자.

거기에선 당장 종횡무진 살아가며,

마음먹은 대로 활동할 수 있으리라.

다만 보다 높은 서열에 오르려 하지 말라.　　8330

자네가 일단 인간이 되고 나면,

그것으로 자네는 끝장이니까 말이야.

탈레스　그건 그때 사정에 달렸겠지.

한 시대의 총아가 되는 것도 멋진 일 아니

겠나.

프로테우스　(탈레스에게) 자네 같은 인간 말인가!　　8335

하기야 그 정도면 얼마간 견딜 순 있겠지.

창백한 도깨비 무리 속에 끼어 있는 자네를

벌써 수백 년 동안 보아왔으니 말이야.

세이렌들 (바위 위에서) 달님 주위에 두꺼운 원을 그

리고,

구름 고리로 둘러싼 것이 무얼까요?　　　　8340

그건 사랑에 불타는 비둘기들이죠.

날개는 눈부시게 하얗답니다.

이 정열적인 새 떼는

파포스에서 보내온 것이지요.

우리의 축제는 지금이 한창이라　　　　　8345

명랑한 기쁨이 넘쳐흐른다네!

네레우스 (탈레스에게 다가가며) 밤길을 가는 어떤 나

그네는

저 달무리를 공기의 현상이라 불렀다지.

우리 정령들은 전혀 다르게 생각하는데,

그게 유일하게 올바른 생각일 거야.　　　　8350

저건 분명 비둘기란 말이다.

내 딸이 조개수레를 타고 올 때,

예부터 익혀온 독특한 방법으로

기이하게 날면서 인도하는 것이지.

탈레스 나도 그 견해가 가장 좋다고 생각합니다.　8355

조용하고 따뜻한 보금자리 속에

성스러운 깃이 싫을 지키고 있다면,

훌륭한 사람의 마음에도 드는 법이지요.

프실렌족과 마르젠족[93] (물소, 물송아지, 물양을 타고)

키프로스섬 험한 동굴 속에서

바다의 신에게 파묻히지 않고,   8360

지진의 신에게 파괴되지 않고,

영원한 미풍에 감싸인 채

아득한 옛날이나 마찬가지로

고요한 가운데 즐거운 마음으로

우리는 키프로스의 수레를 지켜왔어요.   8365

산들바람 소슬한 밤마다

다정스레 일렁이는 파도를 통해

새 종족의 눈을 피하며

사랑스러운 따님을 인도하지요.

조용히 일만 하는 우리들은   8370

독수리도, 날개 달린 사자도,

십자가도, 달님도 겁내지 않아요.[94]

저 위에 살면서 지배하는 자

얼마든지 교체되고 흔들려도,

서로 쫓고 죽인다 해도,   8375

---

93) 전자는 리비아, 후자는 이탈리아에 살던, 뱀을 다루는 곡예사의 종족.
여기서는 비너스 신의 수레를 수호하는 무리로 묘사되었다.
94) 키프로스는 기원전 58년 이후 로마, 즉 독수리에, 다음엔 베니스, 즉 날
개 달린 사자에, 때로는 기독교 기사단의 십자가와 튀르키예족, 즉 반달의
지배를 받았었다.

나라와 도시들이 멸망한다 해도,

우리는 항상 변치 않고

사랑스러운 아가씨를 모셔 옵니다.

세이렌들 사뿐사뿐 알맞은 속도로

수레를 겹겹이 둘러싸고, 8380

때로는 행렬이 뒤죽박죽

꼬리에 꼬리를 이으며

가까이 오너라, 네레우스의 용감한 딸

들아.

밉지 않게 거친 야성녀들아.

데려오너라, 도리스의 상냥한 딸들아, 8385

어머니를 빼닮은 갈라테이아 아가씨를.

신들을 닮아 진지하면서도

영원불멸의 품위.

하지만 사랑스러운 인간의 여인처럼

매혹적인 우아함을 갖췄군요. 8390

도리스의 딸들 (모두 돌고래를 타고 노래부르며 네레우스의

곁을 지나간다)

루나여, 빛과 그림자를 빌려주시어

이 꽃 같은 젊은이들을 비춰주소서!

사랑스러운 낭군을 보여드리며

우리 아버지에게 간청하겠어요.

(네레우스에게)

이들은 성난 파도의 이빨로부터 8395

우리가 구해낸 젊은이들이에요.

갈대와 이끼 위에 뉘어놓고

따뜻한 빛 쐬게 하였더니,

뜨거운 키스로 답하며

진심으로 우리에게 감사하고 있어요.　8400

사랑스러운 이들을 너그럽게 보아주세요!

네레우스　이런 걸 일거양득이라 하는 거렷다.

인정도 베풀고 자신도 즐거우니 말이야.

도리스의 딸들　아버님, 우리가 한 일을 기특하게 여긴

　　　디면

우리가 얻은 기쁨을 기꺼이 허락하신

　　　다면,　8405

이들을 불사의 몸으로 만들어

우리의 젊은 가슴에 영원히 안기게 해

　　　주세요.

네레우스　사로잡은 젊은이들과 즐겁게 어울리고,

그들을 너희의 낭군으로 만들려무나.

하지만 제우스 신만이 베풀 수 있는 것을　8410

내가 줄 수는 없겠구나.

너희를 싣고 출렁이는 파도는

사랑 역시 영속하게 놔두지 않을 것이다.

사랑의 꿈에서 깨어나거든

그들을 편안히 뭍으로 보내거라.　8415

도리스의 딸들　사랑스러운 젊은이들, 우리에겐 소중하

지만,

슬픈 마음으로 이별을 해야겠어요.

우리의 절개 영원히 지키려 하지만,

신들이 그것을 허락하지 않는답니다.

젊은이들　우리 씩씩한 뱃사공들　　　　　　　　8420

앞으로도 그렇게 보살펴주세요.

이런 행운 가져본 적 없고,

더 이상 바랄 게 없답니다.

갈라테이아, 조개수레를 타고 다가온다.

네레우스　너로구나, 내 사랑스러운 딸아!

갈라테이아　　　　　　　　　　　아, 아버님, 반

가워요!

돌고래야, 멈춰라! 아버님의 눈길이 날 붙

잡는구나.　　　　　　　　　　　　　　　8425

네레우스　벌써 지나갔구나. 원을 그리며 날 듯이

훌쩍 떠나가고 말았구나.

격동하는 내 마음 알아주기나 했을까.

아, 날 데리고 갔으면 좋으련만!

하지만 단 한 번 바라본 것으로도　　　　　8430

능히 일 년은 견딜 수 있으리라.

탈레스　만세! 만세! 만만세!

아름다움과 진실이 온몸에 사무치니

내 마음속 기쁨이 꽃피어난다…….

만물은 물에서 생겨났도다!!   8435

만물은 물로써 생명을 유지하도다!

태양이여, 우리를 영원히 다스려다오.

그대가 구름을 보내지 않았다면,

수많은 냇물을 흐르게 하지 않았다면,

여기저기 여울이 굽이치게 하지 않았다면,   8440

강들을 만들어놓지 않았다면,

산들은 어찌 되고 들과 세계는 어찌 되었

   을까?

싱싱한 생명을 지켜주는 건 오직 그대뿐.

메아리 (모든 등장인물들의 합창)

싱싱한 생명을 샘솟게 하는 건 바로 그대뿐.

네레우스 파도에 흔들리며 내 딸들 아득히 돌아가니, 8445

눈길과 눈길을 마주칠 수 없구나.

긴 사슬의 원을 그리며

축제의 흥취를 돋우려는 듯

무수한 무리 빙글빙글 돌아간다.

하지만 갈라테이아의 조개 옥좌가   8450

보이고 또 보이는구나.

군중 속에서도

별처럼 반짝이는 모습,

사랑스러운 그 모습 무리 가운데 빛난다!

저다지 먼 곳에 있어도   8455

밝고 맑게 빛나는구나.

언제나 가깝고 진실하게.

호문쿨루스 이 은혜로운 물속에서는

어떤 것을 비춰보아도

모든 게 매혹적으로 아름다운걸.　　　8460

프로테우스 이 생명의 물속에서야

자네가 발하는 빛도

희한한 소리를 울리는 것일세.

네레우스 저 행렬의 한가운데서 어떤 새로운 비밀이

우리 눈앞에 나타나려는 것일까?　　　8465

조개수레 옆 갈라테이아의 발치에서 반짝

이는 게 무엇일까?

마치 사랑의 맥박으로 고동치듯

때론 강렬히, 때론 사랑스럽게, 때론 달콤

하게 불타오른다.

탈레스 저건 프로테우스가 꾀어낸 호문쿨루스일

세…….

열렬한 그리움에 빠진 징조들이지.　　　8470

괴로운 신음소리가 쟁쟁히 들리는 것 같

구먼.

혹시 찬란한 옥좌에 부딪혀 산산조각나지

않을까.

저런, 불길이 오른다, 번쩍 빛났다, 어느새

녹아 흐르는구나.

242

세이렌들 부딪치며 부서지는 파도를 훤히 비추는
저 이상한 불길은 무엇인가요?   8475
빛을 내며 넘실넘실 이쪽을 밝혀줍니다.
어두운 물길 위에 작열하는 저 물체,
사면은 온통 불에 싸여 흘러내리네요.
만물의 시초인 에로스[95]여, 이대로 다스리
   소서!
   거룩한 불길에 싸인   8480
   바다여, 만세! 파도여, 만세!
   물이여, 만세! 불이여, 만세!
   진귀한 신의 위업이여, 만세!
모두 함께 부드럽게 나부끼는 바람이여, 만세!
비밀에 가득 찬 동굴이여, 만세!   8485
이 세상 모든 것 축복 있으라.
수화풍토(水火風土) 사 원소 모두 축복
   있으라!

---

95) Eros. 플라톤의 『향연』에 의하면 에로스는 혼돈에서 최초로 생성된, 자
연발생의 신이다. 만물의 근원인 물과 불이 서로 반발하면서도 하나가 되듯
에로스의 힘도 융합의 기능을 지녔다.

3막

스파르타에 있는 메넬라오스왕¹⁾의 궁전 앞

헬레네, 사로잡힌 트로야 여인들의 합창대와 함께 등장.
판탈리스가 합창대를 인솔한다.

헬레네 찬사도 많이 받고 비난도 많이 받은 헬레

네입니다.

막 상륙한 해안으로부터 오는 길이에요.

아직도 거센 파도에 흔들리는 듯 어지럽군요. 8490

프리기아 평원²⁾을 떠나 솟구치는 파도의

---

1) Menelaos. 스파르타의 왕. 왕비 헬레네가 트로야의 파리스 왕자에게 유
괴당하자 전쟁을 일으켜 트로야를 멸망시켰다.
2) 트로야의 평야 지대.

등에서 흔들리며,

포세이돈의 은총과 에우로스의 힘3)을 빌려

다행히 조국의 만에 도착할 수 있었어요.

저 아래에선 메넬라오스왕이

가장 용감한 전사들과 개선을 축하하고 있

답니다.   8495

너, 고귀한 궁궐아, 나를 환영해 다오.

이것은 선왕 틴다레오스께서 귀국하시어

팔라스의 언덕4) 가까운 산허리에 축조하

신 거지.

나는 여기서 클리타임네스트라5)의 언니

로서,

또 카스토르와 폴리데우케스6)하고도 즐겁

게 놀면서 자랐지요.   8500

그때는 스파르타의 어느 집보다 화려하게

꾸며져 있었는데.

너희 청동의 문짝들아, 날 반겨다오!

---

3) 포세이돈은 바다의 신(로마 신화에선 넵투누스), 에우로스는 남동풍을
뜻한다.
4) Pallas. 스파르타의 수호신 팔라스(아테나)의 신전이 있는 곳. 틴다레우
스는 이 근처에 자신의 궁전을 지었다.
5) Klytaimnestra. 틴다레우스왕과 레다 사이에 난 딸로 헬레네의 동생이며
아가멤논왕의 처.
6) Castor und Polydeuces. 제우스 신의 쌍둥이 아들. 즉 헬레네의 동생들.

옛날에 너희들이 손님을 맞으려고 활짝 열
　렸을 때,
많은 여인 중에 간택된 내 앞에
신랑 메넬라오스님이 눈부신 모습으로 나
　타나셨지.　　　　　　　　　　　　　　8505
다시 한번 열려다오. 왕비에 어울리게 입
　성하여,
전하의 급한 분부를 충실히 수행하게 해
　다오.
지금껏 날 엄습하여 괴롭히던 것,
모조리 내 뒤에 남겨두겠다.
나, 무심코 이 문지방을 넘어　　　　　　8510
성스러운 의무를 다하고자 키테라 신전을
　찾았다가,
프리기아의 도둑에게 유괴당한 후 온갖 우
　여곡절을 겪었다오.
그 소문은 널리 퍼져 사람들 입에 오르내
　렸지요.
하지만 누군들 듣기 좋겠어요.
이야기가 보태져서 소설을 엮어낸다면 말
　이에요.　　　　　　　　　　　　　　8515

합창　　고귀하신 왕비님, 소홀히 마세요,
　　　　당신이 지닌 최상의 보물을!

크나큰 행복을 홀로 차지하시니,

미인의 명예는 그토록 빼어나답니다.

영웅은 이름을 내세우며   8520

뽐내고 활보하지만,

모든 것을 압도하는 미인 앞에선

아무리 고집센 남자라도 뜻을 굽히고
　　말지요.

헬레네　그만! 나는 남편과 배를 타고 왔지만,

그이의 분부로 먼저 성내로 들어온 것이다. 8525

하지만 그가 무슨 생각을 품고 있는지 모
　　르겠다.

내가 아내로 돌아온 것일까? 왕비로 온 것
　　일까?

아니면 왕의 쓰라린 고통과 오래 견뎌온

그리스인들의 불행을 위한 제물로 온 것
　　일까?

전쟁 중에 사로잡혔지만, 내가 포로인지 아
　　닌지도 모르겠구나.   8530

아름다운 나에게 저 불사의 신들은

이중적이고 찜찜한 동반자, 명예와 운명을
　　정해주셨다.

이것들은 이 문지방 옆에서도

음침하고 두려운 모습으로 서 있는 것만

같다.

텅 빈 배 안에서도 남편은 날 쳐다보는 일
  드물었고   8535

위로의 말 한마디 건네지 않았지.

내 앞에 마주앉아 마치 불길한 생각에 잠
  긴 것 같았어.

하지만 에우로타스강[7]의 깊은 만에서

앞선 배들의 이물이 뭍에 닿기가 무섭게

그는 신의 계시라도 받은 듯 이렇게 말했지.   8540

〈여기서 나의 병사들은 줄지어 하선할 것
  이오.

바닷가에 정렬시켜 그들을 사열할 생각이오.

그러나 당신은 계속 나아가시오.

성스러운 에우로타스강의 비옥한 기슭을
  거슬러 올라가

이슬 젖어 윤기나는 초원 위로 말을 몰도
  록 하시오.   8545

그러면 가까이 엄숙한 산들에 에워싸인

아름다운 평원에 도달할 것이니,

한때 비옥하고 광활했던 옥토, 라케다이몬[8]

---

7) Eurotas. 스파르타를 흘러 라코니아만으로 들어가는 강으로 현재의 에브
로타스강.
8) Lakedaimon. 스파르타를 가리킨다.

이 이루어놓은 곳이라오.

그런 다음 성탑 드높은 왕궁으로 들어가

늙었지만 영리한 시녀장을 거느리고   8550

내가 두고 온 시녀들을 점검하시오.

시녀장으로 하여금 풍성하게 모아놓은 보
　화들을 내보이게 하시오.

그건 당신의 아버님이 물려주신 것과,

나 자신, 전시든 평화시든 끊임없이 불려
　서 쌓아둔 것이오.

모든 것이 잘 정돈되어 있음을 보게 될 것
　이오.   8555

돌아왔을 때 모든 게 전과 다름없고,

남기고 온 것 모두 제자리에 있음을 확인
　하는 것,

그것이야말로 왕의 특권이니까.

신하들의 힘으론 무엇 하나 변경시킬 수가
　없는 법이오.〉

합창　　끊임없이 불어난 멋진 보화로   8560
　　　　왕비님의 눈과 마음을 위로하세요!
　　　　예쁜 목걸이, 왕관의 장식
　　　　무어나 되는 듯 거만을 떨지만,
　　　　왕비님 듭시어 분부 내리시면
　　　　그것들 재빨리 준비를 갖추리라.   8565

황금과 진주와 보석들

왕비님의 아름다움과 견주는 걸 보고

파요.

헬레네　그러고 나서 주인께선 분부를 계속하셨다.

〈모든 것의 정돈 상태를 두루 살펴본 다음,

필요하다고 생각되면, 삼발이 향로와　　　　8570

성스러운 제사를 지낼 때 제주(祭主)가 다

루게 될

갖가지 제기(祭器)들을 꺼내놓구려.

가마솥과 접시와 주발은 물론,

항아리엔 신성한 샘의 깨끗한 물을 담아

놓아야 하오.

또한, 불길이 빨리 일어나는　　　　　　　8575

마른 장작도 준비하시오.

마지막으로 날이 잘 선 칼도 잊지 말아야

할 게요.

그 밖의 것은 모두 당신의 재량에 맡기겠소.〉

이렇게 말하곤, 내게 헤어질 것을 재촉했지.

하지만 올림포스의 신들을 경배하기 위해

도살할　　　　　　　　　　　　　　　8580

살아 숨쉬는 생물 얘기는 없었어.

그것이 찜찜하긴 하지만 더 이상 걱정하지

않고,

모든 걸 고귀한 신의 손에 맡기겠어.

인간이 좋게 생각하든 나쁘게 생각하든,

신들은 뜻한 대로 이루어가나니   8585

죽을 운명의 우리가 참을 수밖에.

이따금 제주의 무거운 도끼가

땅에 수그린 동물의 목을 겨냥했지만

내리치지 못한 적도 있었지.

가까운 적(敵)이나 신의 간여로 그것을 막

　　았기 때문이었어.   8590

합창　무슨 일이 일어날지 알 수 없으니,

　　왕비님, 용기를 내어

　　앞으로 나아가세요!

　　좋은 일 나쁜 일은

　　기약 없이 오는 것이니,   8595

　　미리 안다 해도 믿을 수 없어요.

　　트로야가 불탔을 때 보지 않았던가요.

　　바로 목전에서, 그 치욕스러운 죽음을?

　　하지만 우리들 여기에서

　　기쁜 마음으로 시중들고 있잖아요?   8600

　　하늘의 빛나는 태양과

　　땅에서 가장 아름다운 당신을

　　행복에 넘쳐 바라보고 있잖아요?

헬레네	될 대로 되라지! 내 앞에 무엇이 놓여 있건,	
	지체 없이 궁궐로 올라가는 게 나의 임무	
	이리라.	8605
	오랫동안 애타게 그리워했지만, 거의 잃을	
	뻔했던 궁성	
	다시 한번 눈앞에 서 있으니, 내 마음 어쩔	
	바를 모르겠다.	
	어릴 땐 단숨에 뛰어오르던 계단도	
	발걸음 힘차게 올라가질 않는구나.	

합창	오, 가련하게 잡혀온	8610
	자매들아, 너희 슬픔을	
	저 멀리 집어던져라.	
	여왕님과 행복을 나누자.	
	헬레네의 행복을 나누자.	
	때늦은 귀향이지만	8615
	그만큼 확실한 걸음걸이	
	마냥 즐겁게	
	고향집으로 다가가신다.	

신성한 축복 마련하여
고향으로 인도하신   8620
신들을 찬양하자!
풀려난 자 날개 달린 듯

아무리 험한 곳도

훨훨 날아가지만,

붙잡힌 자 그리움에 젖어   8625

감방의 담 너머로 팔을 내밀고

괴로움에 여위어간다오.

하지만 신께서 손을 내밀어

먼 타국의 여왕님 잡아주시고,

일리오스의 폐허로부터   8630

이곳으로 데려오셨네.

단장도 산뜻한

옛 조상의 궁성.

여왕님껜 새로이 기억되리,

젊은 시절에 겪었던   8635

이루 말할 수 없는

기쁨과 고통들이.

판탈리스 (합창을 지휘하는 여인으로서)

기쁨 넘치는 노래의 소롯길만 더듬지 말고

저 궁궐의 대문으로 눈길을 돌리세요!

하지만 웬일일까, 자매들이여? 왕비님께서   8640

흥분한 듯 격한 걸음으로 되돌아오시는군요.

어인 일입니까, 위대한 여왕님

궁전의 홀에서 시녀들의 인사 대신

놀라운 일이라도 당하셨나요? 숨기지 마
　　세요.

불쾌한 빛이 이마에 가득한 게　　　　　　　8645

고귀한 노여움이 놀라움과 싸우는 것 같
　　아요.

헬레네 (문을 열어놓은 채 흥분하여)

제우스의 딸인 내게 웬만한 두려움쯤 문제
　　가 안 되고

가볍게 스치는 놀라움의 손길도 내게는
　　미치지 못한다.

하지만 태초의 어두운 품에서 솟아나,

갖가지 모양으로 변하며, 마치 화산의 분
　　화구에서　　　　　　　　　　　　　8650

작렬하는 구름처럼 치솟는 놀라움이라면

어떤 영웅의 가슴도 흔들어놓았을 게다.

오늘은 무섭게도 지옥의 무리들이

내가 궁궐에 들어가는 걸 알았나 봐.

하여, 나는 내쫓긴 나그네 모양　　　　　8655

자주 드나들던 그리운 문지방을 떠나고만
　　싶구나.

하지만 안 돼! 내 비록 밝은 곳까지 피하긴
　　했지만,

너희들이 어떤 마물이든 날 쫓아내진 못
　　하리라.

축원을 해야겠다. 그러면 정화된 부엌의 불이

      날 주인으로 맞아주겠지. 8660

합창을 지휘하는 여인 고귀한 왕비님, 당신을 받드는 시녀들
      에게

      무슨 일이 있었는지 말해주세요.

헬레네 내가 본 것을 너희도 보게 되리라.

      만일 저 해묵은 어둠이 그가 낳은 형상들
        을 당장

      자신의 심오한 품속에 다시 삼키지 않는
        다면. 8665

      하지만 너희가 알도록 몇 마디 얘기해 주마.

      다음에 할 일을 생각하며

      왕궁의 엄숙한 내실로 경건하게 들어갔
        을 때,

      우선 나는 황량한 복도의 적막감에 놀랐
        구나.

      부지런히 오가는 발걸음 소리도 없었고, 8670

      바쁘게 일하는 모습도 보이지 않았으며,

      예전엔 어떤 나그네든 반갑게 맞아주던

      시녀도, 시녀장도 나타나질 않는 거야.

      하지만 부엌의 아궁이에 이르자

      꺼져가는 잿더미의 어스름 속에 8675

      얼굴 가린 덩치 큰 여자가 앉아 있었어.

자는 건 아니고 아마도 생각에 골몰하는
　　것 같았어.

마나님다운 말투로 나는, 일어나 일하라고
　　명했지.

신중한 남편이 고용해서 남겨둔

내 시녀장이라 짐작하고 말이야.　　　　8680

하지만 그녀는 옷을 휘감은 채 꼼짝도 하
　　지 않았어.

내가 위협을 하니 마침내 오른쪽 팔을 움
　　지이는데,

마치 날 부엌과 방에서 쫓아내려는 것 같
　　았어.

화가 나서 몸을 돌리곤 층계 쪽으로 달려
　　왔는데,

그 위엔 잘 장식된 침실이 높이 솟아 있고,　8685

그 옆에 보물창고가 있었어.

그런데 그 괴물이 재빨리 바닥에서 일어나

거만하게 내 앞을 가로막는 거야.

보아하니 비쩍 마른 키다리에 핏발이 선
　　탁한 눈빛으로

눈과 마음을 어지럽히는 괴상한 모습이었어.　8690

하지만 말해봤자 소용없겠어. 아무리 말을
　　해도

형상들을 조물주처럼 창조해 낼 수는 없

을 테니까.

저길 좀 봐! 저 여자가 그예 밝은 곳까지
　나왔구나!

여기선 남편인 왕이 돌아올 때까지 우리
　가 주인이다.

저 끔찍한 밤의 괴물을 아름다움의 친구
　태양신 포이보스께서　　　　　　　　8695

동굴로 몰아대든지, 포박해 버릴 것이다.

포르키데스가 문설주 사이로 해서 문지방에 나타난다.

합창　　관자놀이에 청춘의 고수머리 일렁이지만,

　　　　　난 많은 걸 체험했다오!

　　　　　무서운 일, 전쟁의 참담함

　　　　　정말 많이도 보았지요.　　　　　8700

　　　　　일리오스가 함락되던 날 말예요.

　　　　　먼지 구름 자옥이 날리며

　　　　　미친 듯 밀려오는 전사들.

　　　　　그 속에서 신들은 무섭게 부르짖으니,

　　　　　싸움을 재촉하는 청동의 음성,　　　8705

　　　　　들판을 지나 성채를 향해 울린다.

　　　　　아! 일리오스의 성채 긴재했지만,

어느새 불길이
이웃에서 이웃으로 번져갔고,
스스로 일으킨 세찬 바람   8710
이곳저곳 덮쳐버리니
밤의 도시는 온통 불바다.

연기와 화염을 뚫고 도망칠 때,
날름대는 불꽃 사이로
분기충천한 신들이 보였네.   8715
거대하고도 기이한 모습들,
불길에 휩싸인 연기 속에
성큼성큼 다가왔네.

그 혼란한 참상
내 눈으로 본 것일까?   8720
겁에 질린 내 마음이 상상한 것일까?
말하기 어렵지만,
여기서도 내 눈앞엔
그 무서운 광경이 보이는걸요.
두렵다는 생각이 나를   8725
위험한 것에서 끌어당기지 않는다면,
두 손으로 그것을 잡을 수도 있을 거예요.

포르키스의 딸들 가운데

너는 대체 어느 딸이냐?

네가 그 족속과 8730

너무나 닮았기에 하는 말이다.

아마도 넌 태어날 때부터 백발이고,

눈 하나와 이빨 하나를

교대로 사용한다는

그라이아이 중의 하나렷다? 8735

너 같은 추물이 감히

아름다운 여왕님과

형안을 지닌 태양신 앞에

얼씬거린단 말이냐?

하지만 모습을 드러내 보아라. 8740

포이보스의 신성한 눈은

한 번도 그늘을 본 적이 없으니

추한 것 역시 보지 않을 것이다.

그러나 괴롭게도 슬픈 운명은

유한한 우리 인간을 강요하여 8745

형언할 수 없는 눈의 고통을 느끼게 하
는구나.

그것은 추악하고 영원히 저주받을 것
들이

아름다움을 사랑하는 사에게 주는 고

통이라네.

　　　너, 뻔뻔하게 우리 앞에 나타날 양이면,
　　　요란한 저주의 소리를 들어보아라.　　　　　8750
　　　신의 손으로 만들어진,
　　　복된 사람들의 입에서 나오는
　　　온갖 비난과 욕설을 들어보아라.

포르키데스　부끄러움과 아름다움이 손을 맞잡고
　　　지상의 푸른 들길을 함께 가지 않는다는
　　　　　옛말은　　　　　　　　　　　　　　　8755
　　　여전히 고귀하고 진실하단 말이야.
　　　양자의 해묵은 증오는 너무 뿌리가 깊어서,
　　　어쩌다 서로 마주친다 해도
　　　각자 상대방에게 등을 돌리고
　　　걸음을 서둘러 더 멀리 떠나가 버리는 거야.　8760
　　　부끄러움은 슬퍼하지만, 아름다움은 뻔뻔
　　　　　스러운 생각을 하지.
　　　늙음이 양자를 미리 묶어놓지 않았다면,
　　　지옥의 공허한 어둠에 휩싸일 때까지 그럴걸.
　　　보아하니, 너희 뻔뻔스러운 계집들, 낯선
　　　　　고장에서 왔구나.
　　　시건방을 떠는 꼴이, 꽥꽥대며 날아가는
　　　　　두루미 떼 같군.　　　　　　　　　　　8765

우리 머리 위에 긴 구름처럼 늘어져
꽥꽥대는 소리 아래쪽으로 보내면,
고요한 나그네 고개를 들어 바라볼 수밖에.
하지만 그들은 자신의 길을 걸어가나니
우리도 역시 그럴 것이다.   8770

너희들은 대체 누구냐? 거룩한 왕궁 앞에서
마이나데스[9]처럼 거칠고, 술취한 년들처럼
　　미쳐 날뛰다니.
개떼가 달을 향해 짖어대듯
왕궁의 시녀장에게 소리를 질러대는 너희
　　들은 누구냐?
전쟁이 낳고 길러낸 애송이들아,   8775
너희가 무슨 족속인지 감출 수 있다고 생
　　각하느냐?
이 화냥년들아, 너희는 사내들을 유혹해서
병사와 시민들의 진을 빼는 것들이지!
너희 떼거리를 보니 마치
푸른 전답을 뒤덮으며 달려드는 메뚜기 무
　　리 같구나.   8780
다른 사람의 근면함을 좀먹는 것들!
번영의 싹을 갉아먹어 파괴하는 것들!

---

9) Maenades. 주신(酒神) 바쿠스의 시중을 드는 부녀.

약탈당해 장바닥에서 거래되는 물건 같은
　　것들!

헬레네　안주인의 면전에서 하녀들을 꾸짖는 자는
　　무엄하게도 주부의 집안 다스리는 권리를
　　　침해하는 것이오.　　　　　　　　　　8785
　　칭찬할 건 칭찬하고 벌 줄 건 벌을 주는 것,
　　그건 오직 안주인에게만 부여된 권한이오.
　　강력한 일리오스가 포위되어 멸망했을 때,
　　이들이 내게 보여준 충성심에 나는 만족
　　　하오.
　　우리가 길을 잃고 고통에 차 고생할 때도,　　8790
　　이들은 못지않게 충실했소.
　　저마다 제 몸 돌보기에 급급한 때에 말이오.
　　여기서도 똑같이 이 명랑한 무리의 봉사
　　　를 기대하겠소.
　　주인이란, 하인의 하는 일이 문제지 어떤
　　　사람인가는 묻지 않는 법.
　　그러니 그대는 입을 다물고 더 이상 저들
　　　을 꾸짖지 마라.　　　　　　　　　　8795
　　그대가 지금까지 안주인 대신
　　왕궁을 지켜온 공로는 인정하겠소.
　　하지만 이제 주인이 돌아왔으니,
　　그대는 물러나 칭찬 대신 벌을 받지 않도

록 처신하시오.

포르키데스   하인들을 꾸짖는 것은 분명   8800

　　　신의 축복을 받은 왕비님께서

　　　오랜 기간 슬기롭게 다스려 얻게 된 커다

　　　　란 권리입죠.

　　　이제 당신이 인정받은 여왕님으로

　　　새로이 옛 자리에 납시니,

　　　오랫동안 느슨해진 고삐를 다잡으시고,   8805

　　　보화는 물론 우리까지 모두 거두어주옵소서.

　　　백조같이 아름다운 당신 곁에서

　　　털도 안 난 채 빽빽거리는 저 거위 떼들 앞

　　　　에서,

　　　무엇보다 이 늙은 것을 두둔해 주십시오.

합창을 지휘하는 여인   아름다운 분 옆에 추물이 서 있으니

　　　더욱 추하군.   8810

포르키데스   슬기로운 분 옆에 바보가 서 있으니 더욱

　　　멍청해 보이는군.

여기서부터 합창대에서 한 사람씩 나와 응답한다.

합창대 여인 1   아비는 에레보스[10]고, 어미는 밤이라고 고

───────────────

10) Erebus. 카오스(혼돈)에서 태어난 암흑의 신. 그의 자매인 '밤'과 교접
하여 '낮'을 출생시켰다.

백해라.

포르키데스 그럼 네 언니 스킬라[11]에 대해 말해보렴.

합창대 여인 2 너의 집 족보엔 괴물들이 우글거리는구나.

포르키데스 지옥에나 가라! 거기 가서 네 살붙이들을
찾아라.   8815

합창대 여인 3 지옥에 사는 것들도 너에 비하면 너무나
젊을걸.

포르키데스 테이레시아스[12] 노인하고나 붙어라.

합창대 여인 4 오리온[13]의 유모가 네 고손녀(高孫女)가 된
디지.

포르키데스 하르피아아[14]들이 네년을 똥거름 속에서
길러냈을걸.

합창대 여인 5 무얼 먹었기에 그렇게 말라깽이가 되었니?   8820

포르키데스 네가 그렇게 탐내는 피 따위는 안 마신다.

합창대 여인 6 자신이 역겨운 송장이면서 송장이 먹고 싶
은 게지.

포르키데스 네 뻔뻔스러운 주둥이 속에 흡혈귀의 이빨

---

11) Scylla. 머리가 여섯인 바다의 괴물로 남자를 잡아먹고 개처럼 짖는다고
한다.
12) Teiresias. 테베의 예언자로 장님. 오디세우스는 이 노인에게 지옥으로
가는 길을 물었다.
13) Orion. 거대한 체구의 사냥꾼. 성좌의 이름으로 사용된다.
14) Harpies. 아르고 선(船) 전설에 나오는 괴조(怪鳥). 남의 음식을 빼앗고
더럽힌다고 한다. 여기선 남의 애인을 가로채는 호색녀로 비유된다.

이 번쩍이는구나.

합창을 지휘하는 여인 네 정체를 폭로해서 네 입을 틀어막
겠다.

포르키데스 네 이름부터 대봐라. 수수께끼가 저절로
풀릴 테니.   8825

헬레네 화난 게 아니라 슬픈 마음으로 너희 사이
에 나서서

그 추악한 말다툼을 금하노라!

충직한 하인들 간에 조성되는 불화만큼

주인을 해롭게 하는 것도 없느니라.

그리되면 명령의 메아리가 결코   8830

재빠른 행동의 실천으로 돌아오지 않으니,

당황하여 공연한 욕설만 퍼붓는 주인을
에워싸고,

멋대로 들끓며 날뛸 뿐이다.

그뿐만 아니다. 너희들이 무엄하게 화를 내
면서

불길한 자의 무서운 형상들을 불러냈기에,   8835

그것들이 몰려와 고향 땅을 밟고 있으면서도

나 자신 지옥에라도 빠진 기분이로다.

이것이 추억일까? 아니면 날 사로잡는 망
상이었나?

도성을 황폐하게 만든 여인의 무서운 꿈의
형상은

과거의 나였나? 현재의 나인가? 미래의 나

   일 것인가?　　　　　　　　　　　　　　　8840

시녀들은 떨고 있건만, 가장 나이 많은 그대,

그대는 태연자약하구나. 내게 알아듣도록

   말을 해다오.

포르키데스　오랜 세월 맛본 갖가지 행복을 회상해 보면,

지고한 신의 은총도 결국 한바탕 꿈과 같

   지요.

하지만 당신은 한없이 큰 은혜를 받으신 몸,　8845

일생을 두고 만난 연인들 사랑에 불타

어떤 대담한 모험도 거침없이 해치웠지요.

일찍이 테세우스가 애간장을 태우며 당신

   을 탐했지요.

그는 헤라클레스만큼이나 힘세고 잘생긴

   남자였답니다.

헬레네　날씬한 사슴 같던 열 살짜리 나를 유괴해　8850

아티카의 아피드나이성에 숨겨놓았지.

포르키데스　하지만 곧 카스토르와 폴리데우케스에게

   구출되어

당신은 뭇 영웅들의 구애 대상이 되었지요.

헬레네　그러나 솔직히 말해 내가 누구보다 은근히

   좋아했던 건

펠리데[15]를 꼭 닮은 파트로클로스였지.　　8855

포르키데스　하지만 당신은 아버님의 뜻에 따라

대담한 항해가이자 내정에도 뛰어난 메넬
라오스와 결혼하셨죠.

헬레네 아버님께선 딸을 주시고, 나라의 통치권까
지 넘기셨어.

그 부부생활에서 헤르미오네가 태어났지.

포르키데스 하지만 왕이 유산인 크레타섬을 찾으려고
용감히 원정길에 올랐을 때,   8860

외로운 당신 앞에 너무나 아름다운 손님[16]
이 나타났죠.

헬레네 어찌하여 그대는 과부와 다름없던 그때를,
또 거기서 생겨난 무서운 재앙을 들추어내
는 거냐?

포르키데스 그 원정 덕분에 자유로운 크레타 여인인
제가

포로로 잡혀와 오랜 노예생활을 하게 되
었죠.   8865

헬레네 그분은 널 즉시 이곳의 시녀장으로 임명
하고,

성채는 물론 용감히 쟁취해 온 보화들을
맡기시지 않았더냐.

---

15) Pelide. 펠레우스의 아들 아킬레우스의 별명이다. 파트로클로스
(Patroklus)는 그의 친구.
16) 트로이의 왕자 파리스를 말한다.

270

포르키데스	당신은 이 성채를 버리고
	일리오스의 구중궁궐에서 사랑의 환락에
	탐닉하였죠.
헬레네	환락이란 당치도 않다! 8870
	한없는 괴로움이 이 가슴과 머리 위에 쏟
	아졌노라.
포르키데스	하지만 소문으론 당신이 두 개의 모습을
	지니고
	일리오스에도 이집트에도 보였다고 하더
	군요.
헬레네	미칠 지경으로 황폐해진 내 마음 제발 혼
	란시키지 말아라.
	지금까지 어느 게 진짜 나인지 모르고 있
	노라. 8875
포르키데스	또 이런 소문도 있었죠. 공허한 저승에서
	아킬레우스가 올라와 열렬히 당신을 따라
	다녔다고요!
	그는 예전에도 온갖 운명을 거역하면서 당
	신을 사랑했죠.
헬레네	환영인 내가 환영인 그분과 맺어졌던 것
	이다.
	옛이야기도 그건 꿈이었다고 말하고 있다. 8880
	나 이대로 스러져 환영이 될 것 같구나.

합창대의 한쪽 사람들 팔에 쓰러진다.

합창　입 닥쳐라! 입 닥쳐!
　　　　흉측한 시선에 험담만 하는 너!
　　　　끔찍한 외이빨의 입술,
　　　　그 무섭고 잔인한 목구멍에서　　　　　　　8885
　　　　어찌 좋은 말이 나올까 보냐!

　　　　겉은 다정해 보이지만 사악한 자,
　　　　양가죽을 쓴 늑대 심보.
　　　　머리 셋 달린 개[17]의 아가리보다
　　　　훨씬 더 역겹구나.　　　　　　　　　　　8890
　　　　우린 불안하게 엿듣고 있다네.
　　　　깊이 숨어 있는 괴물의
　　　　저 음흉한 흉계가
　　　　언제? 어떻게? 어디서 터져나올까 하고.

　　　　위안에 넘치는 정다운 말,　　　　　　　　8895
　　　　근심을 잊게 할 다정한 말 대신
　　　　너는 온갖 옛날 일 들추어내고,
　　　　좋은 일보다는 나쁜 일만 찾아내
　　　　현재의 광채는 물론

---

17) 지옥의 문을 지키는 개. 케르베로스(Kerberos)라 불린다.

272

미래를 은은히 비추는   8900
희망의 빛까지도
모조리 어둡게 만드는구나.

입 닥쳐라! 입 닥쳐!
왕비님의 영혼
벌써 꺼질 것만 같다.   8905
아직은 단단히 붙잡자,
태양이 비춰본 그 누구보다
아름다운 그 모습을.

헬레네, 원기를 회복하고 다시 중앙에 선다.

포르키데스 황홀하게 가리어져 있다가 이제 찬연한 빛
       을 발하는
      그대, 드높은 오늘의 태양이여, 구름을 헤
       치고 나오라.   8910
      그대 앞에 펼쳐진 세상, 다정한 눈길로 바
       라보라.
      저들은 날 추하다 하지만, 나도 아름다운
       건 잘 안다오.
헬레네 현기증 때문에 빠졌던 몽롱한 상태에서 벗
       어나니,
      다시 쉬고플 만큼 사지가 피곤하구나.

하지만 어떤 위험이 닥쳐도 정신을 가다듬
　고 기운을 차리자. 8915
그것이 여왕은 물론 모든 인간에게 걸맞은
　태도겠지.

포르키데스 당신은 위엄 있고 아름다운 모습으로 우리
　앞에 서 계시지만,
무언가 분부할 게 있는 눈빛이군요. 무슨
　분부인지 말씀하십쇼.

헬레네 너희들의 무모한 싸움 때문에 시간을 허비
　했노라.
어서 서둘러 왕께서 명하신 대로 제물을
　준비하여라. 8920

포르키데스 모든 것이 집 안에 준비되어 있습죠. 접시,
　삼발이 향로,
날카로운 도끼, 정한수와 향료. 바칠 제물
　만 말씀하세요!

헬레네 왕께선 그걸 말씀하지 않으셨는데.

포르키데스 　　　　　　　　　　　　　　말씀을
　않으셨다구요? 저런 딱한 일이!

헬레네 무엇이 그리 딱하단 말이냐?

포르키데스 　　　　　　　　　　　여왕님, 당신이
　바로 제물이옵니다!

헬레네 내가?

포르키데스 　　　그리고 저 계집들도.

합창	아이고, 이를 어쩌나!

포르키데스   도끼에 목이 떨어지는 것이죠.   8925

헬레네 무섭구나! 짐작은 했지만, 내 신세가 가련하구나!

포르키데스   피할 길이 없는 것 같군요.

합창 아! 그럼 우리는? 어떻게 될까?

포르키데스   왕비께선 고
귀한 죽음을 맞으시겠지만
네년들은 저 지붕을 받치는 높은 대들보에
그물에 걸린 지빠귀처럼 줄줄이 매달려
바둥거릴 게다.

헬레네와 합창대는 미리 준비한, 의미심장한
군상이 되어 놀라 굳은 표정으로 서 있다.

포르키데스 이 허깨비들아! — 너희가 속하지도 않은
대낮과 헤어진다고   8930
놀라서 금방 동상처럼 굳어진단 말이냐.
하긴 너희처럼 허깨비인 인간들도
숭고한 햇빛을 단념하길 싫어하지.
그러나 그들을 위해 탄원하고 죽음에서 구
해줄 자 아무도 없어.
모두 그걸 알면서도 승복하려는 자는 몇

안 된단 말이야.   8935

어쨌든 너희들은 끝장이다! 그러면 슬슬
시작해 볼까.

손뼉을 친다. 그러자 문간에 가면을 쓴 난쟁이들이
나타나 하달된 명령을 재빠르게 수행한다.

이리 오너라, 음침하고, 공처럼 둥근 도깨
비들아!
이리 굴러오너라. 여기 신나게 망쳐놓을 것
이 있다.
황금뿔이 달린 희생의 제단을 갖다 놓고,
도끼는 은빛 가장자리에 번쩍번쩍 빛나게
올려놓아라.   8940
검은 피로 더럽혀진 곳 씻어내도록
항아리마다 물을 가득 채워놓아라.
여기 먼지 구덩이에 양탄자를 보기 좋게
깔아라.
제물이신 왕비님 무릎을 꿇은 채
목이 떨어지면 즉시 둘둘 말아서   8945
지체에 어울리는, 훌륭한 장사를 지내야
할 테니까.

합창을 지휘하는 여인 왕비께선 생각에 잠겨 한옆에 서 계
시고,

시녀들은 베어놓은 목초(牧草)처럼 시들었
구나.

노할머니, 당신과 이야기를 해보는 것이

제일 맏이인 제겐 신성한 의무라는 생각이

드는군요.   8950

이것들이 당신을 잘못 알고 버릇없이 굴었
지만,

당신은 경험도 많고 현명하며 우리에게 호
의적인 것 같으니,

혹시 살아날 가능성이 있거든 일러주세요.

포르키데스 일러주기야 쉽지. 그건 오로지 왕비님께
달려 있다.

왕비님 자신은 물론 덤으로 너희들 목숨까
지 부지할 수 있는 길이 말이다.   8955

결심이 필요한데, 그것도 화급을 다툰다.

합창 파르카이들 중에 가장 존귀하고 현명한 무
당이시여

황금가위[18]는 접어두시고, 우리에게 구원
의 날을 일러주세요.

우리의 사지가 벌써 공중에 매달려 볼품
없이 흔들리는 기분이에요.

---

18) 운명의 여신 파르카이들 가운데 모르타는 명줄을 끊는 가위를 가지고
있다고 한다.

우선 춤을 추며 즐기다가   8960

사랑하는 이의 품에서 쉬고픈데 말예요.

헬레네 이 아이들은 불안하겠지! 난 고통스럽긴
　　　　해도 두렵진 않다.

하지만 그대가 살아날 방도를 안다면 고맙
게 받아들이겠다.

앞을 내다보는 현자에겐 불가능한 것도

때로 가능하게 보일 테지. 어디 말해보아라.   8965

합창 말해주세요. 어서 말해주세요. 흉악한 목
　　　걸이가 되어

우리 목을 옭아매려는 저 무섭고 추악한
올가미를

어떻게 모면할 수 있을까요? 모든 신들의
어머니 레아이시여!

당신이 불쌍히 여기지 않으신다면,

가련한 우리들은 숨이 끊겨 질식하고 말
것입니다.   8970

포르키데스 이야기가 길어도 참고 조용히 들을 수 있
　　　　　　겠나?

얘깃거리가 많아서 그러는데.

합창 참고말고요! 이야기를 듣는 동안은 살아
　　　있는 건데요.

포르키데스 집에서 기다리며 귀한 보물 간수하고,

내궐의 높은 벽 갈라진 틈을 메우고,   8975

278

비 새지 않도록 지붕을 보전하는 자
평생을 두고 편안히 지낼 수 있으리라.
하지만 문지방의 신성한 경계선을
들뜬 걸음으로 쉽사리 넘어가는 자는,
다시 돌아와 옛 장소를 둘러볼 때   8980
파괴된 것 없더라도 모두 변한 줄 생각하지.

헬레네   무엇 때문에 뻔히 아는 얘길 늘어놓는 게냐?
얘기를 한답시고, 불쾌한 일을랑 들춰내지
    말아라.

포르키데스   시 실을 말씀드린 것이지 결코 비난이 아닙
    니다.
메넬라오스왕께선 해적질을 하며 이 만(灣)
    에서 저 만으로   8985
해변과 섬들을 모조리 휩쓸고 다녔고,
약탈한 노획품들은 궁궐 안에 쌓아두었지요.
일리오스 침략에 십 년이란 긴 세월이 걸
    렸지만,
귀국길에 또 얼마나 시간이 소요될지 모릅
    니다.
하지만 부왕 틴다레오스의 장엄한 궁전은
    어찌 되었죠?   8990
그 주변 영지는 또 어찌 되었고요?

헬레네   그대는 험담하는 게 완전히 몸에 배어
비난이 아니면 입을 놀릴 수 없는 모양이

구나.

포르키데스   스파르타의 뒤쪽 북방의 고원지대에

타이게토스산을 등지고 있는 계곡이   8995

수년간 버려져 있는데, 거기

기운차게 흐르는 냇물은 에우로타스강으

로 흘러내리죠.

그런 다음 계곡을 통해 넓은 갈대밭을 지

나며 백조들을 키웁니다.

그 뒤편 고요한 산간에 북쪽 어둠의 나라

에서

한 용감한 종족[19]이 이주해 왔지요.   9000

그들은 난공불락의 성채를 쌓아놓고

멋대로 나라와 백성들을 괴롭히고 있답니다.

헬레네   그런 짓을 할 수 있었을까? 전혀 불가능한

일일 텐데.

포르키데스   시간이 걸렸지요. 아마 한 이십 년은 됐을

겝니다.

헬레네   두목이 있는가? 도둑 떼는 얼마나 많은가?

패거리를 짰는가?   9005

포르키데스   도둑 떼는 아니지만 두목은 한 명 있더군요.

저도 한 번 습격을 받았지만, 그를 욕하고

---

19) 파우스트의 무리를 말한다. 13세기경 십자군 전쟁에 참가했던 한 귀족
이 스파르타 근방에서 성을 쌓고 살았다는 고사를 작품에 이용한 것이다.

싶진 않아요.

몽땅 다 빼앗을 수 있었는데도 그는

약간의 선물로 만족하였고, 공물이라 하지

도 않았어요.

헬레네　어떻게 생겼던가?

포르키데스　　　　　　　나쁘지 않았어요! 제 마음

에 들더군요.　　　　　　　　　　　　　　9010

쾌활하고 용감하고 세련된 남자로

그리스인 가운데서는 보기 드문 분별 있는

시람이었어요.

그 종족을 야만인이라 욕하지만, 전 그렇

게 생각지 않아요.

일리오스 침공 때 많은 영웅들이

식인종처럼 잔인했던 것에 비하면 말예요.　9015

전 그의 위대함을 존경하고, 그를 신뢰합

니다.

그리고 그의 성채! 그걸 직접 보셔야 해요!

키클로페스[20]가 집 짓듯 아무 계획도 없이

당신네 조상들이 거친 돌 위에

또 거친 돌을 쌓아 만든　　　　　　　　　9020

그런 볼품없는 성벽과는 달라요.

모든 게 수직이고 수평이고 규칙적이지요.

---

20) Kyklopes. 전설상의 외눈박이 거인족으로 키클롭스는 단수형.

밖에서라도 한번 보세요! 하늘 높이 솟아
　있는 양이

무척이나 견고하고 이음새도 말끔하여 강
　철같이 반들거린답니다.

거길 기어오른다고요? ─ 그런 생각조차
　미끄러져 떨어질 지경이지요.　　　　　9025

안쪽엔 커다란 중정(中庭)이 있고,

주위에 갖가지 용도를 가진 건물들이 둘러
　싸고 있어요.

거기엔 크고 작은 기둥, 크고 작은 홍예며,

안과 밖을 볼 수 있는 발코니와 회랑들,

그리고 문장(紋章)도 보입니다.

합창　　　　　　　　　　　　　문장이 뭐
　지요?

포르키데스　　　아이아스[21]가 그의 방패에　9030

휘감긴 뱀을 새겨넣은 걸 너희도 보았으리라.

테베를 공략한 일곱 용사들도 각자

자기 방패에 의미심장한 무늬를 지니고 있
　었다.

밤하늘에 빛나는 달과 별이 있고,

여신, 영웅과 사다리, 검이나 횃불,　　　　9035

또는 평화로운 도시를 위협하는 공격의 도

---

21) Aeas. 트로이전쟁의 영웅 중 아킬레우스 다음으로 용맹한 사람.

구도 있었지.

우리의 영웅들도 선조 대대로

그 현란한 형상들을 새기고 다닌단다.

사자며 독수리며 발톱과 부리,

물소 뿔, 날개, 장미, 공작새의 꼬리,   9040

금빛, 은빛, 검정, 파랑, 빨간색의 줄무늬도

  볼 수 있지.

그런 것들이 방마다 줄줄이 걸려 있다.

이 세상처럼 끝없이 넓은 방 안에 말이다.

거기서 너희들은 춤도 출 수 있을걸!

합창   거기엔

춤추는 남자들도 있나요?

포르키데스 최고의 멋쟁이들이지! 금발에 싱싱한 젊은

  이들이야.   9045

그 청춘의 향기라니! 파리스 왕자가 여왕

  께 왔을 때

그만이 풍겼던 향기랄까.

헬레네   그대는 전혀 딴 애

  기만 하고 있구나.

결론을 말해보아라.

포르키데스 그건 왕비님께서 말씀하세요. 진정으로 좋

  다고 하시면,

당장 그 성으로 안내하겠습니다.

합창   어서 말씀

하세요. 9050

단 한 마디로 왕비님과 우리를 구해주소서!

헬레네 어찌 그럴 수가? 메넬라오스왕께서 나를 해칠 만큼

그렇게 잔인한 행동을 하시겠느냐.

포르키데스 잊으셨나요, 왕께서 전사한 파리스의 동생 데이포보스를

처참하게 난도질했던 사실을? 9055

과부가 된 당신을 첩으로 삼았기 때문이 었죠.

코와 귀를 잘라내고 다른 곳도 불구로 만 들었으니,

보기에도 정말 끔찍한 장면이었죠.

헬레네 왕께서 그에게 행하신 건 나 때문이었지.

포르키데스 그 남자 때문에 당신께도 똑같이 행할 것 입니다. 9060

아름다움은 나누어 가질 수 없는 것. 그것 을 독점한 자는

공유한 것을 저주한 나머지 차라리 파멸시 켜 버리지요.

멀리서 나팔소리. 합창대는 질겁을 한다.

저 날카로운 나팔소리가 귀와 오장육부를

　　　　　갈기갈기 찢어놓듯이

　　　　사나이의 가슴속엔 질투가 들끓고 있지요.

　　　　그는 결코 잊지 못할 겝니다. 한때 소유했

　　　　　던 것　　　　　　　　　　　　　　　9065

　　　　이제는 잃어버려 다시는 갖지 못하리라

　　　　　는 걸.

합창　저 뿔피리소리가 들리지 않으세요? 번쩍이

　　　　는 무기가 보이지 않으세요?

포르키데스　어서 오십시오, 폐하, 상세히 보고드리겠나

　　　　이다.

합창　하지만 우리는?

포르키데스　　　　　　　　분명히 알 텐데. 왕비의 죽

　　　　음을 보면서

　　　　너희도 저 안에서 죽으리라는 걸. 어쩔 수

　　　　없는 일이다.　　　　　　　　　　　　9070

　　　　　　　　　사이

헬레네　나는 당장 해야 할 일을 곰곰이 생각했노라.

　　　　나는 그대가 악령이란 걸 잘 알고 있다.

　　　　선한 걸 악한 것으로 바꿔놓을까 걱정이긴

　　　　　하다만,

　　　　우선 그대를 따라 성채로 가련다.

　　　　그 밖의 일은 내가 알아서 하겠다. 이런 때

왕비로서   9075

가슴 깊이 은밀하게 간직한 것

누구에게도 알리고 싶지 않다. 자, 할멈, 앞

   장을 서라!

합창   오, 우리는 즐겁게 간다.

발걸음 서둘러서.

뒤에는 죽음   9080

앞에는 또한

치솟은 성채의

넘을 수 없는 성벽.

일리오스의 성곽처럼

왕비님을 지켜다오.   9085

그 성도 결국

비루한 책략[22]으로 무너졌지만.

안개가 퍼지면서 배경을 가린다. 가까운 곳도 적당히 가린다.

아니, 어떻게 된 걸까?

자매들아, 주위를 둘러봐라!

밝은 대낮이 아니었니?   9090

신성한 에우로타스강에서

---

22) 그리스군이 목마(木馬)의 계략으로 트로이를 점령했다.

안개 자락이 피어오르네.
갈대 뒤덮인 아름다운 강변도
벌써 시야에서 사라졌네.
자유롭고 우아하고 오만하게   9095
떼지어 흥겹게 헤엄치며,
부드럽게 미끄러지던 백조들,
오, 더 이상 볼 수 없구나!

그러나, 아아, 그러나
그들의 울음소리 들리누나.   9100
멀리서 들리는 목쉰 울음이!
저 소리 죽음을 알린다는데
아아, 저것이 제발
몰락의 예고가 아니라
구원을 약속하는 복음이기를.   9105
백조와 같이 늘씬하고
희고 아름다운 목을 가진 우리,
아아, 백조의 딸인 우리 왕비님,
가련하구나, 가련하구나!

주위에 안개 휩싸여   9110
벌써 모든 걸 덮어버렸네.
우리도 서로를 볼 수 없구나!
어쩐 일일까? 우리는 가고 있을까?

종종걸음 땅을 스치며

둥둥 떠가는 것일까?   9115

아무것도 안 보이지? 헤르메스 신이 앞

　장서

떠가는 게 아닐까? 황금 지팡이를 번쩍

　이며

돌아가라, 명하는 게 아닐까,

알 수 없는 형상들로 가득하고

잿빛 날씨에 불쾌한   9120

영원히 공허한 지옥의 나라로?

아니, 갑자기 어두워졌네. 광채도 없이 안

　개가 사라지누나.

짙은 잿빛으로 담벼락 같은 흙빛으로. 성

　벽이 눈앞에

확 트인 눈앞에 나타났구나. 중정(中庭)인

　가? 깊은 웅덩이인가?

여하튼 무시무시하구나!, 오 자매들아, 우

　린 사로잡혔어.   9125

전에 없던 식으로 잡혀버린 거야.

성채의 안마당

중세의 환상적인 건물들이 즐비하게 둘러서 있다.

합창을 지휘하는 여인   성급하고 어리석은 게 진정한 여인상
인가 보다!

순간에 좌우되어 행복과 불행의 징조에
놀아나다니!

둘 중 어느 것도 의젓하게 맞을 줄을 모르
는구나.

하나가 상대방에게 심하게 대어들면,   9130

다른 쪽도 늘 맞서 덤비지.

기쁘고 슬퍼 울고 웃고 할 때만 가락이 맞
는구나.

자, 조용히 해라! 왕비님께서 자신과 우리
를 위해

어떤 고매한 결정을 내리실지 경청해 보자
꾸나.

헬레네   피티아[23]인지 뭔지 하는 무당아, 어디에
있느냐?   9135

음침한 성채의 천장으로부터 나오너라.

내가 온 것을 알리러 그 훌륭한 성주에게

---

23) Pythia. 델피의 신전에서 아폴론에게 봉사하는 무녀.

간 것이냐.

날 환영할 준비를 한다면 고마운 일,

어서 빨리 그에게 안내해 다오.

방황을 끝내고 쉬고픈 마음뿐이구나.   9140

합창을 지휘하는 여인 왕비님, 아무리 둘러봐도 소용없는 일
　　　　이옵니다.

그 흉한 모습이 사라져버렸습니다.

혹시 저 안개 속에 뒤처져 있는지도 모르
　　　겠어요.

우리는 영문도 모르고 기이한 걸음으로 재
　　　빨리 빠져나왔지만요.

어쩌면 여러 건물이 신기하게 하나로 된
　　　성채의 미로를   9145

절망적으로 헤맬지도 모르겠군요.

성주를 찾아 왕후다운 환영을 부탁하려고
　　　말예요.

하지만 저길 보세요. 저 위에서 떼를 지어서,

회랑에도, 창가에도, 문간에도

수많은 하인들이 바삐 오가고 있군요.   9150

손님을 정중하게 영접할 모양이에요.

　　합창 가슴이 탁 트이는구나! 저편을 좀 보라지.

젊고 잘생긴 남자들이 단정한 걸음으로

질서정연하게 걸어오고 있군.

어떻게? 누구의 명령으로   9155

저 훌륭한 젊은이들이

이토록 일찍 열을 지어 나타났을까?

가장 놀라운 게 뭘까? 우아한 걸음걸이일까?

빛나는 이마에 물결치는 고수머리일까?

아니면, 부드러운 솜털이 송송한   9160

복숭아처럼 빨간 두 뺨일까?

꼭 깨물어주고 싶다만 그것도 겁이 나는걸.

비슷한 경우가 있었는데 말하기도 끔찍해라!

입속에 재가 가득 찼었지.[24]

한데, 제일 잘생긴 애들이   9165

이쪽으로 오는구나.

무얼 가져오는 거지?

옥좌에 오르는 계단,

양탄자와 보료,

휘장에다 또   9170

천막 같은 장식이로다.

우리 왕비님 안내받아

화려한 옥좌에 오르시니,

그녀의 머리 위엔

장식이 구름꽃을 이루며   9175

---

24) 사해(死海)에 면한 소돔이란 나라의 사과에는 재가 들어 있다는 고사
가 있다.

너울거리는구나.

앞으로 나가자.

한 계단 한 계단

엄숙하게 줄을 서자.

오, 멋지고 또 멋지구나.   9180

이 영접에 축복 있으라!

　합창대가 말한 것이 모두 차례로 이루어진다. 젊은이와 시
동(侍童)들이 긴 행렬을 이루고 내려온 다음, 파우스트가 중
세 기사들의 궁중 예복을 입고 천천히, 품위 있게 내려온다.

합창을 지휘하는 여인 (그를 주의 깊게 관찰하면서)

신들이 종종 그랬듯이 이분에게

놀랄 만큼 품위 있는 모습과 고귀한 몸가짐,

그리고 사랑스러운 풍채를 잠시 빌려준 것

　　이 아니라면

이분은 무엇을 시작하든지   9185

매번 성공할 것입니다. 남자들 간의 싸움

　　이건,

아름다운 여인들과의 조그만 다툼이건 간에.

평판 높은 분들을 이 눈으로 많이 보았지만,

이분은 진정 누구보다 뛰어나십니다.

천천히, 진지하게, 엄숙한 걸음으로   9190

성주께서 오십니다. 돌아보소서, 왕비님!

파우스트 (옆에 결박당한 사내를 데리고 다가온다)

이런 경우에 어울리는 장중한 인사와

공경심에 가득 찬 환영 대신에 저는

사슬에 묶은 이 하인을 데리고 왔습니다.

이자는 자신의 의무를 저버려 제 의무를

　다하지 못하게 했습니다.　　　　　　9195

여기 무릎을 꿇고, 이 고귀한 부인께

네 죄를 실토하도록 해라.

지체 높은 여왕이시여, 이자는 유난히도

　눈이 날카로워

높은 탑으로부터 사방을

감시하도록 명했지요. 거기에서 하늘과　　9200

드넓은 땅을 날카롭게 살피다가

여기저기서 일어나는 일이나

언덕에서 골짜기의 견고한 성에 이르기까지,

가축 떼이건 군대이건 움직이는 것은 모두

　보고해야 했지요.

가축이면 보호하고, 군대면 대적하는 거지요.　9205

그러나 오늘은 근무를 태만히 했습니다!

당신이 오시는데도 보고를 하지 않아

귀빈에게 마땅한, 정중한 영접을 소홀히

　했습니다.

무엄한 죄 저질렀으니, 사형에 처해

자기 죽음의 피 속에 누워 있어야 마땅하나,　9210

처벌하든 용서하든 모든 걸 맡기오니

오로지 당신의 뜻대로 하십시오.

헬레네　정말 크나큰 권한을 부여하시는군요.

재판자가 되고 명령자가 되다니요.

짐작건대 절 시험해 보시는 것 같은데―　　9215

우선 재판관의 첫번째 의무로서

그의 진술을 듣고 싶군요. 자, 말해보아라.

망루지기 린케우스　무릎을 꿇리든 우러러보게 하든,

절 죽이든 살리든 뜻대로 하옵소서.

신께서 보내주신 이 부인께　　9220

제 몸을 이미 바쳤으니까요.

아침의 환희를 고대하면서

동쪽의 해돋이를 살피고 있는데,

갑자기 놀랍게도

남쪽에서 태양이 솟았습니다.　　9225

그쪽으로 눈길을 돌려

골짜기 대신, 산 대신,

넓은 들과 하늘 대신

오로지 당신만을 보았답니다.

높은 나무 위 살쾡이처럼　　9230

빛나는 눈빛 지녔지만,
이번엔 깊고 어두운 꿈에서 깨어난 듯
애를 써야만 했습니다.

내가 어디에 있는 거지?
성가퀴? 탑? 닫힌 성문?   9235
안개가 흔들리더니 사라졌습니다.
그리고 이 여신께서 나타나셨지요!

눈과 가슴을 그녀에게 향하고,
부드러운 광채를 한껏 마셨습니다.
이 눈부신 아름다움이   9240
제 눈을 완전히 멀게 한 것입니다.

저는 망루지기의 의무와 함께
뿔피리를 불겠다던 맹세도 잊었답니다.
제게 죽음을 주셔도 좋습니다.
아름다움이 모든 원망을 제어할 테니까요.   9245

헬레네 제가 초래한 죄를 벌할 수 없습니다.
슬프군요! 이 무슨 가혹한 운명이 절 따라
　다니는지요.
어딜 가나 남자들의 마음을 유혹하여
절 좇으려 자신뿐 아니라

소중한 임무마저 잊게 만들다니요.　　　　9250

반신(半神)들, 영웅들, 신들, 심지어 악령까
　　지도

저를 빼앗고 유혹하고 싸우고 몰아대면서

정처 없이 이리저리 끌고 다녔습니다.

세상을 어지럽힌 게 한 번뿐이던가요?

두 번, 세 번, 네 번 재앙에 재앙을 가져오
　　고 있지요.　　　　　　　　　　　9255

이 착한 사람을 데려가 풀어주세요.

신에게 우롱당한 사람이 어찌 욕을 보겠습
　　니까?

파우스트　놀랍습니다. 오, 여왕이시여. 여기서 동시에

사랑의 화살을 쏘는 여인과 그것에 맞은
　　사람을 보겠군요.

내가 보는 활은 화살을 날려 저자의 가슴
　　에 상처를 입혔습니다.　　　　　　9260

그 화살 연달아 날아와 나를 맞히는군요.

이 성안 어디를 둘러봐도

깃털 달린 화살이 윙윙 나는 것 같습니다.

이제 나는 무엇입니까? 당신은 졸지에

충직한 신하들을 배신케 했고, 내 성을 위
　　태롭게 했습니다.　　　　　　　　9265

그러니 벌써부터 두렵군요, 내 군대가

패배를 모르는 부인께 항복할까 봐.

나 자신은 물론 내 것이라 망상하던 모든 걸
당신에게 바치는 수밖에 없겠군요.
그대 발밑에 엎드려 자진해 충성을 맹세하
　　노니,　　　　　　　　　　　　　　　　　9270
납시자마자 모든 재산과 옥좌를 차지하신
당신을 주인으로 섬기게 해주십시오.

린케우스　(상자 하나를 들고 등장. 그 뒤로 다른 상자를
　　든 남자들이 따른다)

　　　여왕님, 다시 돌아왔나이다!
　　　부자도 알현하기를 애걸합니다.
　　　당신을 뵈오면 동시에 느낍니다,　　　　9275
　　　거지의 가난함과 제후의 부유함을.

　　　과거의 저는 무엇인가요? 지금의 저는?
　　　무얼 원할까요? 무얼 할까요?
　　　날카로운 시선 무엇에 쓸까요!
　　　당신 옥좌에 부딪히면 튕겨나오는데요.　9280

　　　우리는 동쪽에서 왔습니다.
　　　서쪽 사람들에겐 재난이었지요.
　　　백성들의 길고 긴 행렬은
　　　첫 사람이 끝 사람을 모를 정도였지요.

비극 2부 3막　　　　　　　　　　　　　　　　　297

앞사람이 쓰러지면 둘째 사람이 일어서고   9285
셋째 사람은 창을 들고 나섰지요.
모두 다 용기백배 힘이 나서
천 명쯤 죽어도 눈치채지 못했어요.

우리는 돌진하여 밀고 나아갔습니다.
이곳저곳을 정복해 버렸습니다.   9290
오늘 지배하여 호령하던 곳,
내일이면 다른 놈이 빼앗고 약탈했어요.

우리는 살폈지요— 재빨리 살폈지요.
어떤 자는 절세의 미녀를 잡았고,
어떤 자는 다리가 튼튼한 황소를 잡았고,   9295
말들은 누구나 끌어갔습니다.

하지만 제가 좋아했던 건, 아무도 본 적
     없는
천하의 진품을 찾는 일이었죠.
다른 사람도 가지고 있다면,
제겐 마른 풀잎과 같았습니다.   9300

전 보물을 따라다녔죠.
날카로운 시선을 따르면 되었지요.
모든 주머니를 들여다보았고,

어떤 장롱도 꿰뚫어보았습니다.

산더미 같은 황금 제 것이 되었으나, 9305
가장 화려한 건 보석이었어요.
그중에도 이 에메랄드만이
당신의 가슴을 푸르게 장식할 것입니다.

귀와 입 사이에서 한들거리기엔
바다 밑에서 온 진주가 제격입니다. 9310
홍옥쯤은 당신이 붉은 뺨에 눌려
그 빛이 무색하게 될 것입니다.

저는 이렇게 최상의 보물을
당신의 옥좌 앞에 옮겨놓겠습니다.
피비린내나는 무수한 전투에서 얻은 것
　들을 9315
당신의 발밑에 바치겠습니다.

이렇게 많은 궤짝을 끌고 왔지만,
철제 궤짝은 더 많이 있습니다.
당신의 뒤를 따르게 해주신다면,
보물창고를 가득 채워드리겠습니다. 9320

당신이 옥좌에 오르자마자

지혜도, 부(富)도, 권세도

유일한 당신의 모습 앞에서

머리를 숙이고 허리를 굽힐 테니까요.

제가 단단히 붙잡고 있는 모든 것이   9325

이제는 저를 떠나 당신의 것이 될 것입

　　니다.

귀하고 고상하고 값지다고 여겼건만

이젠 보잘것없이 느껴집니다.

제가 소유했던 것 사라져버리고,

베어져 시든 풀잎이 되었군요.   9330

오, 당신의 환한 눈길 주시어

모든 가치를 되찾게 하소서!

파우스트　　용감히 싸워 얻은 그 궤짝들을 냉큼 치워라.

나무라진 않겠다만 칭찬할 순 없다.

성안에 숨겨둔 모든 게 이미 이분의 소유

　　인데,   9335

특별히 무얼 바친다는 건 쓸데없는 짓이니라.

가서 보화를 차곡차곡 쌓아올려라.

이제껏 보지 못한 호화로움과

고상한 광경을 이루어놓아라!

원형 천장을 신선한 하늘처럼 빛나게 하고, 9340

생명 없는 물건으로 낙원을 만들어라.

여왕님보다 한 걸음 앞서가서

꽃무늬진 양탄자를 차례로 펼쳐놓아라.

여왕님의 발걸음 부드러운 바닥에 닿게 하고,

신성한 분의 시선 부시지 않게 최상의 광

　채를 비춰드려라. 　　　　　　　　　　　9345

린케우스　　성주님 분부는 너무 쉬워서

　　　　소인에겐 마치 장난 같은 일이옵니다.

　　　　하지만 이 아름다운 분의 위력은

　　　　모든 재산과 생명을 지배합니다.

　　　　이미 전 군대가 맥이 빠지고, 　　　　9350

　　　　창검도 모두 무디어져 소용없게 되었나

　　　　　이다.

　　　　그 화려한 모습 앞에서는

　　　　태양도 빛을 잃고 식어버립니다.

　　　　눈에 보이는 게 너무나 풍성해

　　　　모든 것이 공허하고 무의미해진답니다. 　9355

　　　　　　　　　　　　　　　　　　　（퇴장한다）

헬레네　（파우스트에게）

　　　　당신과 이야기를 나누고 싶군요.

　　　　제 옆으로 올라오시지요! 여기 빈자리에

　　　　주인을 모시면, 제 자리 또한 안전해지겠

　　　　　지요.

파우스트　우선 무릎을 꿇고 당신에게 충성을 바치도록

　　　　허락해 주십시오. 고귀한 부인이시여. 　9360

저를 곁으로 이끄는 손에 키스하게 해주십
시오.

절 끝없이 넓은 이 나라의 공동 통치자로
인정해 주시고,

당신의 숭배자이며 하인이며 수호자인 저를
한 몸에 겸비한 사람으로 받아주십시오!

헬레네   수많은 경이로움을 보고 듣다 보니   9365
저 자신 놀라워 물어볼 것이 많군요.

저 남자의 말이 어째서 제게는 이상하게,

아니, 이상하면서도 정답게 들리는지 가르
쳐주세요.

하나의 소리가 다른 소리에 어울리고,

한마디 말이 귓전에 울리면,   9370

다음 말이 따라와 그 말을 애무하는 것 같
군요.25)

파우스트   이미 우리 백성들의 말투가 마음에 드신
다면,

틀림없이 노래도 당신을 황홀케 하여
귀와 마음속 깊은 곳까지 흡족해하실 겁
니다.

하지만 가장 확실한 것은, 우리가 당장 시

---

25) 린케우스의 대사가 그리스 시에는 없는 게르만적 운율의 시형을 쓰고
있어 헬레네에게 신기하게 들린 것이다.

도해 보는 것이지요. 9375

말을 주고받으며[26] 그것을 꾀어내고 불러

내는 것입니다.

헬레네 말해줘요. 어찌 하면 저도 그토록 아름답

게 말할 수 있나요?

파우스트 아주 쉽습니다. 마음에서 우러나오면 되

지요.

가슴에 그리움이 넘쳐나면

둘러보며 묻지요—

헬레네   누구와 함께 즐긴 거냐고. 9380

파우스트 이제 마음은 앞도 뒤도 돌아보지 않고,

오로지 현재만이—

헬레네   우리의 행복이지요.

파우스트 현재만이 보물이고 소득이고 재산이며 담

보인데

보증은 누가 서나요?

헬레네   나의 손이지요.[27]

---

26) 고대 그리스의 미를 대표하는 헬레네와 중세 게르만 정신을 대표하는
파우스트 사이에 시와 언어를 통한 결합이 이루어진다.

27) 두 사람의 대화는 시적인 각운이 잘 맞는다. 즉, "그토록 아름답게(auch
so schön)"와 "마음에서 우러나오면(von Herzen gehen)", "그리움이 넘쳐나면
(von Sehnsucht überfließt)"과 "누구와 함께 즐길 거냐고(Wer mitgenießt)"
"뒤도 돌아보지 않고(schaut nicht zurück)"와 "우리의 행복이지요(ist unser
Glück)", "담보(Pfand)"와 "나의 손(meine Hand)".

| 합창 | 누가 의심할까나? | 9385 |

누가 의심할까나?

왕비님이 성주님께

다정한 모습 보였다는 걸.

솔직히 말해 우리 모두

걸핏하면 포로의 신세.

일리오스 불행하게 함락되고 9390

불안과 궁핍 속에

미로 같은 유랑의 길 떠난 이후.

남자의 사랑에 익숙한 여인은

이것저것 가리진 않아도

그 맛은 제대로 알지요. 9395

금발의 고수머리 목동이든

검은 텁석부리 판 신(神)이든

기회가 오기만 하면

포동포동한 팔다리

아낌없이 맡겨버리죠. 9400

벌써 두 분 가까이 다가앉아

서로 몸을 기대고 있군요.

어깨와 어깨, 무릎과 무릎을 맞대고,

손과 손 꼭 잡은 채

폭신하고 화려한 옥좌 위에서 9405

몸을 흔들고 계시는군요.

지체 높은 분들이란

은밀한 즐거움도

여러 사람의 눈앞에

거리낌없이 보여주는가 봐요.　　　　9410

헬레네　전 아주 멀리 있는 듯하면서도 가까이 있

　　　　는 기분이에요.

　　　　하지만 이렇게 말하고 싶군요. 나는 여기

　　　　에 있다! 여기에!

파우스트　저는 숨이 막히고 몸이 떨리고 말문이 막

　　　　힙니다.

　　　　시간도 장소도 사라져버린 꿈만 같습니다.

헬레네　제 삶은 끝났지만 새로 시작하는 것 같아요.　9415

　　　　낯선 당신에게 정성을 바쳐 하나가 된 것

　　　　같아요.

파우스트　한 번뿐인 운명에 대해 너무 깊이 생각지

　　　　마십시오.

　　　　존재한다는 건 의무입니다. 비록 순간적일

　　　　지라도.

포르키데스　(황급히 들어오면서)

　　　　사랑의 첫걸음을 배우고

　　　　사랑놀이에 시시덕거리며　　　　　9420

　　　　한가하게 사랑만 생각하고 계신데,

지금 그럴 때가 아니외다.

저 둔탁한 천둥소리가 들리지 않나요?

요란한 나팔소리 좀 들어보십시오.

파멸이 멀지 않았습니다.   9425

메넬라오스의 군대가 밀물처럼

당신네를 치러 진군해 오니,

격전을 치를 준비나 하세요!

승리자의 무리에 에워싸인 채

데이포보스처럼 난도질당해   9430

여자를 빼앗은 대가를 치르리다.

우선 경박한 계집들이 목매달리고,

곧 부인이 바쳐질 제단에는

새로 날이 선 도끼가 준비되리다.

파우스트 무엄한 훼방꾼들 같으니! 귀찮게 밀려오는군. 9435

위험에 처했다 해도 나는 지각 없이 날뛰

　진 않겠다.

아름다운 전령이라도 불길한 소식 가져오

　면 미워지는데,

추악한 못된 소식만 전하는구나.

하지만 이번엔 네가 틀릴 것이다. 공연한

　한숨이

허공을 울릴 뿐. 여기엔 위험이 없다.   9440

있다 해도 단지 공허한 위협일 뿐이다.

신호소리, 망루에서 들리는 폭음,
나팔소리, 군악, 대군이 행진하는 소리.

파우스트   아니, 일치단결된 용사들의 무리를
당장 집합시켜 보여드리겠습니다.
억센 힘으로 여인을 지킬 수 있는 자만이
그들의 사랑을 받을 수 있습니다.   9445
(대열을 떠나 다가오는 지휘관들에게)

조용히 간직했던 분노를 가지고 나아가라.
그것이 분명 승리를 가져다주리라.
너희, 북방의 젊은 꽃들이여.
너희, 동방의 꽃다운 힘이여.

강철로 몸을 싸고 빛으로 둘러싸여   9450
나라를 차례로 무찔렀던 용자들,
그들이 나타나면 대지가 진동하고,
그들이 지나가면 우레소리 요란하도다.

우리가 필로스[28)]에 상륙했을 때
늙은 네스토르는 거기 없었다.   9455

---

28) Pylos. 펠로폰네소스반도의 항구 도시로 트로이전쟁 당시 지장(智將)
네스토르(Nestor)의 거성이 있었다.

조그만 왕국들은 모두
거칠 것 없는 우리 군대가 쳐부수었다.

이제 지체 말고 이 성벽으로부터
메넬라오스왕을 바다로 몰아내어라.
거기서 헤매든 약탈하든 잠복하든   9460
그것이 그의 버릇이요 운명이었다.

스파르타 왕비님의 명을 받아
너희 장수들에게 인사를 전하노라.
산과 계곡 공략하여 왕비께 바치도록
　하라.
영내의 전리품은 너희 것으로 하리라.   9465

게르만인들이여! 너희들은 방어벽을 쌓고
코린트의 항만을 지켜라!
수많은 협곡을 가진 아카이아는
너희 고트족이 지키도록 명하노라.

엘리스로는 프랑켄군이 진격하라.   9470
메세네는 작센인들에게 맡기노라.
노르만인들은 바다를 소탕하고,
아르골리스를 얻어 영토를 확장하라.

그리고 각자 그곳에 정착하게 되면,
밖으로 국력과 국위를 선양하라.   9475
그러나 왕비께서 오랜 세월 안주하셨던
스파르타만은 너희들 위에 군림하리라.

너희 모두 번영하는 나라에서
즐겁게 사는 모습 왕비께서 보시리라.
너희들 안심하고 왕비님 발밑에서   9480
신분 보장과 권리와 빛을 찾으리라.

파우스트가 계단을 내려간다.
영주들은 더 자세한 명령과 지시를 듣기 위해 그를 에워싼다.

합창   최고의 미인을 얻고자 하는 자는
무엇보다 유능해야 하고,
무기를 슬기롭게 간수해야 하지요.
세상에서 제일가는 미녀를   9485
비위 맞춰가며 쟁취하여도
안심하고 언제까지 소유할 순 없지요.
남몰래 잠입하여 유인해 가는 자도 있고,
대담히 약탈해 가는 도둑도 있으니,
그걸 막아낼 방도를 생각해야죠.   9490

그래서 우리는 성주님을 찬양하고,

누구보다 뛰어난 분이라 생각합니다.
병사들과 용감하고 현명하게 결합되어
　있으니,
어떤 지시를 내린다 해도
용사들 대령하여 순순히 따르지요.　　9495
각자 명령을 충실히 이행함은
자신의 이익도 도모하는 것이라.
성주님 고맙게 여겨 이를 보상하시니,
양쪽 다 높은 명예를 얻게 되지요.

이제 어느 누가 왕비님을　　　　　　9500
저 강한 주인에게서 빼앗을 수 있으랴?
왕비님은 저분의 것이 되어야 해요.
왕비님은 물론 우리 모두를 안으론 안
　전한 성벽으로,
밖으론 막강한 군대로 지켜주시니,
우린 갑절로 그리되길 바란답니다.　　9505

파우스트　　이들에게 여기서 하사한 선물은 ―
각자에게 풍요한 영토 하나씩 ―
크고 훌륭하지 않은가? 자, 진군하라!
우리는 중앙을 수비하겠다.

이들이 다투어 지키는 곳은,　　　　　9510

주위엔 파도가 드높고,
나지막한 언덕 줄줄이 잇따라
유럽 마지막 산맥과 연결된 반도이니라.

태양이 비춰주는 어느 나라보다도
이 나라의 모든 종족 영원히 행복하기를,　9515
일찍이 왕비를 우러렀던 이 나라
이젠 왕비님의 영토가 되었도다.

에우로다스강 갈대의 속삭임과 더불어
광채를 발하며 알껍질을 깨고 태어났을 때
왕비는 고귀한 어머니와 자매들보다　　9520
그 눈빛 더욱 빛났다.

오로지 당신만을 향하는 이 나라,
번영의 꽃 활짝 피우리다.
온누리 당신의 것일지라도,
오오, 조국을 무엇보다 소중히 여기소서!　9525

산등성이 뾰족한 봉우리들
아직 차가운 햇살을 참고 있지만,
이제 바위가 푸른빛을 보이니,
염소들은 빈약한 풀을 탐내어 뜯는구나.
샘물이 솟아 냇물이 되어 흐르고,　　　9530

골짜기 산비탈, 풀밭이 벌써 푸르다.
널린 평원의 수많은 언덕 위로
양 떼들 흩어져 이리저리 노닌다.

이리저리 나뉘어 조심스러운 발걸음으로
뿔 달린 황소들이 험한 절벽길을 걸어
　가지만　　　　　　　　　　　　　　　　9535
암벽들이 무수한 아치 동굴을 만들어
온갖 짐승들의 피난처를 마련해 준다.

거기선 판 신(神)이 지켜주고, 생명의 요
　정들은
무성한 숲속 축축한 골짜기에 산다.
빽빽한 나무들은 저마다 가지를 뻗어　　9540
높은 하늘 그리며 치솟아오른다.

이것이 태고의 숲이다! 떡갈나무 힘차
　게 솟아
가지와 가지 억세게 얽혀 있다.
단풍나무는 부드럽고 달콤한 물기 머금고
깨끗한 자태로 잎들을 나부낀다.　　　　9545

고요한 숲에선 따뜻한 젖이 샘솟아
어머니답게 아이와 양을 길러주고,

가까이서 나는 과일은 들판의 풍성한
　　음식
파인 나무 줄기에선 꿀이 흐른다.

여긴 유복한 생활이 이어져 오는 곳,　　　9550
뺨에도 입에도 생기 넘치며,
누구나 안주한 곳에서 영생을 얻어
그들은 행복하고 건강하도다.

순수한 날을 보낸 귀여운 아이들
자라서 아버지로서의 힘을 얻으면,　　　9555
우리는 놀랄 뿐. 언제나 남는 의문은,
그들이 신일까? 인간일까?

아폴론은 목동의 모습을 하고 있었으니,
가장 아름다운 목동 아폴론을 닮았도다.
자연이 순수한 영역을 다스릴 때는　　　9560
온 세계가 서로 화합하기 때문이다.

　　헬레네 옆에 앉으며

이렇게 나도 당신도 성공했으니,
과거는 우리 뒤에 묻어두기로 합시다!
당신은 최고의 신에게서 태어났음을 느

끼십시오.
당신만이 최초의 세계에 속합니다.   9565

견고한 성이 당신을 가둘 수는 없습니다!
스파르타의 이웃 아르카디아[29]는
아직도 영원한 젊음의 힘을 지니고
기쁨에 차 머무를 수 있도록 기다리고
　있습니다.

축복의 땅에 살도록 권유받아   9570
당신은 더없이 즐거운 운명 속에 피신
　한 겁니다.
옥좌가 변해 정자가 되니,
우리 행복도 아르카디아처럼 자유롭기를!

그늘진 숲속

무대 장면이 완전히 바뀐다. 줄지어 늘어선 암벽 동굴에 문
닫힌 정자들이 기대어 있다. 그늘진 숲이 주위를 둘러싼 절벽

---

29) Arkadia. 스파르타의 북쪽, 펠로폰네소스반도의 중앙부에 있는 산악지
대. 소박하고 명랑하며 음악을 좋아하는 주민들이 살기 때문에 낙원으로
알려져 있다.

까지 잇대어 있다. 파우스트와 헬레네는 보이지 않는다. 합창
대는 잠이 든 채 여기저기 흩어져 누워 있다.

포르키데스 이 계집애들이 얼마나 오래 자고 있는지
　　　　　　모르겠군.

　　　　　　내가 두 눈으로 똑똑히 본 것을　　　　　　9575

　　　　　　이 애들도 꿈에서 보았을지, 그것도 모르
　　　　　　겠다.

　　　　　　그러니 애들을 깨우자. 이 젊은 것들을 깜
　　　　　　짝 놀래줘야지.

　　　　　　이 기적의 해결을 기필코 보겠다고

　　　　　　저 아래 죽치고 앉은 털보 여러분도 놀랄
　　　　　　거외다.

　　　　　　자, 일어나서 나오너라! 너희들 머리를 빨
　　　　　　리 추슬러라!　　　　　　9580

　　　　　　눈에서 잠을 쫓아내라! 그렇게 눈만 끔벅
　　　　　　이지 말고 내 말을 들어라!

합창 어서 말해줘요! 무슨 놀라운 일이 일어났
　　　　는지 얘기해 주세요!

　　　　영 믿을 수 없는 일을 우리는 제일 듣고 싶
　　　　답니다.

　　　　이 암벽들만 바라보고 있자니 지루해 죽겠
　　　　어요.

포르키데스 막 눈을 비비고 일어났는데 벌써 지루하단

말이냐? 9585

그럼 들어봐라. 이 동굴의 암실, 이 정자 속엔

한 쌍의 목가적(牧歌的) 연인처럼 우리 성

　주님과 왕비님

세상의 눈을 피해 숨어 계시단다.

합창　　　　　　　　　　　　　　아니, 저 안

에라구요?

포르키데스　　　　　속세를 떠난 것이지.

나 하나만을 불러 은밀히 시중을 들게 하

　신단다.

영예롭게 곁에서 모시지만, 두터운 신임에

　어울리게 9590

되도록 딴전을 피우지. 이리저리 돌아다니며,

약효를 잘 아는 풀뿌리며 이끼며 나무껍

　질 등을 찾는 거야.

그래야 두 분만 달랑 남게 되니까.

합창　당신은 저 안에 마치 온 세계가 들어 있는

　듯 말씀하시는군요.

숲과 들, 시냇물과 호수가 다 있다니, 무슨

　동화 같은 이야기예요? 9595

포르키데스　물론이다. 이 철부지들아! 저곳은 알 수 없

　게 깊은 곳이란다.

방과 방, 뜰과 뜰이 잇달은 것을 나는 유심

　히 살펴보았다.

그런데 갑자기 웃음소리가 동굴에서 메아
　　리치는 거야.

바라보니, 한 사내아이가 왕비님 품에서
　　성주님 품으로,

아빠로부터 엄마에게로 뛰어다니며 재롱
　　을 피우더란 말이다.　　　　　　　　　9600

애무하고 쓰다듬고 사랑스러워 못 견디겠
　　다는 듯 장난을 걸고,

그 농지거리와 즐거운 외침에 내 귀가 멀
　　지경이었다니까.

벌거숭이에 날개 없는 천사 같았지. 판을
　　닮았는데 짐승은 아니었어.

그 애가 단단한 바닥에서 뛰는데도 그곳에
　　탄력이 생겨

그 앨 공중 높이 솟구치게 하는 거야.　　9605

두세 번 껑충껑충 뛰니까 천장까지 닿더란
　　말이다.

어머니가 걱정이 되어서, 소리치더군. 〈얘
　　야, 몇 번이고 뛰는 건 좋지만

날진 말아라. 자유롭게 나는 건 금지되어
　　있단다.〉

아버지도 진정으로 경고하더군. 〈대지에
　　탄력이 있어

널 위로 오르게 하는 거다. 발가락을 땅에

대기만 해도 9610

대지의 아들 안타이오스[30]처럼 곧 기운을

얻게 되는 거야.〉

그래서 아이는 암벽 위로 뛰어올라

공이 튀듯 이 끝에서 저 끝으로 뛰어다녔지.

그런데 갑자기 거친 바위틈으로 사라져버

렸지 뭐야.

이제는 끝장인가 생각했지. 어머니는 울고

아버지는 달래고, 9615

나도 걱정되어 어깨를 으쓱대고 서 있는데,

이번엔 어떻게 나타난 줄 알아!

그 속에 보물이라도 숨겨져 있었던가?

꽃무늬진 옷을 입고 점잖게 나타난 거야.

양 소매엔 술이 흔들리고, 가슴엔 매듭을

나풀거리며

황금의 칠현금 손에 들고 마치 어린 아폴

론처럼 9620

신이 나서 절벽 끝에 나타난 거야. 우린 놀

랐지.

부모도 기쁜 나머지 서로를 얼싸안더구먼.

---

30) Antaios. 해신 포세이돈과 대지의 여신 가이아 사이에 난 아들. 대지에
발을 딛고 있을 때는 괴력을 발휘하나 떨어지는 순간 무력해진다. 이를 안
헤라클레스가 그를 안고 공중으로 올라 교살했다.

그 애 머리가 얼마나 빛나던지. 빛을 발하
　　는 게 뭔지는 모르겠어.
황금 장식인가? 강렬한 정신력의 불꽃인가?
이렇게 아직 소년이면서도 온몸에 영원의
　　선율이 약동하며,　　　　　　　　　9625
장차 온갖 아름다움의 사제가 될 것을 예
　　고하면서
당당히 행동하더군. 너희들도 그 목소리를
　　듣고
한번 보기만 해도 정말 감탄해 마지않을걸.

합창　　당신은 그것을 기적이라고 부르나요,
　　　　크레타 태생의 아주머니?　　　　9630
　　　　시(詩)에 담긴 교훈적인 말에
　　　　한 번도 귀기울인 적이 없나요?
　　　　이오니아와 헬라스[31] 땅에
　　　　옛 조상 때부터 전해오는
　　　　신과 영웅들에 관한 그 숱한 전설을　　9635
　　　　한 번도 들은 적이 없나요?

　　　　오늘날 일어나는

---

31) 이오니아(Ionien)는 그리스 서쪽의 군도(群島)이고, 헬라스(Hellas)는
그리스의 옛 이름.

모든 일들은
화려했던 조상 시대의
슬픈 여운이지요.   9640
당신의 이야기는 아무것도 아니에요.
진실보다 더 믿음직스러운,
저 마이아의 아들[32]을 노래한
귀여운 거짓말에 비하면은요.

이 애는 잘생기고 튼튼했지만   9645
막 태어난 젖먹이였기에
수다스러운 유모들이
잘못 생각한 나머지
깨끗한 강보에 포근히 싼 후
값진 장식끈으로 꽁꽁 묶어놓았죠.   9650
하지만 억세고 귀여운
이 장난꾸러기 아기는
나긋나긋하지만 탄력 있는 사지를
살그머니 뽑아내고,
걱정스레 싸둔 진홍빛 포대기를   9655
그 자리에 척 내버려두었다지요.

---

32) 봄의 여신 마이아(Maia)와 제우스 사이에 난 아들 헤르메스(로마 신화
에서는 메르쿠리우스)를 말한다. 그 역시 아르카디아의 동굴에서 태어났
다는 전설이 있다.

그것은 마치 성숙한 나비가
단단하고 답답한 고치 속에서
날개를 펴고 재빨리 빠져나와
햇빛 찬란한 대기 속으로   9660
대담하게 훨훨 날아가는 것 같았죠.

또한 날렵하기 짝이 없는 그 애는
도둑이나 악당들,
그리고 모든 욕심쟁이들에게
영원히 은혜로운 영(靈)임을   9665
아주 교묘한 솜씨로
곧 확인시켜 주었답니다.
바다의 신으로부터는 재빨리
삼지창을 훔쳐내고, 아레스 신의 검(劍)
　　조차
칼집에서 교묘히 뽑았다지요.   9670
아폴론에게서는 활과 화살을,
헤파이스토스에게서는 불집게를 훔쳤
　　지요.
불[火]만 무섭지 않았다면,
아버지인 제우스 신의 번갯불도 빼냈을
　　거예요.
하지만 에로스와 싸울 땐   9675
다리를 걸어 넘어뜨렸고,

키프로스 여신³³⁾이 애무하는 사이

그녀의 가슴에서 허리띠를 훔쳐냈지요.

　매혹적이고 맑은 운율의 현악(絃樂) 소리가 동굴 속에서
울려나온다. 모두 귀를 기울이다가 곧 진정으로 감동된 듯 보
인다. 여기서부터 다음에 나올 〈사이〉 때까지 줄곧 완전한 화
음의 음악이 연주된다.

포르키데스　　저 기막히게 아름다운 음악이나 들으

　　　　　　　면서,

　　　　　　　그 꾸민 이야길랑 냉큼 집어치워라!　　9680

　　　　　　　너희들의 케케묵은 신(神)들은 집어치

　　　　　　　워라.

　　　　　　　그들의 시대는 지나갔다.

　　　　　　　아무도 너희들을 이해하지 않는다.

　　　　　　　우린 더 많은 세금을 요구해야겠다.

　　　　　　　사람의 마음을 움직이려면　　　　　　9685

　　　　　　　마음에서 우러나와야 하는 거니까.

　　　　　　　　　　　　　　(바위 쪽으로 물러난다)

　合창　　　당신처럼 무시무시한 사람도

────────────

33) 키프로스섬에서 모시는 여신 아프로디테(비너스). 그녀의 허리띠는 우
아함의 상징으로 모든 남성을 매료하는 힘을 지니고 있다.

이처럼 달콤한 음악을 좋아하는군요.
우리의 마음 상쾌하게 치유되어
눈물이 날 정도로 부드러워졌어요.　　　9690

햇빛 따위는 사라져라.
우리의 영혼에 날이 밝으면,
온 세상에도 없는 것을
우리의 마음속에서 찾을 수 있으니까.

헬레네와 파우스트 그리고 위에 기술한 복장을 하고
오이포리온 등장.

오이포리온　　어린애의 노랫소리를 들으면　　　9695
그건 곧 두 분의 즐거움이시죠.
제가 박자에 맞춰 뛰는 걸 보면
부모님의 마음도 설렐 거예요.

헬레네　　인간다운 행복을 누리기 위해선
사랑이 고귀한 두 사람을 가깝게 하지만,　9700
신과 같은 기쁨을 맛보기 위해선
사랑이 귀중한 세 사람을 만들어놓아요.

파우스트　　그것으로 모든 게 갖추어졌소.
나는 당신의 것, 당신은 나의 것.
이렇게 우리 인연을 맺었으니　　　9705
결코 변해서는 안 되겠소!

합창	몇 년간의 행복한 생활이	
	아드님의 부드러운 모습에 나타나	
	이 내외분께 모였습니다.	
	오, 얼마나 감동적인 결합인가!	9710
오이포리온	이젠 절 뛰게 해주세요.	
	이젠 뛰어오르게 해주세요!	
	어디든 공중으로	
	솟구쳐오르고 싶은 게	
	제 소망이에요.	9715
	이 소망이 벌써 절 사로잡고 있어요.	
파우스트	적당히 하거라! 적당히!	
	무모한 짓은 하지 말아라.	
	떨어지지 말아라.	
	다쳐서는 안 된다.	9720
	그리되면 소중한 아들이	
	우리를 파멸시키고 말 것이니라!	
오이포리온	더 이상 땅바닥에	
	처박혀 있기 싫어요.	
	제 손을 놓아주세요.	9725
	제 머리카락을 놓아주세요.	
	제 옷을 놓아주세요!	
	그것들은 모두 제 것이에요.	
헬레네	오, 생각을 좀 해보렴,	
	네가 누구의 아들인가를!	9730

간신히 아름답게 이루어놓은
나의 것, 너의 것, 저분의 것을
만일 네가 부수어버린다면
우리 마음 얼마나 슬플까.

합창	저들의 결합이 곧	9735
	깨어질까 걱정되네요!	

헬레네와 파우스트　참아다오!
네 부모를 위해
지나치게 발랄한,
격한 충동은 참이다오!　　　　　　　　9740
이 고요한 전원 속에서
무도회를 장식해 다오.

오이포리온　오직 두 분을 위해
저는 참겠습니다.

합창대 사이를 돌아다니며 그들을 춤추는 곳으로 이끈다.

여기 즐거운 소녀들 주위를　　　　　　9745
빙빙 도는 게 훨씬 더 쉽군요.
멜로디가 괜찮은가요?
몸짓도 이만하면 좋을까요?

헬레네　그래, 아주 좋구나.
그 미인들을 잘 인도하여　　　　　　　9750
멋진 춤을 추어보아라.

파우스트	이런 짓이 어서 끝났으면!
	이런 속임수놀이는
	조금도 즐겁지가 않구나.

오이포리온과 합창대, 춤추고 노래하면서 함께 얽혀 돌아간다.

합창	당신이 두 팔을	9755
	귀엽게 놀리시고,	
	빛나는 고수머리	
	물결치듯 흔들면서,	
	스텝도 경쾌하게	
	땅 위에 미끌어지듯	9760
	손발을 이리저리	
	이끌고 다니시면,	
	사랑스러운 아기님	
	당신의 목적은 이룬 거예요.	
	우리의 마음이 모두	9765
	당신에게 기울었으니까요.	

사이

오이포리온	그대들은 모두
	발걸음도 가벼운 노루들.
	새로운 놀이를 할 테니

	힘차게 달려나오렴!	9770
	나는 사냥꾼,	
	그대들은 짐승.	
합창	우리를 잡으시려거든	
	빨리 지나치지 말아요.	
	우리가 원하는 건	9775
	결국 한 가지,	
	당신을 품에 안아보는 것이죠.	
	잘생긴 도련님!	
오이포리온	숲을 헤치고 달려라!	
	나무와 바위를 향해 달려라!	9780
	쉽게 손에 넣은 건	
	별 재미가 없어.	
	강제로 얻은 것만이	
	나를 마냥 즐겁게 한단다.	
헬레네와 파우스트	이 무슨 경박한 짓이냐! 이 무슨 소란	
	이냐!	9785
	적당히 하기를 바랄 수도 없구나.	
	마치 뿔피리라도 부는 것처럼	
	온 숲과 골짜기가 울리는구나.	
	이 무슨 난동이냐! 이 무슨 고함소리냐!	
합창	(한 사람씩 급히 등장하며)	
	우리 곁을 그냥 지나가셨어.	9790
	우릴 경멸하고 조롱하나 봐.	

이 많은 무리 가운데 하필이면

제일 말괄량이를 끌고 오시네.

오이포리온　(한 젊은 처녀를 안고 등장한다)

이 거친 계집애를 끌고 와서

억지로라도 재미 좀 봐야지.　　　　　　9795

나의 즐거움, 나의 쾌락을 위해

반항하는 가슴을 짓누르고

피하는 입에 키스를 하며

내 힘과 의지를 보여줄 테다.

처녀　날 놓아주세요! 이 몸속에도　　　　　9800

정신력과 용기가 들어 있답니다.

당신과 마찬가지로 우리의 의지도

쉽사리 뺏어가지 못할 거예요.

날 궁지에 몰았다고 생각하나요?

당신의 완력을 너무 믿으시는군!　　　　9805

단단히 잡아요. 나도 장난삼아

바보 같은 당신을 불에 그을러주겠어요.

그녀는 불꽃이 되어 공중으로 타오른다.

가벼운 공중으로 날 따라오세요.

견고한 무덤으로 날 따라오세요.

사라진 목표물을 붙잡아보세요!　　　　　9810

오이포리온　(마지막 불꽃을 털어버리며)

여기는 무성한 수풀 사이에

온통 바위투성이.

아직 젊고 싱싱한 내가

이 비좁은 곳에서 무얼 한담.

바람소리 솨아솨아,   9815

파도소리 처얼썩,

하지만 둘 다 멀리서 들리니

좀 더 가까이 다가가고 싶구나.

점점 더 높은 바위로 뛰어오른다.

헬레네, 파우스트 그리고 합창 너는 산양(山羊)처럼 되려느냐?

떨어질까 두려워 오싹해지는구나.   9820

오이포리온 더욱더 높이 올라가야지.

더욱더 멀리 바라봐야지.

이제야 내가 어디에 있는지 알겠구나!

섬의 한가운데로군.

뭍에도 바다에도 친숙한   9825

펠로프스 땅의 한가운데야.

합창 산과 숲속에서

평화롭게 살지 않겠어요?

그러면 곧 찾아보겠어요.

줄지어 늘어선 포도,   9830

언덕 가장자리에 열린 포도,

	무화과 열매와 황금빛 사과도요.	
	아, 이 아름다운 땅에	
	얌전히 머물러줘요!	
오이포리온	그대들은 평화의 날을 꿈꾸는가?	9835
	꿈꾸고 싶은 자, 꿈이나 꾸어라.	
	전쟁! 이것이 군호이다.	
	승리! 이것이 뒤따르는 소리다.	
합창	평화로운 시대에 살면서	
	전쟁을 회고하고 원하는 자는	9840
	희망에 찬 행복에서	
	떨어져간 사람이지요.	
오이포리온	위험이 거듭되는 동안	
	이 나라가 배출한 사람들,	
	자유롭고 무한한 용기를 지녔으며	9845
	자신의 피를 아낌없이 흘리는 사람들,	
	억제할 수 없는	
	신성한 충동 때문에	
	싸우는 모든 사람들,	
	그들에게 보답 있으라!	9850
합창	위를 보세요. 너무 높이 올라갔네요!	
	하지만 작게 보이진 않는군요.	
	갑옷 입고 승리를 위해 나선 것 같아요.	
	청동과 강철로 된 모습이네요.	
오이포리온	보루도 소용없고, 성벽도 소용없다.	9855

각자는 오직 자신만을 믿을 뿐.

끝까지 버티는 견고한 성은

사나이의 강철 같은 가슴뿐이다.

정복당하지 않고 살아가려면,

어서 무장하고 싸움터로 나가라.　　　　9860

여자들은 아마존[34]이 되고,

모든 어린이는 영웅이 되라.

합창　　성스러운 시(詩)[35]여,

하늘 높이 오르세요!

이 름답기 그지없는 별이여,　　　　9865

멀리, 더 멀리 빛나세요!

언제나 우리에게 들려와요.

우리는 즐겨 귀를 기울이고

그 시를 듣지요.

오이포리온　　아니, 난 어린애로 나온 게 아니다.　　9870

무장한 젊은이로 온 것이다.

강한 자, 자유로운 자, 용기 있는 자들

　　과 어울려

정신 속에선 벌써 다 행하였도다.

---

34) Amazones. 소아시아 지방에 살았다는 전설상의 여인족. 아주 용맹하고, 전쟁에서 생포한 남성 사이에서 아이를 얻었다 한다.

35) 오이포리온이 시(詩)를 상징하는 존재임을 암시. 영국 시인 바이런 (Byron)이 모델이라는 설이 유력하다. 그는 튀르키예의 압제에 대항하는 그리스의 독립전쟁에 참전했다가 전사하였다.

자, 나가자!

이제 저곳에   9875

명예로운 길이 열려 있다.

헬레네와 파우스트 겨우 세상에 태어나

밝은 날을 대하자마자,

너는 현기증나는 계단에 올라

고통에 찬 영역을 그리워하는구나.   9880

그렇다면 우리는 네게

아무런 존재도 아니란 말이냐?

단란한 인연도 한바탕 꿈이란 말이냐?

오이포리온 저 바다 위의 천둥소리가 들리십니까?

저기 골짜기마다 메아리치고,   9885

먼지와 파도 속에선 군대들이 맞붙어

밀고 밀리며 악전고투를 하고 있습니다.

그리고 죽음은

천명(天命)이지요.

그것은 너무나 자명한 일입니다.   9890

헬레네, 파우스트, 그리고 합창 놀랍구나! 끔찍하구나!

죽음이 네겐 천명이라니?

오이포리온 먼 데서 보고만 있으란 말입니까?

아닙니다! 저는 근심과 고통을 함께 나

누렵니다.

앞에 나온 사람들 무모하고 위험하다.   9895

죽을 운명이야!

오이포리온	그래도 가야 합니다! ─양쪽 날개가
	활짝 펼쳐집니다!
	그곳으로! 가야 합니다! 가야 합니다!
	날도록 허락해 주세요! 9900

그는 공중으로 몸을 던진다. 옷자락이 한순간 그를 지탱해 준다. 그의 머리가 빛나면서 불빛의 꼬리가 길게 뻗친다.

| 합창 | 이카로스[36]다! 이카로스야! |
| | 너무나 슬프구나. |

아름다운 청년이 부모의 발 앞에 떨어진다. 보아하니 사자 (死者)는 유명한 사람의 모습[37] 같다. 그러나 육신은 곧 사라 지고 후광(後光)이 혜성처럼 하늘로 올라간다. 옷과 외투와 칠 현금만 남아 있다.

헬레네와 파우스트	즐거움 뒤에는 이내
	무서운 고통이 따르는구나.
오이포리온의 목소리	(깊은 땅속에서) 어머니, 절 이 어두운

---

36) Ikaros. 오비디우스의 「변신 이야기」에 나오는 다이달로스의 아들. 밀랍 으로 붙인 날개를 달고 공중으로 날다가 아버지의 경고를 무시하고 너무 태 양 가까이 접근, 초가 녹아 추락해 죽었다고 한다.
37) 영국의 시인 바이런을 가리킨다.

나라에   9905
홀로 내버려두지 마세요!

사이

합창(애도가)[38]   당신은 혼자가 아니에요! — 어디에 계
시든
우리는 당신을 알고 있다고 생각하니까요.
아아, 당신이 세상을 갑자기 떠났다 해도
누구의 마음도 당신을 떠나지 않을 거
예요.   9910
우린 당신의 운명을 슬퍼하긴커녕
부러워하며 노래부른답니다.
맑은 날이나 궂은 날이나
당신의 노래와 용기는 아름답고 위대했
다고.

아아, 세상의 행복 누리도록   9915
귀한 가문, 뛰어난 능력 갖추고 태어났
건만
슬프다, 일찍이 세상을 떠나

---

38) 바이런의 죽음을 애도하는 노래로 추측된다. 괴테는 바이런의 문학을
높이 평가했다.

청춘의 꽃 꺾이고 말았네!
세상을 바라보는 날카로운 눈,
가슴마다 넘치는 충동 함께 느끼며,   9920
훌륭한 여인에겐 사랑을 불태우셨고,
그지없이 아름다운 노래도 지으셨다네.
그러나 당신은 억제할 길 없이 자유롭게
의지도 없는 그물 속으로 뛰어들어
인습과 법률에   9925
거칠게 부딪혔지요.
그래도 끝내 고귀한 생각이
순수한 용기를 소중히 여기고,
훌륭한 과업 이루려 하였지만,
당신은 결국 성공하지 못했지요.   9930

누가 성공하게 될까? —이 서글픈 질문엔
운명조차 얼굴을 가릴 지경이에요.
저 불행하기 짝이 없던 그날[39]
온 국민이 피를 흘리며 침묵할 때에도.
하지만 더 이상 머리 숙인 채 서 있지
　　말고   9935
새로운 노래를 소생시켜 주세요.

---

39) 1825년 12월 그리스군(軍)의 마지막 거점 메술롱기온이 함락되던 날.
바이런도 이곳에서 농성하다가 전해에 전사했다.

지금껏 늘 그랬듯이

대지는 계속해서 노래를 지어낼 것이니

까요.

완전한 휴식. 음악도 그친다.

헬레네   (파우스트에게)

행복과 아름다움을 늘 함께 누릴 수 없다는

옛말이 슬프게도 제게 증명되었어요.   9940

생명의 줄도 사랑의 줄도 끊어져버렸으니,

두 가지를 애통해하면서 쓰라린 이별을 고

하겠어요.

한 번만 더 절 품에 안아주세요.

저승의 여신이여, 아들과 나를 데려가소서!

그녀가 파우스트를 포옹하자 육체는 사라지고,

옷과 면사포만 그의 팔에 남는다.

포르키데스   (파우스트에게)

당신 손에 남아 있는 걸 단단히 붙잡아요.   9945

그 옷을 놓쳐선 안 됩니다. 악령들이 벌써

옷자락을 잡아채어 지옥으로 끌고 가려 하

니까요.

단단히 붙잡으세요! 당신이 잃어버린 여신

은 아니지만,

그것은 신성한 것입니다. 헤아릴 수 없이
　높은

은혜의 힘을 빌려 위로 오르십시오.　　　　9950

그것은, 모든 속된 것을 초월하여

당신을 저 천공(天空)으로 데려다줄 것입
　니다.

당신이 살아 있는 한 신속하게.

우리 다시 만납시다. 먼 곳에서, 여기로부
　터 아주 먼 곳에서.

헬레네의 옷이 구름이 되어 흩어지면서 파우스트를 감싸
　하늘 높이 들어 올리고는 그를 데리고 날아간다.

포르키데스　(오이포리온의 옷과 외투와 칠현금을 땅에서
　　　　집어들고 무대 전면으로 나와 그 유물들을
　　　　높이 치켜들면서 말한다.)

다행히도 이것만은 찾았군요!　　　　　9955

불꽃은 물론 사라졌지만,

그런 건 조금도 섭섭하지 않소이다.

이만하면 충분히 시인들에게 비결을 전수
　할 수 있고

조합원과 수공업자의 질투를 야기시킬 수
　있지요.

내가 재능을 부여해 줄 순 없어도   9960
적어도 이 옷만은 빌려줄 수 있으니까요.

그녀는 무대 전면의 기둥에 기대어 앉는다.

합창을 지휘하는 판탈리스 자 서둘러라, 아가씨들아! 우리는
이제 마술에서 풀렸고,
늙은 테살리아 마녀의 거친 정신적 구속에
서도 벗어났다.
귀뿐 아니라 마음속까지 어지럽히던
그 시끄럽고 혼란한 음악[40]의 도취에서도
깨어났다.   9965
저승으로 내려가자! 왕비님께서는 엄숙한
걸음걸이로
서둘러 내려가셨느니라. 충실한 시녀라면
곧장 그분의 발자취를 따라가야지.
우리는 신비한 분의 옥좌 곁에서 왕비님을
만날 것이다.
합창 왕비들이라면 물론 어디든 기꺼이 가겠
지요.   9970
저승에서도 윗자리에 앉아
당당히 같은 분들과 어울리시고,

---

40) 낭만파 음악을 가리킨다.

페르세포네 여왕과도 친밀히 지내겠지요.

하지만 우리야 수선화[41]가 무성한

저 뒤편의 깊은 풀숲에서,　　　　　　　　　9975

길게 뻗은 백양나무며

열매도 맺지 못하는 수양버들과 어울리
　　면서

무슨 재미로 지내겠어요?

박쥐처럼 찍찍대며 울거나

유령들처럼 재미도 없이 속삭일 뿐이겠죠.　9980

판탈리스 명성도 얻지 못하고 고상한 것도 원치 않
　　는 자는

원소 중 하나에 속할 뿐이다. 그러면 가거라!

내 뜨거운 열망은 왕비님과 함께 있는 것
　　이다.

공적뿐 아니라 충절이 우리의 인격을 지키
　　는 것인즉.

(퇴장한다)

일동 우리는 햇빛 밝은 곳으로 돌아왔어요.　　9985

인간이 될 자격이 없다는 걸

느끼기도 하고 알고도 있지요.

하지만 저승으로는 결코 돌아가지 않겠

---

41) Asphodelos. 저승에 피어 사자들의 넋을 위로한다는 꽃. 호메로스의 작
품에도 나온다.

어요.

영원히 살아 있는 자연이

우리 정령들에게 요구하듯이   9990

우리도 자연에게 당연한 요구를 하렵니다.

합창대 중 일부 우리는 수많은 가지들이 속삭이고 살랑살

랑 흔들리는 가운데

장난치듯 간지르며 생명의 샘을 뿌리에서

가지로 끌어올리죠. 때로는 잎, 때로는 꽃

들 만발하게

나풀대는 머리카락 치장하고 자유롭게 공

중으로 자라나게 하지요.   9995

열매가 떨어지면, 희희낙락 사람들과 가축

들이

주우려고, 먹으려고, 엎치락뒤치락 재빨리

밀려듭니다.

그러곤 고귀한 신들 앞인 양 모두가 우리

주위에서 허리를 굽힌답니다.

다른 일부 우리는 거울처럼 반짝이는 매끄러운 이 암

벽에

잔잔한 파도처럼 흔들리며 아첨하듯 매달

려 있어요.   10000

새의 노래, 갈잎 피리, 혹은 무서운 판 신

의 음성이라도

귀 기울여 듣고 곧 메아리를 보낸답니다.

살랑대는 소리에는 살랑대며 화답하고,

천둥소리 울려오면, 두 곱, 세 곱, 열 곱으

로 되돌려 보내지요.

또 다른 일부 언니들! 마음이 급한 우리들은 냇물 따라

서둘러 갑니다.   10005

저 멀리 풍성하게 치장한 언덕들이 마음에

들어서예요.

더 아래로 더 깊이 메안데르[42] 강물처럼

굽이치며,

처음엔 초원, 다음엔 목장, 이윽고 집 주변

의 목장을 적셔줍니다.

저기 측백나무의 날씬한 가지가 평야와

강변과 거울 같은 물 위로 하늘 높이 솟아

있군요.   10010

나머지 일부 모두들 좋아하는 곳으로 흘러가세요.

우리는 푸른 포도알 여무는 저 언덕을 감

돌아 흐르겠어요.

거기선 온종일 부지런한 포도 재배자가

열심히 일하고도 수확을 걱정하는 양을

볼 수 있지요.

때로는 괭이로 때로는 삽으로 흙을 파고

---

42) 소아시아의 프리기아에서 서쪽으로 흐르는 강. 굴곡이 심한 것으로 유
명하다.

자르고 묶으면서

그는 모든 신들, 특히 태양신에게 열렬히
　기도합니다.

도락가인 바쿠스는 충실한 하인은 개의치
　않고,

정자에서 쉬거나 동굴에 앉아 어린 판과
　잡담이나 지껄이지요.

주신(酒神)이 비몽사몽 취하는 데 필요한
　술은

가죽자루나 항아리나 술통에 담아

서늘한 지하실 좌우에 영원히 저장되어 있
　습니다.

그러나 모든 신들, 특히 태양의 신 헬리오
　스가

공기, 습기, 열기를 줘 포도송이를 산더미
　처럼 쌓아 올리면,

조용히 일하던 포도밭은 돌연 활기를 띠고

원두막에서 떠드는 소리, 줄기와 줄기 사
　이로 번져갑니다.

바구니는 뿌지직, 들통은 덜거덕, 멜통은
　삐거덕,

모든 포도 큰 통에 옮겨져 즙 짜는 사람,
　기운차게 춤을 춥니다.

그리하여 깨끗한 단물 듬뿍 밴 신성한 포

도알들이

마구 밟혀 거품을 내며 으깨어져 한데 섞
   인답니다.

이제 심벌즈와 징소리 쟁쟁히 울리는데,   10030

그것은 주신(酒神) 디오니소스가 신비의
   장막을 걷고

염소 발굽의 남녀들과 나타났기 때문이죠.

그 와중에 실레노스[43]를 태운, 귀가 큰 짐
   승이 날카롭게 마구 울어댑니다.

인정사정없군요! 갈라진 염소 발굽은 모든
   관습을 짓밟고,

온갖 관능의 소용돌이, 그 시끄러운 소음
   에 귀가 멀 지경입니다.   10035

술잔을 더듬는 주정꾼들, 머리와 배는 술
   로 가득,

한두 사람 걱정스레 소리치지만, 소란을
   더욱 크게 할 뿐이죠.

그도 그럴 게, 새 술을 담으려면 묵은 술부
   대를 서둘러 비워야 하니까!

막이 내린다. 무대 전면에 앉아 있던 포르키데스, 거인처럼

---

43) Silenos. 디오니소스의 스승으로 늘 술에 취해 추한 꼴로 나귀를 타고
다니는 것으로 알려져 있다.

일어난다. 그러나 굽 높은 무대용 장화를 벗고 가면과 베일을
젖혀 메피스토펠레스의 정체를 드러낸다. 필요한 경우, 에필로
그에서 이 극에 대한 주석을 달기 위해서다.

4막

고산(高山) 지대

험준하게 솟아 있는 뾰족한 바위산들

구름 한 덩어리가 날아와 기대는 듯하더니, 비죽 튀어나온 너럭바위 위에 내려앉는다. 구름이 갈라진다.

파우스트 (나타난다) 가장 심오한 고독의 경지를 발
　　　　　아래 내려다보면서,
　　　　생각에 잠겨 이 정상의 바위 끝에 섰노라.　10040
　　　　맑은 날 육지와 바다를 건너
　　　　살며시 날 실어와 준 구름 수레에 작별을
　　　　　고한다.
　　　　구름은 흩어지지 않고 천천히 내게서 떠나

간다.

둥근 덩어리, 줄지어 동쪽으로 향하니

나는 놀란 눈으로 그 뒤를 바라본다.　　　10045

구름은 방황하고 물결치며 변화무쌍하다.

필경 무슨 모습인가 만들려고 한다 ― 그

　　래, 내 눈은 못 속여! ―

햇빛 반짝이는 침상 위에 우아하게 누운,

거인처럼 크면서도 신을 닮은 여인들의 모

　　습이 보인다!

유노, 레다, 헬레네와 닮은 듯　　　10050

기품 있고 사랑스럽게 내 눈앞에 어른거린다.

아, 벌써 흩어지는구나! 형체도 없이 넓게

　　피어올라

아득한 빙산들처럼 동편 하늘에 머물며,

무상한 나날의 큰 뜻을 눈부시게 반영하

　　고 있다.

그래도 여전히 부드럽고 밝은 안개자락이　10055

가슴과 이마를 시원히 감싸며 흥겹게 비위

　　를 맞춘다.

이제 그는 가볍게, 망설이듯 점점 위로 올라

하나로 합친다 ― 나를 현혹하는 저 황홀

　　한 모습,

잃은 지도 오래된 젊은 날의 보물이 아니

더냐?

가슴속 깊은 곳에서 옛날의 보석들이 쏟

　아져 나온다. 　　　　　　　　　　　10060

저건 가슴 설레게 한 오로라[1]의 사랑을 보

　여준다.

얼핏 느꼈지만 이해하지 못했던 첫 눈길.

그걸 붙잡자 어느 보석보다도 빛났었지.

그 다정한 형상은 아름다운 영혼으로 승

　화해

흩어지지 않고 대기 속으로 오르며, 　　10065

내 마음속 가장 소중한 것을 이끌고 가버

　린다.

　칠리화(七里靴) 하나가 뒤뚱거리며 나온다. 곧 뒤이어 다른
한짝이 나온다. 메피스토펠레스가 내려오자 칠리화는 급히 떠난다.

메피스토펠레스 이쯤 되면 일이 웬만큼 진척되었다고 할

　　수 있겠지.

하지만 무슨 생각이 든 거요?

이렇듯 무시무시한 산중,

흉측하게 아가리를 벌리고 있는 바위 틈새

---

1) Aurora. 서광을 상징하는 여성으로 오리온을 사랑했다고 전해진다. 여기
서는 파우스트의 첫사랑인 그레트헨을 의미한다.

에 내리다니요? 10070

이곳은 내가 잘 아는데 내릴 장소가 아니야.

원래 지옥의 밑바닥이었거든.

파우스트 자네에겐 바보 같은 전설 이야기가 동나질

않는군.

그런 소릴 또 시작할 작정인가?

메피스토펠레스 (진지하게) 주님이신 신께서 ─ 그 이유를

나도 잘 알고 있지만 ─ 10075

우리를 하늘에서 하계의 밑바닥으로 추방

했을 때,

그 한가운데서는 작열하는 불꽃을 사방으

로 튀기면서

영원한 불길이 활활 타오르고 있었죠.

우리에겐 그 불빛이 너무나 밝아서

아주 답답하고 불편한 몰골들이었어요. 10080

악마들은 모두 기침을 시작했고,

위에서 아래서 불을 끄느라 후후 불어댔

습니다.

지옥에 유황내음과 황산이 가득 차더니

가스가 발생했지요! 그것이 엄청난 일로

변해,

곧 나라마다 평평한 지반이, 비록 두껍긴

했어도 10085

요란한 소리를 내며 파열하고 말았지요.

지금 우리는 다른 끝쪽에 위치하고 있은즉,

전에는 바닥이었던 게 이젠 봉우리가 된

　셈이지요.

가장 낮은 것이 가장 높은 것으로 바뀔 수

　있다는,

저 그럴듯한 학설[2]도 여기에 기인하는 것

　입니다.　　　　　　　　　　　　　　　10090

여하튼 우리는 뜨거운 불구덩의 노예생활

　로부터

지유로운 공기가 충만한 곳으로 도망처 나

　왔습니다.

이건 공공연한 비밀이지만, 잘 간직했다가

훗날에야 사람들에게 공개될 것이외다.

　(「에베소서」 6장 12절)[3]

파우스트　거대한 산은 내게 의연히 침묵하고 있다.　10095

나는, 산이 어디로부터, 왜 생겨났는지 묻

　지 않겠다.

자연이 자신 속에 스스로 기초를 세웠을 때,

지구를 말쑥하리만치 둥글게 만들었다.

---

2) 화성론(火成論)에 대한 야유로 보인다. 최고와 최저의 것이 바뀐다는 것
은 사회혁명적 평등관에 대한 비유라고 할 수 있다.
3) 성서에 관한 주(註)는 괴테의 비서 리머(W. F. Riemer, 1774~1845)가 붙
인 것이다.

산봉우리와 계곡을 만들면서 즐거워했으며,

암벽과 암벽, 산과 산을 줄지어 놓았다.　　10100

언덕들, 알맞게 경사지어 놓으니,

부드러운 선을 그리며 골짜기로 흘러내린다.

거기 초목이 푸르게 자라고 있으니, 자신

　　을 즐기기 위해

자연은 미친 듯한 천재지변을 원치 않는다.

메피스토펠레스　그렇게 말씀하시겠죠! 당신에겐 명백한 일

　　이겠지만,　　　　　　　　　　　　　　10105

그 자리에 있던 자는 달리 알고 있소이다.

내가 저 아래에 있을 때, 아직도 심연이 부

　　글거리며

부풀어오르더니 불꽃의 강물을 이루었지요.

몰록[4]의 쇠망치가 바위와 바위를 두들겨패

산의 파편들을 먼 곳으로 날려보냈다오.　　10110

여전히 육지엔 낯선 데서 온 육중한 바위

　　들이 깔려 있는데,

어느 누가 그것을 던진 힘을 설명할 수 있

　　겠습니까?

철학자도 그것을 알 수 없어요.

거기에 바위가 있었으니, 그냥 놔두는 도

---

4) Moloch. 소의 몸집을 한 악마로, 신과 싸울 때 망치로 바위를 깨뜨려 지
옥의 주위에 성채를 쌓았다고 한다.

리밖에 없다는 식이지요.

우리도 별별 생각 다 해봤지만 허사였수다— 10115

충직하고 순박한 민중들만이 그 사실을 이
　　해하고,

자신의 생각에 방해를 받지 않아요.

그것은 기적이며, 악마의 업적이라는 걸

그들은 오래전에 슬기롭게 터득했단 말입
　　니다.

그러기에 나를 신봉하는 순례자들이 믿음
　　의 지팡이를 짚고,　　　　　　　　　　10120

악마의 바위, 악마의 다리[橋]를 찾아 절
　　름대며 돌아다니지요.

파우스트　악마가 자연을 어떻게 관찰하는지,

그걸 알아보는 것도 가치 있는 일이겠지.

메피스토펠레스　그건 내 알 바 아니오. 자연 같은 건 아무
　　래도 좋아요.

중요한 점은— 악마도 그때 한몫했다는
　　사실이죠!　　　　　　　　　　　　　　10125

우리는 큰일을 해낼 무리란 말이오.

소동, 폭력, 발광, 뭐든지! 이 표지를 봐요!—

자, 아주 알아듣기 쉬운 말로 하겠는데,

이 지상에서 마음에 드는 게 하나도 없었
　　단 말인가요?

당신은 무한히 넓은 이 세상에서　　　　　10130

온갖 나라와 그 영화로움을 보지 않았던

가요. (「마태복음」 4장)[5]

하지만 당신은 만족을 모르는 사람이니,

필경 탐낼 만한 걸 찾지 못했을 거외다.

파우스트 아니, 있었지! 굉장한 것이 내 마음을 끌었

다네.

알아맞혀 보게나!

메피스토펠레스 그야 어렵지 않지요.   10135

나 같으면 이런 대도시를 찾아보겠어요.

중심가엔 시민의 식료품가게들이 복작거

리고,

꼬불꼬불한 골목길, 뾰족한 지붕들,

비좁은 장터에 쌓인 배추, 무우, 양파들,

푸줏간엔 쇠파리들 모여들어   10140

기름진 고기로 잔치를 벌이니,

그런 곳엔 언제나

냄새가 진동하고 활기에 넘치지요.

그다음엔 커다란 광장과 넓은 길들

의젓하게 버티고 있고,   10145

마지막으로, 성문이 가로막지 않은 곳엔

외곽 도시가 끝없이 뻗어나가지요.

---

5) 8절에 "악마는 다시 높은 산으로 예수를 데리고 가서 세상의 모든 나라와 그 화려한 모습을 보여주며……"라는 구절이 있다.

나는 즐거운 마음으로, 마차들이

시끄럽게 오가는 양과

개미처럼 바글대는 사람들이   10150

끝없이 왕래하는 양을 바라봅니다.

마차를 달리건 말을 타건

나는 항상 그들의 중심이 되어

수많은 사람들의 존경을 받게 될 테죠.

파우스트 나는 그것으로 만족할 수 없네.   10155

인구가 늘어나 나름대로 편안히 살아가고,

교육까지 받아 학식이 높아지면

모두들 기꺼워하겠지 ―

하지만 실상 반역자를 길러내는 것인데.

메피스토펠레스 그런 다음 내 위력을 믿고 호사스러운 자

리에   10160

웅장한 환락의 궁성을 짓겠어요.

숲, 언덕, 평야, 초원 그리고 들판을

화려한 정원으로 바꿔놓고요.

푸른 담장 앞에는 벨벳 같은 잔디밭,

실 같은 길들, 교묘히 드리운 나무 그늘,   10165

바위와 바위를 이으며 떨어지는 폭포수,

온갖 종류의 분수들도 만들지요.

힘찬 물줄기 솟구치는 옆엔

수천의 작은 물방울이 속살대며 흩어져

내립니다.

다음, 절세의 미녀들을 위해   10170

정답고 아늑한 집을 짓는 거예요.

게서 한없이 긴 세월을

외롭지만 오순도순 지내렵니다.

미인이라 말했는데, 저는 언제나 미인들을

복수(複數)로 생각하는 버릇이 있어서요.   10175

파우스트 고약한 현대식이군! 사르다나팔왕[6]이라도

되나?

메피스토펠레스 당신이 추구하는 게 뭔지 짐작이 되는군요.

그건 정말로 웅장하고 대담한 시도였지요.

달(月)에까지도 가까이 날아갔던 당신이니,

그 고질병이 또 당신을 이끌어대는 모양이

군요?   10180

파우스트 당치도 않은 소리! 이 지상에는 아직도

위대한 일을 할 여지가 남아 있어.

놀랄 만한 일을 해내야 해.

과감히 노력하고픈 힘이 느껴지네.

메피스토펠레스 그렇다면 명성을 얻고 싶은 게로군요?   10185

그럴 만하군요. 당신은 여걸로부터 왔으니까.

파우스트 지배권을 획득하는 거다, 소유권도!

행위가 전부다. 명성은 허무한 것이다.

---

6) Sardanapal. 아시리아의 마지막 왕으로 극도의 향락을 누렸다. 반역자들
에게 잡힐 것이 두려워 삼천 궁녀와 더불어 성중에서 분신자살했다고 한다.

메피스토펠레스	하지만 시인들이 나타나서
	후세에 당신의 영광을 전하고, 10190
	어리석은 이야기로 어리석은 일을 부추길
	걸요.
파우스트	내 말이 자네에겐 전혀 통하질 않는군.
	인간이 무엇을 갈망하는지 알고나 있나?
	자네처럼 뒤틀리고 가혹하고 냉정한 자가
	인간이 필요한 걸 알기나 하겠나? 10195
메피스토펠레스	그렇다면 당신의 뜻대로 하시구려!
	어디 당신의 그 변덕스러운 계획을 들어나
	봅시다.
파우스트	내 눈은 저 아득한 바다로 끌렸다네.
	그것은 부풀어서 저절로 솟구쳐 올랐다가는
	잠잠해지는가 싶더니 다시 파도를 퍼부어 10200
	넓고 평탄한 해변을 덮치는 걸세.
	난 그게 못마땅하네. 오만한 마음이
	정열에 들뜬 혈기를 못 이겨
	온갖 권리를 존중하는 자유정신을
	불쾌한 감정으로 바꿔놓은 것 같아서 말
	일세. 10205
	우연이려니 생각하고 더욱 날카롭게 응시
	해 보니,
	파도는 멈췄다가 다시 구르면서
	당당히 도달했던 목표에서 멀어져 가는 거야.

시간이 되면 이 유희를 또 되풀이하는 거지.

메피스토펠레스 (관객을 향해) 그런 건 내게 전혀 새로운 일
이 아닌데.   10210
나는 이미 십만 년 전부터 알고 있는 사실
인걸.

파우스트 (열정적으로 말을 계속한다)
스스로 결실이 없는 파도는 그 비생산성을
퍼뜨리려
사방팔방으로 접근해 온다.
부풀고 커지고 구르면서
황량한 해안의 보기 싫은 지역을 뒤덮는다. 10215
연이은 파도는 힘에 넘쳐 그곳을 지배하지만,
물러간 뒤엔 아무것도 이루어진 게 없다.
그것이 날 불안케 하고 절망으로 이끌었도다!
이 참을성 없는 원소의 맹목적인 힘이라니!
그리하여 내 정신은 감히 비약을 시도하려
는 것.   10220
여기서 나는 싸우고 싶다. 이것을 이겨내
고 싶다.

그리고 그것은 가능할 것이다! ─물결이
아무리 넘쳐도
언덕을 만나면 휘감기듯 돌아나가니까.
그것이 제아무리 오만하게 날뛰어도

358

약간의 높이면 그것과 당당히 맞설 수 있고, ₁₀₂₂₅

약간의 깊이면 그것을 힘차게 끌어들일 수

　있으니까.

나는 재빨리 마음속으로 여러 가지 계획

　을 세웠다.

저 도도한 바다를 해안에서 쫓아내

축축한 땅의 경계선을 좁히고,

파도를 저 바다의 안쪽으로 밀쳐버리는　　10230

그런 값진 즐거움을 얻어보겠노라고.

나는 이 계획을 차근차근 검토해 보았다.

이게 내 소망이니 과감히 진척시켜 주게나!

북소리와 군악소리가 관객의 뒤편 그리고 멀리

　　오른편으로부터 들려온다.

메피스토펠레스 그 정도야 쉬운 일이지요! 저 멀리 북소리

　　가 들리나요?

파우스트 벌써 또 전쟁인가? 현명한 자라면 듣기 싫

　　은 소린데.　　　　　　　　　　　　　10235

메피스토펠레스 전쟁이든 평화든 현명한 처사는

내 이익이 되도록 이끌어내는 거지요.

절호의 기회를 주의 깊게 노리는 겁니다.

이제 기회가 왔소이다, 파우스트 선생, 단

　　단히 붙잡으세요!

비극 2부 4막

파우스트	그런 수수께끼 같은 장난은 집어치워라! 10240
	요컨대 어쩌라는 겐가? 설명해 보게나.
메피스토펠레스	오는 도중 우연히 들은 얘긴데,
	그 착한 황제가 크나큰 걱정에 잠겨 있답
	니다.
	당신도 그를 알겠지만, 우리가 그를 도와서
	속임수로 치부를 시켜준 장난을 쳤을 때는 10245
	온 세상을 사들일 만큼 기세등등했지요.
	그러나 나이 어려 왕위에 올랐기에,
	다스리면서 동시에 향락에 젖는 것이
	충분히 공존할 수 있으며
	꽤 바람직하고 멋진 일이라고 10250
	멋대로 오판을 했던 것입니다.
파우스트	커다란 잘못이로다. 명령을 내려야 하는
	자는
	명령을 하면서 기쁨을 느껴야 하는 법.
	그의 가슴, 드높은 뜻으로 가득 차 있다 할
	지라도,
	그것이 무엇이든 아무도 알게 해서는 안
	되는 것이다. 10255
	그가 충성스러운 신하의 귀에 속삭였던 일,
	성취되고 나면 온 세상이 놀라게 되리라.
	그래서 그는 항상 지고한 존재이며 최고의
	통치자인 것이다—

향락이 비천하게 만든단 말이야.

메피스토펠레스 그자는 달라요. 자신이 향락을 누렸지요.

그것도 심하게! 10260

그동안 나라는 무정부 상태에 빠지고,

높은 놈 낮은 놈 서로 뒤엉켜 싸움박질,

형제끼리도 서로 몰아내고 죽이는 겁니다.

성(城)과 성, 도시와 도시가 반목하고,

조합은 귀족과, 10265

주교(主教)는 참사회나 교구(教區)와 알력

을 벌이니

얼굴만 맞대면 모두가 원수지간이었죠.

교회 안에서도 살상이 자행되고,

성문 밖에선 상인과 나그네가 실종되곤 했

지요.

그러니 모두들 적지 않게 대담해질 수밖에. 10270

산다는 건 자신을 지키는 것—바로 그것

이었으니까요.

파우스트 그랬을 게다—절뚝거리다 쓰러지고, 다시

일어났다간

곤두박질치며 한데 얽혀 굴러갔겠지.

메피스토펠레스 그런 상태를 아무도 탓할 수 없었지요.

너나없이 큰소리치려 했고, 또 그럴 수 있

었죠. 10275

아무리 형편없는 자도 한몫하는 걸로 통

했으니까요.

결국 선량한 자들에겐 지나치다는 생각이
　　들었지요.

유능한 자들이 힘을 합쳐 궐기했습니다.

그들은 외쳤지요! 〈군주란 우리에게 안전
　　을 보장해야 한다.

그러나 황제는 그럴 능력도 의지도 없다─　　10280

새 황제를 뽑아 국가에 새로운 활력을 불
　　어넣자.

그래야 각자의 안전을 도모하고,

새로 이룩된 사회에서

평화와 정의가 하나로 될 것이다.〉

파우스트　　제법 성직자 냄새가 나는 말인데.

메피스토펠레스　　　　　　　　　　　사실 성직

　　자들이었지요.　　　　　　　　　　　10285

그들은 통통하게 살찐 배를 안전하게 했지요.

어느 누구보다 더 많이 가담했으니까요.

봉기는 확산되고, 심지어 신성한 것이 되어
　　버렸어요.

우리가 기쁨을 주었던 그 황제가 진군해
　　오고 있습니다.

아마 최후의 결전이 될 듯싶습니다.　　　10290

파우스트　　딱한 일이로다. 선량하고 솔직한 사람이었
　　는데.

메피스토펠레스   우리는 구경이나 하러 갑시다! 산 자는 희
　　　　　　　　　망을 가져야지요.

　　　　　　　　　이 좁은 협곡에서 그를 구해냅시다!

　　　　　　　　　한 번 구해주면, 천 번 구해준 것과 같은
　　　　　　　　　겁니다.

　　　　　　　　　주사위가 어떻게 구를지 누가 압니까?　　10295

　　　　　　　　　운이 좋으면 그자에게도 부하가 따를 테지요.

그들은 가운데 있는 산을 넘어가 골짜기에 포진한 군대의 배
치상황을 관찰한다. 북소리와 군악이 아래쪽에서 들려온다.

메피스토펠레스   보아하니, 진용(陣容)은 잘 짜여 있군요.

　　　　　　　　　우리가 참가하면 승리는 틀림없겠습니다.

　　파우스트   이제 뭘 기대한단 말인가?

　　　　　　　　　사기! 요술! 아니면 허망한 가상(假想)이겠지. 10300

메피스토펠레스   싸움에 이기기 위한 전략이지요!

　　　　　　　　　당신도 목적한 바를 생각하고,

　　　　　　　　　큰 뜻 앞에서 마음을 굳게 하십시오.

　　　　　　　　　우리가 황제의 옥좌와 나라를 지켜준다면,

　　　　　　　　　당신은 무릎을 꿇고 한없이 넓은 해안지대를 10305

　　　　　　　　　봉토(封土)로 하사받을 것입니다.

　　파우스트   자네는 이미 많은 일을 해내었지.

　　　　　　　　　좋아, 이번 싸움에도 이기도록 하게!

메피스토펠레스   아니, 당신이 이겨야 합니다!

	이번엔 당신이 총사령관입니다.	10310

파우스트 그것이 내게 어울리는 자리일까?

아무것도 모르면서 명령을 내려야 하다니!

메피스토펠레스 참모부에 작전을 맡기면

사령관께선 안전할 것입니다.

전쟁의 위험성을 오래전부터 느꼈기에   10315

산악지대의 원시적 인간들을 뽑아

미리 참모진을 짜두었지요.

그들을 포섭한 쪽에 행운이 깃들일 것입니다.

파우스트 저기 보이는 게 뭔가? 무기를 들고 있는 자

들은?

자네가 산악인들을 선동했는가?   10320

메피스토펠레스 아니올시다! 하지만 온갖 놈팡이들 가운데

페터 스켄츠7) 같은 정예들만 골라냈지요.

세 용사8)가 등장한다. (「사무엘하」 23장 8절)

저기 우리 젊은이들이 오는군!

보다시피 나이도 서로 다르고,

---

7) Peter Squenz. 바로크 시대의 작가 안드레아스 그리피우스(Andreas Gryphius)의 작품에 나오는 주인공으로 아주 졸렬한 유형의 인물.
8) 『구약성서』에 나오는 다윗의 세 용사를 모방해 창작된 인물들로 비유적인 존재.

옷과 무기도 각각이지만, 10325

거느리고 다니기에 그리 나쁘진 않을 거외다.

(관객을 향해) 요즘 젊은 놈들은 모두

투구나 기사의 옷깃 따위를 너무나 좋아

　하더군요.

그리고 이 놈팡이들은 비유적인 존재들이니,

더욱 당신의 마음에 들 것입니다. 10330

싸움꾼 (젊은이. 가벼운 무장에 화려한 복장)

누구든 내 눈알을 들여다보는 놈은

당장 주먹으로 아구통을 돌려놓을 테다.

비겁하게 줄행랑을 놓는 놈은

뒤통수의 머리털을 뽑아줄 것이고.

날치기 (중년. 충분한 무장에 사치스러운 복장)

그런 실속 없는 싸움은 어리석은 짓이지. 10335

시간 낭비에 불과하다고.

오로지 날치기에만 전념하란 말이다.

다른 일은 모두 그다음 문제야.

뚝심쟁이 (노년, 중무장에 옷을 입지 않았다)

그래봤자 별 소득이 없을걸!

막대한 재산도 곧 녹아내려 10340

삶의 흐름 속에 휩쓸려버리지.

빼앗는 것도 좋지만, 단단히 붙잡고 있는

　게 제일이야.

이 늙은이에게 맡겨만 준다면,

어떤 놈도 당신 것을 건드리지 못하리.

(그들은 함께 아래쪽으로 내려간다)

앞산 위에서

북소리와 군악이 아래쪽에서 들려온다. 황제의 천막이 설치된다.

황제, 총사령관, 친위병들.

총사령관 우리가 요지인 이 골짜기로   10345
전군을 후퇴하여 집결시킨 것은
역시 용의주도한 전략인 듯합니다.
이런 선택이 승리를 가져다주리라 확신합
니다.

황제 전세가 어떻지는 곧 알게 되겠지.
하지만, 패주나 다름없는 퇴각이 마음에
들진 않는군.   10350

총사령관 폐하, 아군의 우익 쪽을 보십시오!
저런 지형이야말로 전략상 이상적입니다.
언덕이 가파르진 않지만 그렇다고 보행이
쉽지만은 않아,
아군에겐 유리하고 적군에겐 위험하지요.

파상의 지형을 이용해 아군을 반쯤만 매
복시켜도 10355
적군의 기병대가 접근할 엄두를 내지 못할
것입니다.

황제 짐은 칭찬을 아끼지 않노라.
이곳에서 기량과 용기를 시험해 볼 수 있
겠지.

총사령관 저기 중앙 목초지의 평지에서
밀집 방어진을 펴고 용전하는 모습을 보십
시오. 10360
창끝이 안개 속에서 햇빛을 받아
공중에서 눈부시게 빛나고 있습니다.
강력한 군대가 까맣게 물결치고 있지 않습
니까!
수천의 장병들이 큰 공을 세우려 분전하고
있습니다.
저만하면 대군의 위력을 아시겠지요? 10365
적의 병력을 능히 갈라놓으리라 믿습니다.

황제 이렇게 아름다운 광경은 처음 보겠노라.
저런 군대라면 곱절의 힘을 발휘할 수 있
겠군.

총사령관 아군의 좌익에 대해선 보고드릴 것도 없습
니다.
험준한 바위산을 용맹무쌍한 용사들이 지

키고 있습니다.   10370

지금 무기로 번쩍이는 저 층암절벽이

좁은 협곡의 중요한 길목을 지키고 있나이다.

여기서 적군이 예기치 못한 채

혈전을 벌이다 패주할 것은 자명한 일이옵

니다.

황제   저기 가짜 친척들이 오는구나.   10375

저들은 짐을 숙부니 사촌이니 형제라 부르

면서,

날이 갈수록 안하무인 격이 되어

왕홀에선 권위를, 옥좌에선 존경심을 앗아

갔도다.

마침내 반목분열하여 나라를 황폐케 하더니,

이번엔 한통속이 되어 짐에게 반기를 들었

으니,   10380

민중은 갈피를 못 잡고 동요하다가

결국은 물결이 가는 대로 휩쓸릴 뿐이로다.

총사령관   첩자로 파견했던 충직한 병사 하나가

급히 암벽을 내려옵니다. 성공했으면 좋으

련만!

첫번째 첩자   교묘하고 용감한 우리의 계획은   10385

다행히 성공을 거두어

이곳저곳 잠입해 들어갔지요.

하지만 많은 정보는 얻지 못했나이다.

많은 무리의 충신들처럼

폐하에게 충성을 맹세하는 자들도 많

았지만   10390

행동은 않고 변명만 늘어놓으며

내란이니 민중의 위기니 떠들고들 있었

습니다.

황제   자기만 살아남겠다는 건 이기주의의 신조지.

거기엔 감사도, 정분도, 의무나 명예도 없

느니라.

잘 계산해 본다면, 이웃집의 화재가   10395

너희까지 삼켜버린다는 걸 생각지 못하느냐?

총사령관   두번째 첩자가 아주 천천히 내려오고 있습

니다.

피로해서인지 온통 사지를 떨고 있습니다.

두번째 첩자   처음에 우리는 느긋하게

거친 폭도들이 헤매는 꼴을 구경했습니다. 10400

그런데 불쑥 예기치 않게

새로운 황제가 나타났습니다.

민중은 지정된 길을 따라

들판을 가로질러 행진해 갔나이다.

새로 펼쳐 든 가짜 깃발을   10405

모두 따르더군요—양 떼의 근성입지요!

황제   가짜 황제가 나타난 것은 짐에게 유리한

일이로다.

이제야 짐은, 내가 황제임을 통감하노라.

단지 군인으로서 이 갑옷을 입었는데,

이젠 보다 고귀한 목적으로 입게 되었구나. 10410

향연이 열릴 때마다 제아무리 화려하고

부족한 것 없어도, 위험이 결여되어 아쉬

   웠노라.

경들이 고리꿰기놀이9)를 권했을 때도,

짐은 가슴 설레며 그 무술시합의 묘미를

   만끽했노라.

경들이 짐에게 전쟁을 만류하지 않았던들, 10415

지금쯤 혁혁한 전공으로 빛나고 있으리라.

언젠가 불바다 속에서 자신을 비춰보았을

   때,10)

짐은 가슴속에 독립심을 각인(刻印)했노라.

불길은 무섭게 엄습해 왔었지.

그것은 환영에 불과했지만, 정말 대단한 것

   이었다. 10420

승리와 명성에 대해 막연히 꿈꾸어 왔거

   니와,

방종하게도 게을리했던 것을 이제야 되찾

   게 되었도다.

---

9) 말을 타고 달리면서 긴 창으로 고리를 꿰는 경기.

10) 「가장 무도회의 밤」에서 불길에 갇혔던 일을 회상하는 것이다.

가짜 황제에게 도전하기 위해 사신이 파견된다.

파우스트가 갑옷 차림에 투구로 얼굴을 반쯤 가리고 등장.

세 용사는 먼저와 같은 무장과 옷차림을 하고 있다.

파우스트　저희들이 나섰다고 책망하지 마시길 바라
　　　　　　오옵니다.

　　　　　　위급하진 않사오나 조심하는 게 상책입니다.

　　　　　　아시는 바와 같이 산악 사람들은 생각과

　　　　　　　궁리가 깊고　　　　　　　　　　　10425

　　　　　　자연의 문자, 암석에 쓰인 문자에도 정통합

　　　　　　　니다.

　　　　　　이미 오래전에 평지를 떠난 자들로

　　　　　　전보다 더욱 바위산에 애정을 갖고 있지요.

　　　　　　그들은 미로와 같은 골짜기를 누비며 조용히

　　　　　　금속성의 향기 진동하는 가스 속에서 활

　　　　　　　동하고 있사온데,　　　　　　　　10430

　　　　　　끊임없이 분석하고 시험하고 결합시키면서

　　　　　　새로운 발명을 하는 게 유일한 욕망이랍니다.

　　　　　　영적인 힘을 지닌 조용한 손가락으로

　　　　　　투명한 형상들을 만들어내고,

　　　　　　수정체 같은 영원한 침묵의 결정(結晶) 속

　　　　　　　에서　　　　　　　　　　　　　　10435

　　　　　　그들은 지상의 사건들을 살피고 있나이다.

황제　　짐도 그런 이야기를 들은 바 있어 그대의

말을 믿겠소.

하나, 용사여, 그게 여기서 무슨 소용이 있
　　단 말인가?

파우스트　사비니 사람으로 노르치아[11]의 무술사(巫
　　術師)는

폐하의 충직하고 성실한 신하이옵니다.　　　　10440

한때 그는 무서운 운명에 위협받은 적이
　　있었나이다.

섶나무가 타올라 벌써 불길이 날름거리는데,

주위에 쌓아올린 장작더미엔

역청과 유황 다발이 섞여 있었지요.

인간은 물론, 신도 악마도 그를 구할 수 없
　　었을 때　　　　　　　　　　　　　　　　10445

오직 폐하께서 달구어진 사슬을 끊어주셨
　　습니다.

그것은 로마에서였습니다. 하여, 그는 큰
　　은혜를 입고,

늘 폐하의 거취에 마음을 쓰고 있었나이다.

그때부터 그는 완전히 자신을 잊고,

오직 폐하를 위해 천문과 지리를 살피고
　　있었습니다.　　　　　　　　　　　　　10450

---

11) Norcia. 이탈리아 중부 지방의 한 도시로 예부터 무술사가 많기로 소문
난 곳.

화급한 일이 생겼다고 폐하께 저희를 보낸
  것도
바로 그 사람입니다. 산의 힘은 위대합니다.
거기서 자연은 절대적인 힘을 자유롭게 행
  사하는데
그것을 아둔한 성직자들은 마술이라고 욕
  을 하지요.

황제 즐거운 날 명랑하게 즐기려고   10455
명랑하게 찾아오는 손을 맞을 때,
이리저리 밀리며 방마다 사람들 가득해도
그게 누구든 흔쾌한 일이로다.
하물며 우리를 돕고자 찾아온
그 성실한 사람을 어찌 환영하지 않으랴.   10460
운명의 저울이 어느 쪽으로 기울지
노심초사 걱정 중인 이 아침에 말이다.
하나, 중요한 순간이로되 여기에선
그 강한 팔로 빼어 든 칼을 멈추고,
수천의 병사가 짐을 위해, 혹은 대항하여   10465
싸우려 나서는 이 순간을 존중하라.
사나이란 자립해야 하는 것! 왕관과 옥좌
  를 탐내는 자
그만한 명예에 어울려야 하느니.
우리를 거역해 일어나 황제라 참칭하고,
여러 나라의 군주니, 군대의 사령관이니   10470

제후의 지배자니 하는 저 도깨비를

짐이 이 손으로 죽음의 나라로 처넣어버리

　겠다!

파우스트 지당한 말씀이오나 큰일을 성취하기 위해

폐하의 목숨까지 거는 건 당치 않습니다.

투구는 닭벼슬과 깃털로 장식되지 않습니까? 10475

그것은 우리의 용기를 북돋는 머리를 보호

　합니다.

머리가 없다면 수족이 무슨 일을 해낼 수

　있겠습니까?

머리가 잠들면 모든 것이 늘어지고,

머리를 다치면 당장 모든 것이 상처를 입

　게 되며,

머리가 빨리 건강해지면 수족도 싱싱하게

　회복되는 것입니다.　　　　　　　　10480

팔은 재빨리 자신의 강한 권리를 행사하여

방패를 들어 머리를 지킬 것이요,

칼도 당장 자신의 의무를 알아차리고

힘차게 받아치며 반격을 되풀이할 것이요,

튼튼한 발도 그들 행운에 한몫 거들어　　10485

쓰러진 적군의 목덜미를 세차게 짓밟을 것

　입니다.

황제 짐의 노여움이 바로 그렇다. 놈을 그렇게

　다루어

그 오만한 머리통을 발판으로 만들리라!

사신들 (돌아온다) 우리들은 저편에서 존경도,

인정도 받지 못했나이다.　　　　　　　　　10490

강력하고 고귀한 선전포고를

공허한 농담이라 웃어댔지요.

〈너희들의 황제는 실종되었다.

비좁은 계곡에서 메아리만 칠 뿐이야.

우리더러 그자를 생각하라 하지만,　　　　10495

동화에서 말하듯─그건 옛날이었느니라.〉

피우스트 꿋꿋하고 충실하게 폐하의 편에 선

정예들의 소망대로 된 것입니다.

저기 적들이 몰려오는군요. 폐하의 군대는

사기 충천하여 기다리고 있습니다.

공격을 명하십시오. 유리한 기회입니다.　　10500

황제 여기서 짐이 직접 지휘는 하지 않겠다.

(총사령관에게) 후작, 이 임무는 경의 손에

달려 있소.

총사령관 그러면 우익군은 전진하라!

지금 막 기어오르는 적의 좌익을

최후의 일보를 채 내닫기 전에　　　　　　10505

젊은 패기로 물리쳐 그대들의 충성심을 시

험하여라.

파우스트 그렇다면 이 씩씩한 용사를

지체 없이 당신의 전열 속에 들게 해서,

대열과 긴밀하게 합심하면서

그의 용맹성을 발휘하게 해주십시오.　　　　10510

(오른쪽을 가리킨다)

싸움꾼 (앞으로 나선다) 내게 얼굴을 보이는 놈은
　　　　누구나

위턱 아래턱이 으스러지지 않고는 돌아가
　　　　지 못해.

내게 등을 보이는 놈은 누구나

목과 대갈통과 머리털이 당장 등어리에 늘
　　　　어지게 될걸.

내가 날뛰는 대로 우리 병사가　　　　10515

칼과 몽둥이를 휘둘러댄다면,

적들은 한놈 한놈 고꾸라져서

제놈들 피바다에 빠져죽고 말 거외다.

　　　　　　　　　　　　　　(퇴장한다)

총사령관 아군 중심부의 밀집방어진을 은밀히 따르
　　　　다가

전력을 다해 빈틈없이 적을 물리쳐라.　　　10520

저기 오른쪽에선 이미 아군의 전력이

용감무쌍하게 적의 진지를 교란시키고 있다.

파우스트 (가운데 사나이를 가리키며)

그럼 이 사람도 장군의 명령에 따르게 해
　　　　주십시오!

아주 날쎄어서 무엇이든 낚아채 올 수 있

습니다.

날치기 (앞으로 나선다)

황제군의 영웅적인 용기에 10525

약탈욕도 짝을 지어야죠.

가짜 황제의 풍성한 천막을

모든 용사의 목표로 정하십시오.

그놈도 오래 버티지는 못할 것이오.

내가 방어진의 선두에 서리다. 10530

들치기 (진중의 여행상. 날치기에게 바짝 다가가며)

내가 이 양반의 여편네는 아니지만,

이 사람이 내겐 안성맞춤의 서방님이야.

우리에게도 가을 대목이 찾아왔어요!

여자란 움켜쥘 때도 지독하지만,

빼앗을 땐 그야말로 사정없지요. 10535

이기는 편에 붙어야죠. 무슨 짓이든 가능

하니까요.

(두 사람, 퇴장한다)

총사령관 예상했던 대로 아군의 좌익에 대항해서

적군의 우익이 맹렬히 공격해 오는군.

암벽의 협로를 점령코자 미친 듯 달려오는

적군에게

우리는 한 사람도 남김없이 대항하리라. 10540

파우스트 (왼쪽을 향해 손짓한다)

그렇다면 장군, 이 사람도 눈여겨봐 주십

　　　시오.

　　　강한 것을 더 보강한다 해서 손해 볼 것은

　　　　없으니까요.

뚝심쟁이　(앞으로 나선다)

　　　좌익에 대해선 염려 마십시오!

　　　제가 있는 한, 가진 것은 안전합니다.

　　　늙은이는 가진 걸 놓치질 않지요.　　　　　　10545

　　　제가 가진 건 번개도 빼앗지 못할 겁니다.

　　　　　　　　　　　　　　　　　　　(퇴장한다)

메피스토펠레스　(위에서 내려온다)

　　　자, 보십시오. 뒤쪽에 있는

　　　뾰족뾰족한 바위틈마다

　　　무장한 병사들이 쏟아져 나와

　　　좁은 소로를 더욱 비좁게 하고 있습니다.　　10550

　　　투구와 갑옷, 칼과 방패를 갖춰

　　　우리의 배후에 성벽을 쌓고,

　　　공격신호만을 기다리고 있습니다.

　　　(사정을 아는 관객에게 낮은 소리로)

　　　저것들이 어디서 나타났는지 묻지 마세요.

　　　나는 물론 망설이지 않고　　　　　　　　　10555

　　　주변의 무기고를 모조리 털었지요.

　　　거기엔 보병도 있고 기병도 있었는데,

　　　아직도 이 세상 주인 노릇을 하고 있더라

　　　　고요.

전에는 기사니, 국왕이니, 황제니 했지만,

이젠 속 빈 달팽이 껍질에 불과하지요.　　　　10560

그 속에 많은 도깨비들이 끼여 단장을 하니,

중세(中世)가 생생하게 되살아난 듯했어요.

어떤 마귀가 그 속에 끼여 있는지

이번만은 큰 성과를 거둘 것이오.

(큰 소리로)

들어보십시오. 저것들이 벌써 노기등등하여　10565

서로 부딪치며 요란한 쇳소리를 내고 있습

　　니다!

깃대에 꽂힌 깃발 조각들도 펄럭거리며

시원한 바람을 초조히 기다리고 있습니다.

상상해 보십시오. 이제 옛날 사람들이 준

　　비를 갖추고

새시대의 싸움에 뛰어들려 하는 겁니다.　　　10570

무서운 나팔소리가 위쪽에서 들려오고,

적군의 진영에서는 심한 동요가 일어난다.

파우스트　지평선이 어두워졌구나.

여기저기 심상치 않은 붉은 불빛만이

의미심장하게 빛날 뿐이다.

창검들은 벌써 핏빛으로 번쩍이고,

바위, 숲, 대기(大氣)는 물론　　　　　　　10575

	온 하늘까지 싸움에 휘말려들었다.	
메피스토펠레스	우익진은 완강히 버티고 있습니다.	
	하지만 그중에서도 빼어난 건	
	날쌘 거인 싸움꾼 한스로군요.	
	하던 가락대로 잽싸게 활약 중입니다.	10580
황제	처음엔 팔 하나만 쳐든 줄 알았더니	
	어느새 열두 개가 날뛰는 것 같구나.	
	이건 예사로운 일이 아닌걸.	
파우스트	시칠리아 해변에서 떠도는	
	안개 띠에 대한 얘기를 들어본 적이 없으	
	신지요?	10585
	거기선 한낮에도 안개가 또렷이 흔들리면서	
	중천에 드높이 올라서는	
	이상한 아지랑이에 반사되어	
	희한한 광경을 보여준답니다.	
	여기저기 도시들이 어른거리고	10590
	정원이 떠올랐다 사라지는 등,	
	갖가지 형상이 대기를 뚫고 나오는 것 같	
	답니다.	
황제	하지만 무언가 미심쩍구나! 긴 창끝마다	
	번갯불이 번쩍이는 것 같고,	
	아군 방어진의 창검에선	10595
	작은 불꽃들이 난무하고 있는 양이	
	어째 도깨비 장난같이 보이는구나.	

파우스트	황공하오나 폐하, 저것은 이미 사라진
	정령들의 흔적이옵니다.

모든 뱃사공들이 축원을 올리는   10600

디오스쿠로이 형제의 반사광이올시다.

저들은 여기에서 마지막 힘을 다 기울이는

　것입니다.

황제　하지만, 자연이 우리를 위해

영험한 힘을 모아준 게

누구의 덕택인지 말해보시오.   10605

메피스토펠레스　폐하의 운명을 진심으로 걱정해 주는

저 고귀한 무술사 말고 누가 또 있겠습니까?

적이 폐하를 심하게 위협하는 걸 보고

그는 마음속 깊이 격분하였나이다.

이로 인해 자신의 몸이 파멸한다 해도   10610

폐하를 구해 은혜를 갚으려는 것입니다.

황제　백성들이 에워싸고 떠들썩하게 환호성을

　질렀을 때,

짐은 우쭐하여 권위를 시험해 보고 싶었노라.

좋은 기회다 싶어 별 생각도 없이

백발의 노인장에게 시원한 바람을 선사했

　었지.   10615

때문에 성직자들의 즐거움을 망치게 했고,

짐은 물론 그들의 호의를 얻지 못했노라.

한데 몇 해가 지난 지금

좋아서 한 일의 보은을 받아야 한단 말인가?

파우스트 사심 없는 선행엔 좋은 결실이 따르는 법
이옵니다.   10620

시선을 위쪽으로 돌려보십시오!

그가 무슨 신호를 보내려는 것 같습니다.

주의해 보십시오. 곧 징조가 나타날 것입
니다.

황제 독수리 한 마리가 하늘 높이 떠돌고,

괴조(怪鳥) 그라이프가 거칠게 위협하며

뒤따르는군.   10625

파우스트 주의 깊게 보십시오. 저건 길조로 생각됩
니다.

그라이프란 전설상의 동물인데,

어찌 자신의 주제를 잊고

감히 진짜 독수리와 겨룰 수 있겠습니까?

황제 이제는 커다란 원을 그리며   10630

빙빙 돌고 있군 — 한데, 눈 깜짝할 사이에

서로 덤벼들어

가슴과 목을 찢어발기려 하는구나.

파우스트 하오나 보십시오. 저 흉악한 그라이프가

찢기고 뜯기고 상처만 입어   10635

사자 꼬리를 축 늘어뜨린 채

산봉우리 숲속에 떨어져 사라졌습니다.

황제 저 길조처럼 됐으면 좋으련만!

이상스럽긴 하다만 믿어두겠다.

메피스토펠레스 (오른쪽을 향해)

맹렬히 거듭되는 공격에   10640

적들은 퇴각하지 않을 수 없습니다.

미약한 저항을 하면서

오른쪽으로 밀려갔기 때문에,

적의 주력인 좌익군이

전투 중 일대 혼란을 일으켰습니다.   10645

우리 방어진의 견고한 선봉은

우측으로 진군하며 번개같이

적의 허점을 공략하고 있나이다.

이제 백중지세의 쌍방이

폭풍 속에 날뛰는 파도같이   10650

두 군데 전투에서 사나운 불꽃을 튀기고

　있습니다.

이보다 장렬한 광경이 있을까요?

이 전투에선 아군의 승리입니다!

황제 (왼편에서 파우스트에게)

보라! 짐이 보기엔 저편이 염려스럽다.

아군의 진지가 위험에 처했도다.   10655

돌멩이가 나는 것도 보이지 않고,

낮은 암벽으로 적군이 기어오르자

위쪽에선 어느새 아군이 후퇴했군.

이런! ─적들이 한덩어리가 되어

점점 가까이 육박해 오는구나.   10660

협로도 이미 점령당한 것 같은즉

사교도(邪敎徒)의 노력이 별수 있겠나!

너희들의 마술은 헛일이로다.

사이

메피스토펠레스 저기 제 까마귀 두 마리가 날아옵니다.

무슨 소식을 전하려는 것일까요?   10665

불길한 내용이나 아닌지 두렵군요.

황제 저 흉측한 새들이 뭐란 말이냐?

전투가 치열한 바위산을 떠나

검은 날개를 펼치고 이리로 날아오는구나.

메피스토펠레스 (까마귀들에게)

내 귀 가까이에 앉아라.   10670

너희가 지켜주는 자는 망하지 않으리라.

너희들의 충고는 이치에 맞으니까.

파우스트 (황제에게) 비둘기에 대해선 들어보셨으리

라 믿습니다.

그것들은 아무리 먼 땅에 가 있어도

새끼와 먹이가 있는 보금자리로 돌아옵니다. 10675

여기에 중요한 차이점이 있사온데,

비둘기는 평화시에 봉사하는 전령이며,

까마귀는 전쟁시에 명령받는 전령입니다.

메피스토펠레스	매우 불길한 보고가 전달되었습니다.
	저편을 보십시오! 저 암벽의 언저리에서 10680
	우리 용사들이 곤경에 빠졌습니다!
	가까운 고지엔 벌써 적병들이 올라왔습니다.
	저 협로가 점령당하면
	아군은 난처한 입장에 빠지게 될 것입니다.
황제	그렇다면 결국 속았단 말인가! 10685
	너희가 짐을 함정에 빠뜨렸구나.
	짐을 농락하다니 두렵도다.
메피스도펠레스	용기를 가지십시오! 아직 패한 것은 아닙니다.
	마지막 고비에선 인내와 책략이 필요합니다!
	흔히 막판에 가서야 격렬해지는 법이니까요. 10690
	제게 확실한 전령들이 있사오니
	제게 명령권을 내려주십시오!
총사령관	(그사이 다가와서)
	폐하께서 이자들과 손을 잡으신 것이
	신에겐 줄곧 가슴 아픈 일이었나이다.
	속임수로썬 결코 확고한 행운을 얻지 못합니다. 10695
	신으로서도 전세를 돌이킬 도리가 없습니다.
	저자들이 시작했으니 저자들이 끝내게 하옵소서.
	이 지휘봉을 반납하겠나이다.

황제　때가 호전되면 행운이 돌아올지도 모르니,

그때까지 지휘봉은 경이 맡아두시오.　　　10700

짐에겐 저 아니꼬운 녀석은 물론

까마귀와 벌이는 수작도 마땅치 않소.

(메피스토펠레스에게)

지휘봉을 그대에게 맡길 수 없노라.

보아하니 그대는 적임자가 아닌 것 같다.

하지만, 명령을 해서 우리를 구하도록 하라!　10705

일어날 일이라면 일어나야겠지.

(총사령관과 함께 천막 안으로 들어간다)

메피스토펠레스　저 무딘 막대기가 그를 지켜줄 수 있을까?

우리들에겐 무용지물이지.

어찌 보면 십자가 같기도 하단 말이야.

파우스트　어떻게 할 작정인가?

메피스토펠레스　　　　　　　벌써 다 해놓았소이다!—　10710

자, 검둥이 사촌들아, 급한 용무로다.

산중의 큰 호수로 가거라! 물의 요정 운디

네에게 안부 전하고,

물의 환영(幻影)을 좀 청해오너라.

그들은 알기 어려운 여성의 비술(秘術)로써

실체(實體)와 가상(假象)을 떼어놓을 줄 아

느니라.　　　　　　　　　　　　10715

그런데 누구나 가상을 실체라고 믿는단 말

이야.

사이

파우스트	우리 까마귀들이 물의 요정에게
	한껏 비위를 맞춰준 모양이야.
	저편에선 벌써 졸졸 물이 흐르기 시작하
	는군.
	온갖 메마르고 헐벗은 바위틈에서
	빠른 물줄기가 콸콸 흘러넘치니
	적의 승리도 끝장이 났구나.

10720

메피스토펠레스 저렇게 희한한 인사를 받으면,
용감히 기어오르던 적들도 혼비백산하겠지.

파우스트 어느새 한 줄기 냇물이 여러 갈래로 도도
히 흘러내리고,
골짜기의 물은 곱절로 불어났도다.
물줄기가 활처럼 휘어 폭포를 이루기도 하고,
갑자기 평평한 암반을 덮치거나
사방팔방으로 거품을 튀기며 흘러
층층이 골짜기로 떨어져 내린다.
영웅답게 용감히 항거한들 무슨 소용이랴?
거센 물결이 그들을 쓸어가 버리는 것을.
저 거친 홍수 앞에선 나도 모골이 송연해
진다.

10725

10730

메피스토펠레스 내겐 이런 물의 속임수가 보이지 않는다.
오직 인간의 눈만이 속게 마련이지.

10735

희한한 광경을 보니 정말 재미있구먼.
놈들이 무더기로 떨어져 내리는군.
저 바보들은 물에 빠졌다고 생각하는 거야.
단단한 땅 위에서도 숨이 찬 듯
헤엄치는 시늉을 하며 우스꽝스럽게 달려
　　가네.　　　　　　　　　　　　　　10740
이젠 어디서나 대혼란이로다.

　　까마귀들이 돌아온다.

고매한 스승님께 너희들을 칭송하마.
하지만 스스로 대가의 솜씨를 시험해 보려
　　거든,
불이 이글대는 대장간으로 급히 달려가거라.
그곳에선 난쟁이 족속들이 지칠 줄 모르고 10745
쇠붙이와 돌을 두드리며 불꽃을 튀기고 있
　　을 게다.
온갖 감언이설로 그들을 설득하여
거룩한 뜻으로 꺼트리지 않고 있는,
반짝이며 타오르는 불씨 하나를 얻어 오너라.
먼 하늘에서 번개가 치고　　　　　　　10750
높이 떠 있는 별이 순식간에 떨어지는 일은
여름밤마다 흔히 일어나는 일이지만,
우거진 숲속에서 번개가 치고

촉촉한 땅 위에서 별이 스치우는 일은
그리 쉽게 볼 수 없으리라.   10755
그러니 너희들은 너무 애쓸 것 없이
처음엔 부탁을 하고, 안 되거든 다음엔 명
　령을 해라.

까마귀들이 사라진다. 지시한 대로 사건이 진행된다.

적들은 짙은 어둠에 휩싸였다!
한 걸음 한 걸음이 불확실하다!
어느 구석에나 도깨비불이 일어나   10760
번쩍번쩍 눈부시게 한다.
모든 게 멋지게 잘되었다.
이번엔 무서운 소리를 들려줘야지.

파우스트 동굴의 무기고에서 나온 빈 갑옷들이
시원한 바람에 기운을 차렸는지   10765
저 위에서 아까부터 덜그럭 삐걱
괴상한 거짓 소리를 내고 있구나.

메피스토펠레스 그렇습니다! 이제 걷잡을 수 없게 되었습
　니다.
그리운 옛 시절에 그랬듯이
벌써 기사들의 치고받는 소리가 들리는군요. 10770
갑옷의 팔가리개와 정강이받이까지도
교황파와 황제파로 나뉘어가지고

끝없는 싸움을 새로 시작하고 있습니다.
대대로 이어받은 정신에 따라 완고하게
어떤 타협도 할 수 없다는 기세입니다.　　　10775
벌써 여기저기서 시끄러운 소리가 들리는
　　군요.
결국 악마들이 축연을 벌일 때마다
파당 간의 증오가 극에 달하여
끔찍한 결과를 초래하지요.
목신(牧神) 판의 참을 수 없이 불쾌한 소리며, 10780
이따금 마왕의 째지는 듯 날카로운 소리가
공포감을 자아내며 골짜기에 울려퍼집니다.

관현악이 전쟁의 소란을 연주한다.
나중에는 경쾌한 군악곡으로 바뀐다.

반역 황제의 천막

옥좌 주위가 사치스럽다. 날치기, 들치기

들치기　그래도 우리가 여기에 제일 먼저 왔군요!
날치기　까마귀도 우리보다 빨리 날아오지는 못할걸.
들치기　어머나! 보물이 여기에 무더기로 쌓여 있
　　군요!　　　　　　　　　　　　　　10785

어디부터 시작하죠? 어디에서 끝내죠?

날치기 온 천막이 가득 찼구나!

무얼 날치기해야 좋을지 나도 모르겠는걸.

들치기 내겐 이 양탄자가 알맞겠어요.

내 잠자리가 형편없을 때가 많았거든요.　　10790

날치기 여기에 강철로 만든 금성봉(金星棒)이 걸려

있군.

이런 걸 난 진작부터 갖고 싶었어.

들치기 금실로 단을 박은 빨간 외투도 있어요.

이런 걸 갖는 게 꿈이었지요.

날치기 (금성봉을 집어들고)

이것만 있으면 문제가 없을 거야.　　10795

적을 때려죽이고 앞으로 나간단 말이지.

넌 많은 걸 들추기만 했지

쓸 만한 건 하나도 챙기질 못했구나.

그런 잡동사니는 제자리에 놔두고

이 궤짝이나 하나 집어가거라!　　10800

이건 병사들에게 줄 급료인데

그 속엔 순금만 들었을걸.

들치기 이건 지독히도 무거운데요!

들 수도 없고 가져갈 수도 없어요.

날치기 얼른 허리를 굽혀! 몸을 숙이란 말이야!　　10805

억센 네 등에 얹혀줄 테니까.

들치기 아이고, 아파! 아이고, 아파, 안 되겠어요!

내 허리가 두 동강이 나겠어요.

궤짝이 떨어지며 뚜껑이 열린다.

날치기 번쩍이는 금화가 무더기로 쏟아지네 —
　　　 냉큼 달려들어 주워담아라!　　　　　　　　10810
들치기 (쪼그리고 앉는다)
　　　 얼른 이 앞치마에 담아주세요!
　　　 이만해도 충분하겠어요.
날치기 그만하면 충분해! 자, 서둘러 가자!
　　　 (들치기가 일어선다)
　　　 아이고, 저런, 앞치마에 구멍이 났구먼!
　　　 가는 곳마다 서는 곳마다　　　　　　　　　10815
　　　 돈을 씨뿌리듯 흘리는구나.
친위병들 (아군 황제의)
　　　 너희들은 이 신성한 장소에서 무엇들 하는
　　　　　게냐?
　　　 어째서 황제 폐하의 보물을 뒤지고 있지?
날치기 우리가 몸뚱이를 팔았으니,
　　　 우리 몫의 전리품을 챙겨야지요.　　　　　　10820
　　　 적군의 천막에선 흔히 있는 일,
　　　 그리고 우리도 군인은 군인이란 말이오.
친위병들 그런 짓은 우리 군대에선 용납되지 않아.
　　　 군인이 도적질을 겸하는 건 있을 수 없어.

우리 폐하께 충성하려는 자는   10825
정직한 군인이어야 해.

날치기 정직이라, 그런 것쯤은 벌써 알고 있소이다.
말하자면 징발이라는 거겠지.
당신들도 모두 같은 짓을 하는 거요.
이리 내놔라! 하는 것이 동업자들의 인사
가 아닐까.   10830

(들치기에게)

자, 가자, 네가 가진 것을 끌고 가라.
여기선 우리가 반가운 손님이 아니다.

(퇴장한다)

첫째 친위병 이보게, 왜 저 뻔뻔스러운 녀석에게
당장 한 방 먹이질 않았지?

둘째 친위병 왜 그런지 힘이 쭉 빠지던걸.   10835
아무래도 도깨비 같은 놈들이야.

셋째 친위병 눈앞이 이상해지면서
가물가물 앞이 보이지 않는 거야.

넷째 친위병 어떻게 말해야 좋을지 모르겠네만,
하루 종일 몹시 무더웠고,   10840
불안하고, 숨이 막힐 정도로 답답했다네.
어떤 놈은 서 있고 어떤 놈은 쓰러지고,
비틀대며 다가가 내리치면,
휘두를 때마다 적병이 쓰러졌지.
눈앞에선 베일 같은 게 어른거리고,   10845

귓속에선 윙윙 쉿쉿 하는 소리만 들렸어.

계속 그런 꼴이었는데, 지금 예까지 와 있

    단 말이야.

나도 어떻게 된 셈인지 모르겠네.

황제가 네 명의 후작들과 등장. 친위병들은 퇴장한다.

황제 어찌 됐건, 전투는 우리의 승리로 끝났다.

적은 산산이 흩어져 들판에서 도망쳐버렸

    도다.   10850

여기 빈 옥좌만 남아 있고, 반역도의 보물은

양탄자에 싸인 채 주위를 비좁게 하고 있다.

우리는 예를 갖춘 친위병들의 호위를 받

    으며,

황제답게 여러 민족의 사신을 기다리고 있

    노라.

각처에서 당도하는 즐거운 소식으로는,   10855

온 나라가 평정되었고 기꺼이 우리에게 귀

    의한다고 한다.

우리의 전투에 요술이 끼어들긴 했지만,

결국 우리는 우리만으로 싸웠던 것이다.

물론 우연이 싸우는 자를 이롭게 할 수도

    있나니,

하늘에서 돌이 떨어지고 적진 위에 피의

비가 내렸으며,   10860

바위동굴 안에서 이상한 굉음이 울려 나와

우리의 사기를 돋워주고 적의 사기를 꺾어
　　주었다.

패자는 쓰러져 영원히 반복되는 조소를
　　받고,

승자는 승리를 뽐내며 신의 축복을 찬양
　　하도다.

명령할 필요도 없이 한마음 되어   10865

이구동성으로 외친다. 〈신이여, 우리는 당
　　신을 찬양합니다!〉

하지만 최고의 은상을 내리기 위해

전에 없이 경건한 시선을 짐의 마음속으로
　　돌리노라.

젊고 활달한 군주는 허송세월을 할 수도
　　있겠으나,

세월이 그에게 순간의 중요함을 가르쳐주
　　는 법인즉   10870

하여, 짐은 지체 않고 왕가와 조정을 위해

그대들 네 공신과 인연을 맺고자 하노라.

(첫째 공신에게)

오, 후작! 그대는 군대를 정비하여 적절하
　　게 배치하고

위급한 순간에 영웅적인 조치를 취해주었소.

시대의 요청에 따라 이제는 평화시의 일을

맡아주오.   10875

그대를 궁내부 장관에 제수하고 이 검을

하사하노라.

궁내부 장관 지금까지 국내의 치안을 맡던 충성스러운

군대가

이제는 국경에서 폐하와 옥좌를 굳게 지키

고 있사오니,

대대로 내려오는 넓은 성채에서 축연을 베

풀 때에는

온갖 성찬을 차리도록 허락해 주옵소서.   10880

신은 빛나는 검을 들고 언제나 모시면서

지존하신 폐하의 곁을 영원히 떠나지 않겠

나이다.

황제 (둘째 공신에게)

용감한 군인이나 마음씨가 온후한 그대는

시종장을 맡아주오. 임무가 쉽지는 않으리다.

궁중에서 일하는 모든 사람들의 우두머리

가 되는 것이오.   10885

그 안에 내분이 생기면 짐에겐 불충한 신

하가 되는 것이니,

경은 왕이건 궁신이건 누구에게나 마음에

들도록

훌륭한 모범을 보여주시오.

시종장 폐하의 크신 뜻 받드는 것이 곧 은총을 받

　　　음이오니

　　착한 자는 돕고 악한 자라도 해치지 않으며, 10890

　　공명하여 술수를 쓰지 않고, 온화하여 기

　　　만하지 않으오리다!

　　소신의 마음 헤아려주옵시면 그것으로 이

　　　미 만족하나이다.

　　그 축연에 대해 소신의 공상을 펼쳐도 되

　　　오리까?

　　폐하께서 성찬에 임하시면, 소신은 황금

　　　대야를 받쳐 들겠나이다.

　　즐거운 시간을 위해 손을 씻으실 때,　　　10895

　　반지를 받아 들고 기쁘게 용안을 우러르

　　　고자 합니다.

황제 축제를 생각하기엔 짐의 기분이 너무 엄숙

　　　하다.

　　하지만 그것도 가하리라! 유쾌한 시작이

　　　될 수 있을 터인즉.

　　(셋째 공신에게)

　　그대를 사옹원정(司饔院正)에 명하노라! 금

　　　후로

　　수렵과 새 기르기 그리고 채원(菜園)의 일

　　　을 맡으라.　　　　　　　　　　　　　　10900

　　매월 생산되는 것 중 어느 때이고

짐이 좋아하는 것을 골라 음식을 준비하라.

사옹원정 어전에 나온 수라상이 폐하의 마음에 드
　　　　실 때까지

엄히 단식함을 소신의 의무로 삼겠습니다.

주방의 하인들과 합심하여서　　　　　　　　10905

먼 곳의 진품을 구하고, 철 이른 성찬도 마
　　련하겠습니다.

폐하께옵선 먼 곳의 철 이른 특산물로 차
　　린 수라상보다

간소하고 영양가 있는 것을 좋아하시는 줄
　　로 압니다만.

황제　(넷째 공신에게)

이제 축연에 관한 이야기를 피할 수 없은즉,

젊은 용사여, 그대에겐 헌주관(獻酒官)을
　　제수하노라.　　　　　　　　　　　　10910

헌주관, 이제부터 우리의 지하실에

좋은 포도주가 가득하도록 유념하라.

하지만 그대 자신은 절제해야 하리니,

기회의 유혹을 받아 흥취가 지나쳐서는
　　안 될 것이야!

헌주관　폐하, 젊은이라도 신임을 얻게 되면,　　10915

아무도 모르는 새 어른으로 성장하는 법
　　입니다.

소신도 저 화려한 축연을 상상해 보겠습니다.

어전의 연회엔 금과 은으로 된

온갖 화려한 식기들로 장식하고,

폐하를 위해선 아름답기 그지없는 술잔을

   준비하겠습니다.   10920

반짝이는 베니스의 술잔으로, 그 속에 쾌

   락이 숨어 있어,

술맛은 돋우나 취하게는 않사옵니다.

그런 경이로운 보물에 사람들은 지나치게

   의지하나

폐히께옵선 절제하시어 부디 옥체를 보존

   하소서.

황제 이 엄숙한 순간에 짐이 말하고자 했던 것을 10925

   경들은 확신 속에 믿을 만한 입을 통해 들

   었으리라.

황제의 말은 위대하여 하사한 것들은 틀림

   이 없도다.

하지만 그것을 보증하려면 기품 있는 서류와

서명이 필요한 법. 그런 형식을 갖추기 위해

마침 알맞은 때에 적임자가 나타나는군.   10930

대주교 겸 대재상이 등장한다.

황제 둥근 천장의 큰 건물도 종석(宗石)에 의지

   하면

언제까지나 안전히 서 있을 수 있거니,
여기 네 사람의 공신을 보시오! 우리는 우선
황실과 궁궐의 보전을 위해 필요한 바를
　의논하였소.
이제 나라 전체를 보호하는 일은　　　　　　10935
그대 다섯 사람에게 굳게 믿고 맡기겠노라.
경들의 봉토는 다른 누구의 것보다 빛날
　것인즉,
우리를 배반한 자들의 영토로써
경들이 소유할 땅의 경계를 넓혀주겠다.
충성스러운 그대들에게 많은 옥토와　　　　10940
기회 닿는 대로 귀속, 매입, 교환을 통해
확장해 나갈 수 있는 권리를 부여하노라.
또한 그대들 영주의 권한에 속하는 것은
지장 없이 행사할 수 있도록 분명히 허락
　하노라.
재판관으로서 그대들은 최종 판결을 내려
　도 좋으리라.　　　　　　　　　　　　10945
그대들의 지고한 권위 앞에선 상고(上告)
　하는 일도 가당치 않다.
또한 세금, 임대료, 헌납물, 소작료, 통행세,
　관세,
채광권, 제염권, 화폐주조권도 경들에게
　속한다.

이것은 과인의 고마운 마음을 완전히 나
　　타내어

경들의 지위를 황제의 바로 아래까지 끌어
　　올리려 함이로다.　　　　　　　　　　10950

대주교　저희 모두의 이름으로 폐하께 심심한 감사
　　를 올리나이다!

신 등을 강하고 견고하게 하심은 바로 폐
　　하의 권위를 강화하는 것이옵니다.

황제　그대들 다섯 공신에게 더 높은 권리를 부
　　어하겠다.

짐은 아직 나라를 위해 살고 앞으로도 그
　　렇게 살고 싶지만,

존엄한 선조 대대의 사슬은 사려 깊은 눈
　　길을　　　　　　　　　　　　　　　　10955

현세의 성급한 공명심에서 미래의 위험으
　　로 돌리게 하는구려.

언젠가는 짐도 충성스러운 신하들과 헤어
　　질 때가 올 것이니,

그때 후계자를 뽑는 일은 경들의 의무로다.

대관식을 거행해 후계자를 신성한 제단에
　　오르게 하고,

현금의 소란한 세상을 평화롭게 끝내도록
　　하시오.　　　　　　　　　　　　　　10960

대재상　깊은 가슴속엔 긍지를 품었으되 겸손한 태

도로

지상에서 제일가는 제후들이 어전에 허리
   굽혀 섰나이다.

충성스러운 피가 혈관 가득히 흐르고 있
   는 한,

신들은 폐하의 뜻대로 경쾌하게 움직이는
   몸이옵니다.

황제 그럼, 마지막으로 우리가 지금껏 이야기했
   던 것을   10965

훗날을 위해 문서와 서명으로 보증하겠노라.

경들은 영주로서 자신의 영토를 자유롭게
   다스릴 수 있지만,

그것을 분할하지 않겠다는 조건을 달도록
   하라.

과인에게서 받은 것을 얼마든지 증대시킬
   수 있지만

그것을 전부 장남에게 물려주어야 할 것이
   니라.   10970

대재상 국가와 신들의 복지를 위한 이 중요한 규
   정을

소신은 곧 기꺼이 양피지에 기록하겠나이다.

정서와 봉인은 관방(官房)에 시켜 작성케
   하겠사오니

폐하께선 거룩하신 서명으로 확인해 주옵

소서.

황제 그러면 모두 물러가시오. 이 중요한 날 　　　10975
　　　 모두들 마음을 가다듬고 심사숙고해 보도
　　　 록 하시오.

　　　 세속의 제후들 물러간다.

대주교 (남아서 비장한 어조로 말한다)
　　　 재상으로선 물러났으나, 주교로서 남아
　　　 폐하의 귓전에 진지한 간언을 드리고자 합
　　　 니다!
　　　 어버이 같은 이 마음이 폐하에 대한 근심
　　　 으로 가득 차 있나이다.

황제 이 즐거운 날 무엇이 그리 불안하오? 말해
　　　 보시오! 　　　　　　　　　　　　 10980

대주교 폐하의 지극히 거룩한 머리가 이 시간에도
　　　 악마와 결탁하고 있다는 것이 심히 괴롭습
　　　 니다!
　　　 겉보기엔 안전히 옥좌에 앉아 계시지만,
　　　 유감스럽게도 주님이신 신과 아버지이신
　　　 교황을 모독하는 것입니다.
　　　 만약 교황께서 이 사실을 아신다면 당장
　　　 벌을 내리시어, 　　　　　　　　　 10985
　　　 그 신성한 빛으로 죄 많은 나라를 파멸시

킬 것입니다.

교황께서는 아직도 폐하의 대관식 날

그 마술사를 방면하신 일을 잊지 않고 계
  십니다.

폐하의 관으로부터 첫 은총의 빛이

저주받은 자의 머리 위에 떨어진 것은 기
  독교에 대한 모독이었나이다.　　　　　10990

그러니 가슴을 쳐 속죄하시고, 죄 많은 행
  운 가운데

얼마간의 기부금이라도 즉시 성스러운 사
  원에 헌납하십시오.

폐하의 천막이 세워졌던 저 넓은 구릉지대엔

악마들이 폐하를 지키려고 운집했었고,

폐하께서도 가짜 제후들의 말에 귀를 기
  울이셨나이다.　　　　　　　　　　　10995

속죄하기 위해 이 땅을 경건하게 기부하옵
  소서.

아득히 뻗어나간 산과 울창한 삼림,

푸른 초원으로 뒤덮인 기름진 언덕,

물고기들 가득한 맑은 호수, 급히 감돌면서

골짜기로 떨어지는 무수한 개울들,　　　11000

초원과 평원과 협곡을 끼고 있는 저 넓은
  골짜기를 기부하십시오.

이렇듯 속죄하면 은총을 받게 될 것입니다.

황제   엄청난 과실로 인해 짐은 깊이 놀라고 있소.

　　　그 땅의 경계는 경의 재량에 맡기겠노라.

대주교 우선 죄를 저질러 부정해진 그 장소를   11005

　　　지고한 신에게 바치겠다고 공고하소서.

　　　그러면 마음속에 견고한 벽들이 솟아오르고,

　　　아침햇살이 어느새 성소(聖所)를 비추며,

　　　커져가는 건물이 십자형으로 넓어져

　　　높아지는 본당(本堂)이 신도들의 기쁨을

　　　　더해줄 것이며,   11010

　　　그들은 열렬한 마음으로 거룩한 문으로 몰

　　　　려들 것입니다.

　　　최초의 종소리가 산과 골짜기에 울려퍼지고,

　　　하늘에 닿을 듯 높은 탑에서 종소리 울려

　　　　오면,

　　　참회자들이 새로운 삶을 찾아 몰려들 것입

　　　　니다.

　　　그 장엄한 헌당식은—그날이 빨리 왔으면! — 11015

　　　폐하의 참석으로 무한한 영광을 누릴 것입

　　　　니다.

황제   그렇듯 큰 공사(工事)는 경건한 신앙심을

　　　　알릴 수 있고,

　　　주님을 찬양해 짐의 허물을 사할 수 있으

　　　　리라.

　　　그것으로 족하오! 짐의 마음 벌써 고양됨

을 느끼겠노라.

대주교 그럼 재상으로서 결재와 형식적 절차를 추
진하겠나이다.   11020

황제 교회에 기부한다는 형식적 문서를 제출하라.
짐은 기쁜 마음으로 서명하겠노라.

대주교 (하직하고 나가려다 입구에서 돌아서며)
그뿐만 아니라 지금 건축될 교회에 대하여
십분의 일세, 임대료, 헌납금 등 일체의 수
익을 영구히 헌납하소서.
품위를 유지하는 데 많은 돈이 필요하고,   11025
알뜰히 관리하는 데도 막대한 비용이 들
것입니다.
저 같은 황무지에 급한 공사를 하는 것이
오니,
폐하의 전리품 중 얼마간의 황금을 내어
주옵소서.
그 밖에 꼭 필요한 것을 말씀드린다면,
먼 지방의 목재와 석회, 석판 등입니다.   11030
운반은 설교단에서 지도하여 백성들이 하
도록 하겠으며,
교회는 봉사하는 자들에게 축복을 내릴
것입니다.

(퇴장한다)

황제 내가 짊어진 죄가 크고 무겁구나.

그 불쾌한 마술사가 내게 큰 해를 끼쳤도다.

대주교 (다시 돌아와 깊이 머리를 숙이면서)

황공하옵니다, 폐하! 그 평판이 몹시 나쁜

사나이[12]에게   11035

이 나라의 해안지대를 모두 하사하셨사온

데, 뉘우치는 뜻으로

폐하께서 그 땅의 십분의 일세, 임대료, 헌

납금, 수익세 등을 거둬

거룩한 교회에 바치지 않으면 그자는 파문

당할 것이옵니다.

황제 (불쾌하게) 그 땅은 아직 있지도 않아. 바닷

속에 잠겨 있단 말이다.

대주교 권리와 인내심을 가진 자에겐 언젠가 때가

오는 법입니다.   11040

소신들은 폐하의 말씀이 효력을 발생한 것

으로 믿겠나이다!

황제 (혼자서) 이러다간 머잖아 온 나라를 다 넘

겨줘야 하겠군.

---

12) 파우스트를 가리킨다.

5막

주위가 훤히 트인 고장

나그네 그렇다! 바로 저것이다. 짙은 잎새의 보리
　　　수가
　　　저기 억센 노목으로 서 있다.
　　　오랜 방랑 후에　　　　　　　　　　　　11045
　　　저것을 다시 찾게 되었구나!
　　　폭풍에 날뛰는 성난 파도가
　　　날 저 모래언덕에 내던졌을 때,
　　　날 구해준 저 오두막집,
　　　옛날 그 장소 그대로 있구나!　　　　　　11050
　　　저 집 주인에게 축복을 드리고 싶다.
　　　남을 돕기 좋아하는 착실한 부부였지.
　　　그때 이미 늙었었는데

오늘 다시 만날 수 있을까?

아아! 정말 경건한 사람들이었어! 11055

문을 두드릴까? 불러볼까? ─ 안녕들 하십

니까?

오늘도 다정히 손님을 맞으며

선행의 기쁨을 누리고 계시겠지요!

바우치스 (할머니. 매우 늙었다) 어서 와요, 손님! 조용

히! 조용히!

영감이 주무시니 가만히 들어와요! 11060

늙은이는 잠을 실컷 자면

잠깐 깨어 있는 동안에도 일을 빨리 한다오.

나그네 그런데 할머니, 말씀해 보세요.

아직 인사를 드리지 못했지만,

언젠가 영감님과 함께 11065

젊은이의 목숨을 구해주신 그분이시죠?

다 죽어가던 제 입안에

서둘러 생기를 불어넣어 주신 바우치스 할

머니시죠?

그녀의 남편 등장

당신이, 그리도 기운차게 저의 보물을

바다에서 건져주신 필레몬이시죠? 11070

재빨리 피워주신 불길,

412

낭랑히 울려주시던 종소리.

저 무서운 조난의 뒤처리를

두 분께서 맡아주셨지요.

이제 다시 밖으로 나가   11075

무한한 바다를 보게 해주세요.

무릎을 꿇고 기도하게 해주세요.

너무나 가슴이 벅차오르는군요.

　　　　　　　　　(모래언덕을 향해 걸어간다)

필레몬 (바우치스에게) 싱싱한 꽃들이 만발한 정원에

서둘러 식탁을 차리도록 하오.   11080

저 사람은 뛰어다니며 놀라게 내버려둡시다.

눈에 보이는 게 믿어지지 않을 테니까.

　나그네 곁에 나란히 서면서

파도에 파도가 사납게 거품을 내며,

그대를 무섭게 괴롭혔었지.

이제는 천국 같은 모습으로   11085

그대를 맞이하는 정원이 된 것을 보시오.

나도 이제 나이 들어 전과 같이

직접 도와줄 수는 없지만,

나의 힘이 쇠약해지듯

파도 역시 멀리 물러가 버렸소.   11090

현명한 영주님의 대담한 신하들이
도랑을 파고 둑을 쌓아
바다의 세력권을 좁혀놓고는
그 대신 자기가 주인이 되려고 하지요.
보시오, 저 푸르게 연이은 초원과   11095
목장과 정원, 마을과 삼림을 ―
하지만 곧 해가 질 테니
들어가 뭘 좀 들기로 합시다 ―
저 멀리 움직이는 돛단배들
밤을 지낼 휴식처를 찾는 게라오.   11100
새도 자기 보금자리를 알고 있듯이
저곳이 이젠 항구가 된 거지요.
먼 곳에 보이는 건
바다의 푸른 언저리뿐이지만,
그 광활한 지역의 좌우에는   11105
사람들이 빽빽이 들어서 산답니다.

세 사람, 정원의 식탁에 앉는다.

바우치스 왜 아무 말도 없으신가요?
시장하실 텐데 들지도 않고?
필레몬 이분이 그 기적에 대해 알고 싶은 모양이니,
애기를 좋아하는 당신이 좀 들려드리구려.   11110
바우치스 좋아요! 그건 정말 기적이었어요!

지금도 그 생각에 가슴이 뛴답니다.

아무튼 이 모든 일이

정상적인 게 아니었으니까요.

필레몬 이 해안을 그분에게 하사하신 황제께서   11115

그런 죄를 지을 리가 있겠소?

전령관이 나팔을 불어대면서

그 일을 알리지 않았겠소?

우리 집 언덕에서 멀지 않은 곳에

첫 공사가 시작된 것이오.   11120

천막을 친다, 오두막을 짓는디! 히더니 어

   느새

푸른 숲속에 대궐이 세워졌다오.

바우치스 낮에는 궁노들이 괭이와 삽을 들고

뚝딱뚝딱 공연히 소란만 피우는데,

밤이 되면 작은 불꽃들이 떼지어 우글대

   지만,   11125

다음날엔 벌써 둑이 하나 되어 있더란 말

   예요.

사람 제물을 바쳐 피를 흘린 게 틀림없어요.

밤이면 고통에 찬 울부짖음이 들렸거든요.

활활 타는 불꽃이 바다 쪽으로 흘러들면,

아침엔 버젓이 운하가 생겨나는 거예요.   11130

그는 신도 두렵지 않은 양

우리의 오두막과 숲까지 탐내고 있어요.

그런 이웃이 기세를 부리고 있으니,

우리야 그저 굽실거릴 수밖에요.

필레몬   그래도 그분은 제안했지요.   11135

새로운 땅의 훌륭한 토지로 보상하겠노라고!

바우치스   매립지 따위를 믿어선 안 돼요.

정든 이 언덕을 고집해야 돼요!

필레몬   자, 우리 예배당 쪽으로 가서

마지막 햇빛을 바라봅시다!   11140

종을 울리고 무릎 꿇어 기도하면서

예부터의 신에 의지합시다!

궁전

넓은 유원지, 똑바로 뚫린 커다란 운하.

아주 늙은 파우스트, 생각에 잠겨 거닐고 있다.

망루지기 린케우스[1]   (메가폰을 사용하여) 해가 지자 마지막

배들이

---

1) 3막 파우스트 성의 망루지기와 동명(同名)이나 같은 인물로 생각할 필
요는 없다. 다만 멀리 내다볼 수 있는 날카로운 눈을 지녔다는 점에서 공통
된다.

기운차게 항구로 들어온다.

커다란 배 한 척이 운하를 따라 11145

이쪽으로 들어올 참이군.

오색 깃발이 즐겁게 휘날리고,

튼튼한 돛대는 만반의 준비를 갖추고 있구나.

행운이 반겨주는 이 귀한 순간에

그 배를 탄 사공은 축복을 받으리라. 11150

종소리가 모래언덕에서 울려온다.

파우스트 (깜짝 놀라며) 저주스러운 종소리로다! 음
흉한 화살처럼

너무나 심한 상처를 주는구나.

눈앞의 내 영토는 무한히 넓은데,

등 뒤에선 불쾌감이 나를 우롱하고,

시샘하는 종소리가 이런 생각을 불러일으
킨다. 11155

내 훌륭한 영토도 완전치가 못하다.

저 보리수 언덕, 갈색의 오두막,

무너져가는 교회당도 내 것이 아니다.

그곳에서 쉬고자 해도

낯선 그림자들 때문에 오싹 소름이 끼친다. 11160

저것은 눈에 가시요 발바닥의 가시로다.

오오, 여기에서 멀리 떠났으면 좋겠다!

망루지기 (전과 같이) 오색 찬란한 배가 상쾌한 저녁
　　　　바람에 실려
　　　　즐겁게 이쪽으로 달려온다!
　　　　저렇게 빠른 배에 궤짝이며 상자며 자루
　　　　들이　　　　　　　　　　　　　　　　11165
　　　　어쩌면 저리도 높다랗게 쌓였을까?

호화로운 배. 갖가지 외국산 물품이 풍부하고 다채롭게 실려 있다.
　　　메피스토펠레스와 세 명의 힘센 장정들

합창　　자, 상륙이다.
　　　　벌써 도착했다.
　　　　우리의 보호자이신
　　　　주인님께 행운 있으라!　　　　　　11170

그들은 배에서 내려 화물을 육지로 운반한다.

메피스토펠레스　이만하면 우리 실력이 증명된 셈이지.
　　　　주인님께서 칭찬만 해주신다면 만족이다.
　　　　단 두 척의 배로 떠났던 우리가
　　　　스무 척이 되어 항구로 돌아왔다.
　　　　우리가 얼마나 큰일을 했는가는　　　11175
　　　　싣고 온 짐을 보면 알 거야.
　　　　자유로운 바다에선 정신도 자유스러워지

는 법,

　　　사리분별 따위가 무슨 소용이랴!

　　　다만 날쌔게 잡아채면 그만이지.

　　　물고기도 잡고 배도 잡는 거야.　　　　　　　11180

　　　우선 배 세 척을 수중에 넣은 다음

　　　네번째 배는 갈고리로 낚는 거지.

　　　그러면 다섯번째 배인들 별수 있겠어.

　　　힘이 곧 정의인 것을.

　　　무엇을 잡느냐가 문제지, 어떻게는 알 바

　　　　　아니야.　　　　　　　　　　　　　11185

　　　내가 풋내기 항해사라면 모를까.

　　　전쟁과 무역과 해적질은

　　　떼어놓을 수 없는 삼위일체인 것을.

세 명의 힘센 장정들 감사도 없고 인사도 없군!

　　　　인사도 없고 감사도 없군!　　　　　　11190

　　　　마치 우리 주인님께

　　　　냄새나는 물건이라도 가져온 건가.

　　　　주인님께선 얼굴을

　　　　마냥 찡그리시니,

　　　　왕가의 보물인들　　　　　　　　　11195

　　　　마음에 들겠어?

메피스토펠레스 　　그 이상의 보상은

　　　　기대하지 말아라.

　　　　너희들 몫은 그래도

챙기지 않았더냐? 11200

장정들 그것은 고작

심심풀이에 불과하오.

우리들 모두

똑같은 몫을 바라오.

메피스토펠레스 우선 저 위편 11205

즐비한 방마다

값진 물건들을

모조리 늘어놓아라!

주인님께서 납시어

풍성한 보화를 보시고 11210

모든 걸 자세히

헤아려보시면,

필경 인색한 짓은

안 하실 것이며,

선원들에겐 연이어 11215

잔치를 베푸실 게다.

내일은 예쁜 계집들이 올 것인즉

내가 알아서 최선을 다하겠다.

짐들이 운반된다.

(파우스트에게) 당신은 이마를 찌푸린 채

어두운 눈빛으로

당신의 행운에 대해 듣고 계시는군요.   11220
높은 지혜가 좋은 열매를 맺어
해안과 바다가 화해를 하였소이다.
바다는 해안의 배들을 맞아
기꺼이 빠른 뱃길을 마련해 줍니다.
그런즉, 여기 이 궁전으로부터   11225
당신의 팔이 온 세계를 껴안은 셈이지요.
이 장소에서 공사가 시작되어
첫번째 판잣집이 세워졌었죠.
기느디랗게 파나가던 도랑에
이제는 노(櫓)가 부지런히 물을 튀깁니다.   11230
당신의 높은 뜻과 신하들의 부지런함이
바다와 육지의 영광을 획득한 것입니다.
이곳으로부터—

파우스트   하지만, 저주스러운 곳이다!

바로 이곳이 참을 수 없도록 날 괴롭히고
　있다.
만사에 능한 자네에게 고백하거니와   11235
내 가슴을 쿡쿡 찌르는 것이 있어,
그것을 도저히 참을 수가 없다!
이런 말 하는 것이 부끄럽지만,
저 언덕 위의 노인들을 몰아내고
보리수 그늘을 내 자리로 삼고 싶다.   11240
내가 갖지 못한 저 몇 그루 나무들이

세계를 차지한 보람을 망치고 있구나.
저곳에서 사면을 둘러보도록
나뭇가지 위에 발판을 만들고 싶다.
멀리까지 시야가 터지게 해서   11245
내가 이룬 모든 것을 바라보겠다.
현명한 뜻으로 백성을 위해
넓은 복지의 땅을 마련해 준
인간 정신의 걸작품을
한눈에 둘러보고 싶단 말이다.   11250

부유한 가운데 결핍을 느낀다는 건
우리의 고통 중에 가장 혹독한 것이다.
저 종소리와 보리수 향기
교회와 무덤 속인 양 나를 휩싸는구나.
더없이 강력한 의지의 선택도   11255
이 모래에 부딪히면 산산이 부서진다.
어찌하면 마음속에서 몰아낼 수 있으랴!
저 종소리 울리면 미칠 것만 같구나.

메피스토펠레스 당연한 일이지요! 그렇듯 큰 근심이 있고
　　　서야
인생이 어찌 쓰디쓰지 않겠소이까.   11260
누가 부인하겠습니까! 저런 종소리라면
어떤 고귀한 귓전에도 불쾌하게 울릴 것입
　　　니다.

저 빌어먹을 딩, 뎅, 동 소리는
명랑한 저녁하늘을 안개로 감싸버립니다.
세례를 받은 후 장례식에 이르기까지   11265
온갖 세상일에 끼어들지요.
인생이란 마치 딩, 뎅, 동 사이에서
한바탕 허전한 꿈이란 듯이.

파우스트 반항과 고집에 부딪히면
화려한 성공도 꺾이게 마련이다.   11270
고통이 너무 깊고 지독하면,
정의로우려는 마음도 지치고 만다.

메피스토펠레스 도대체 여기서 뭘 주저하고 계십니까?
일찌감치 매립지로 이주시켰어야 했어요.

파우스트 그럼 자네가 가서 그들을 몰아내 주게! —   11275
내가 저 늙은이들을 위해 골라놓은
좋은 땅을 알고 있겠지.

메피스토펠레스 저들을 번쩍 들어다 내려놓으면 되지요.
뒤도 돌아보기 전에 다시 일어서겠지만 말
   예요.
하지만 강제로 이사를 당했더라도   11280
훌륭한 거처를 보면 화가 풀릴 겁니다.

날카롭게 휘파람을 분다. 세 장정이 나타난다.

자, 오너라, 주인님의 분부대로 거행하여라.

내일은 선원들의 잔치가 있을 것이다.

세 장정 늙은 주인님께서 우리를 소홀히 하셨는데,

푸짐한 잔치가 당연히 있어야죠.   11285

메피스토펠레스 (관객을 향해) 옛날에 있었던 일이 여기서

일어나는군요.

나봇의 포도밭²⁾이라는 게 벌써 있었지요.

(「열왕기상」 21장)

깊은 밤

망루지기 린케우스 (성의 망루 위에서 노래를 부르며)

보기 위해 태어나

살피라는 분부 받고,

망루에 맹세하니   11290

세상이 좋기도 하구나.

먼 곳을 바라보고

가까운 곳도 살펴보며,

달이며 별이며

숲이며 노루도 본다.   11295

삼라만상 속에서

---

2) Naboths Weinberg. 『구약성서』 「열왕기」에 나오는 내용. 사마리아 왕 아합이 궁전 옆에 있는 나봇의 포도밭을 강제로 빼앗는 이야기.

영원한 장식 보노라니,

만물이 내 마음에 들 듯

나도 내 맘에 드는구나.

복 받은 두 눈아,   11300

너희들이 지금껏 본 것은

그것이 무엇이든 간에

정말로 아름다웠다!

　　　사이

나 혼자만 즐거우려고

이 높은 곳에 있는 게 아니다.   11305

얼마나 무서운 공포가

어둠의 세계로부터 엄습해 오는지!

보리수의 짙은 어둠으로부터

불꽃이 튀어오름을 느끼겠구나.

몰아치는 바람에 휩쓸려   11310

불길은 더욱 세차게 넘실거린다.

아! 이끼 끼어 촉촉하게 서 있던

숲속의 오두막이 불타는구나.

재빨리 손을 써야겠는데

구할 길이 전혀 없다.   11315

아! 선량한 노부부

그렇듯 불조심하였건만

이제 화염의 희생물이 되는가!
이 무슨 끔찍한 재앙이랴!
불길 넘실대자 검은 이끼의 집   11320
시뻘건 화염 속에 휩싸인다.
저 난폭한 지옥의 불길에서
착한 부부만이라도 살아났으면!
잎새와 나뭇가지 사이로
밝은 불길이 혀를 날름거린다.   11325
바싹 마른 가지 훨훨 타올라
시뻘건 불덩이 되어 떨어진다.
내 눈으로 이걸 보아야 하다니!
어이하여 멀리 보는 눈을 가졌던가!
나뭇가지 떨어져 내리는 무게로   11330
교회당이 함께 무너진다.
뾰족한 불길 날름거리며
나무 끝까지 친친 감아버렸다.
텅 빈 줄기는 그 뿌리까지
시뻘건 화염 속에 이글거린다.   11335

　　오랜 휴식, 노랫소리

언제나 내 눈에 정다웠던,
수백 년 묵은 나무들이 사라졌구나.

파우스트 (발코니 위에서 모래언덕을 향해)

저 위에선 웬 구슬픈 노랫소리냐?

말과 노래도 이젠 너무 늦었다.

망루지기가 슬퍼하지만, 나도 마음속으로는 11340

참을성 없는 행동에 화가 치민다.

하지만 보리수나무 숲이 황폐해져

반쯤 숯검정이 되었으니,

그곳에 곧 전망대를 세워

한없이 먼 곳까지 볼 수 있게 하겠노라. 11345

저 늙은 부부가 들어가 살

새 보금자리 또한 보이는구나.

그들은 관대한 배려에 감동하여

여생을 즐겁게 보낼 수 있겠지.

메피스토펠레스와 세 장정 (아래쪽에서)

저희들은 전속력을 다해 질주해 왔습니다. 11350

용서하십시오! 일이 원만하게 처리되지 못

　했습니다.

두드리고 또 두드렸지만,

어디 문을 열어주어야 말이죠.

문을 흔들면서 계속 두드려대니까

썩은 문짝이 그대로 넘어집니다. 11355

아무리 고함을 지르고 위협해도

들어줄 생각이 전혀 없는 겁니다.

이런 경우에 흔히 그렇듯이

듣지도 않고 들으려고도 않았습니다.

하지만 저희는 지체하지 않고 11360

당장 그들을 몰아내 버렸지요.

부부는 별로 괴로워하지는 않았지만,

놀란 나머지 정신을 잃고 쓰러졌어요.

거기 숨어 있던 나그네 한 놈을

싸우려고 덤비기에 해치워버렸죠. 11365

잠깐이지만 맹렬히 싸우는 동안

숯불이 흩어지며 짚에 옮겨붙었어요.

그러자 불길이 마구 타올라

그 세 사람은 화형(火刑)당한 꼴이 되었습

니다.

파우스트 너희들은 내가 말할 때 귀가 먹었었느냐? 11370

바꾸려고 했지, 빼앗으려던 게 아니었다.

그렇듯 무모한 짓을 하다니 저주스럽구나.

이 저줄랑 네놈들 셋이 나누어 가져라!

합창 예부터 전해오는 말이 들려오누나.

폭력에는 순순히 복종하라! 11375

네가 용감하여 견디어낼 양이면,

집과 땅—그리고 네 자신까지 걸어야 하

리라.

(퇴장)

파우스트 (발코니 위에서) 별들도 반짝이던 빛을 감

추고,

428

불길은 사그라져 모닥불이 되었군.

한 줄기 삭풍이 그것을 부채질하여   11380

연기와 냄새를 내게로 날려 보낸다.

명령도 조급했고, 행동도 성급했다!

그림자처럼 흔들대며 다가오는 저것이 무

　엇일까?

한밤중

회색의 네 여인이 등장한다.

첫째 여인 　내 이름은 결핍이에요.

둘째 여인 　　　　　　　　나는 죄악이라고 해요.

셋째 여인 　내 이름은 근심이에요.

넷째 여인 　　　　　　　　나는 곤궁이라고 하

　　　고요.   11385

셋이 함께 　문이 닫혀서 들어갈 수 없군요.

　　　안에는 부자(富者)가 살고 있어서 들어가

　　　기 싫네요.

결핍 　그럼 난 그림자가 되겠어.

죄악 　　　　　　　　난 없어져야지.

곤궁 　사치에 젖은 얼굴은 날 싫어하는데.

근심 　언니들은 들어갈 수도 없고, 들어가서도

안 돼요. 11390

근심인 나는 열쇠구멍으로 살짝 들어가지
만요.

(사라진다)

결핍 회색의 자매들, 여기서 물러납시다.

죄악 난 네 곁에 바짝 붙어 다니겠다.

곤궁 난 네 발꿈치만 따라다니마.

셋이 함께 구름이 흘러오자 별들이 사라졌어요! 11395

저기 저 뒤 멀고 먼 곳에서

그가 와요. 오빠가 저기 와요―죽음 말예요.

파우스트 (궁전 안에서) 넷이 오는 걸 봤는데, 셋만
가는구나.

그들이 하는 말을 이해할 수가 없었다.

귓전에 남은 여운은 곤궁이었는데, 11400

뒤따르는 음울한 운자(韻字)는―죽음이었다.[3]

그것은 공허하고, 유령처럼 둔중하게 울렸다.

아직도 나는 자유의 경지까지 나아가지
못했다.

내 가는 길에서 주술(呪術)을 완전히 제거
하고,

주문 따위를 완전히 잊을 수 있다면, 11405

자연이여, 내가 한 남자로 그대 앞에 마주

---

3) 독일어로 곤궁은 Not(노트)이고, 죽음은 Tod(토트)이니 각운이 맞는다.

설 수 있다면,

인간이 되려는 노력에 보람이 있으련만.

무엄한 말로 나와 세계를 저주하고,

어둠 속에서 마법을 찾기 전까지 나도 그

    랬었다.

이제 공중에 저런 요귀들 가득하니,   11410

어떻게 그것에서 벗어날지 알 길이 없구나.

비록 낮은 우리에게 밝은 이성의 웃음을

    던져주지만

밤은 우리를 악몽의 그물 속에 옭아넣는다.

싱싱한 초원에서 즐거운 마음으로 돌아오면,

새가 운다. 뭐라고 울지? 재앙이라고 운다.   11415

밤낮 미신에 얽매여 살다 보니

허깨비가 보이고, 조짐이 나타나고, 경고를

    한다.

이렇게 우리는 겁에 질린 채 홀로 서 있는

    것이다.

문이 삐걱거렸는데 아무도 들어오지 않는군.

(몸을 떨면서)

게 누구 왔느냐?

근심   그 물음엔 〈네〉라고 대답해

    야겠군요.   11420

파우스트 그런데 너는 대체 누구냐?

근심	일단 여기 온 사람이죠.

파우스트 물러가거라!

근심	올 곳에 와 있는데요.

파우스트 (처음에는 화를 내다가 다음엔 진정하고 혼잣말로)

조심해서 주문 따위는 외우지 말아다오.

근심	내 목소리, 귀에는 들리지 않아도

마음속엔 쟁쟁히 울릴 거예요.　　　　　　　11425

온갖 형상으로 바뀌면서

나는 무서운 힘을 발휘한답니다.

오솔길에서나 파도 위에서나

영원히 불안한 길동무지요.

찾지 않아도 항상 나타나　　　　　　　　　11430

저주를 받지만 아첨도 받는답니다―

당신은 아직 근심을 모르셨나요?

파우스트 나는 오로지 세상을 줄달음쳐 왔을 뿐이다.

온갖 쾌락의 머리채를 붙잡았지만,

흡족하지 않은 것은 놓아버리고,　　　　　11435

빠져나가는 것은 내버려두었다.

나는 오직 갈망하면서 그것을 성취했다.

또한 소망을 품고 기운차게

평생을 질주해 왔다. 처음엔 원대하고 힘차게,

지금은 현명하고 사려 깊게 해나간다.　　　11440

지상의 일은 낱낱이 알고 있지만,

천상을 향한 전망은 끊어져버렸다.

눈을 꿈벅거리며 하늘을 향해

구름 속의 자신을 꿈꾸는 자는 바보로다!

이곳에 굳건히 서서 주위를 둘러볼 일이다. 11445

유능한 자에게 이 세상은 침묵하지 않으리라.

무엇 때문에 영원 속을 헤맬 필요가 있을까!

인식한 것은 손아귀에 잡을 수 있는 법,

이렇게 지상의 나날을 보내는 게 좋으리라.

도깨비들 날뛰어도 내 갈 길만 가면 된다. 11450

어떤 순간에도 만족을 모르는 자,

그가 나아가는 길엔 고통도 행복도 함께

  있겠지!

근심 누구든 내게 한번 붙잡히면,

온 세상이 쓸모없게 되지요.

영원한 어둠이 내리덮여서   11455

해는 뜨지도 지지도 않고,

외부의 감각이 완전하다 해도

내부엔 어둠이 자리잡게 됩니다.

온갖 보화 중 어느 것 하나도

제 것으로 소유할 수 없어요.   11460

행복도 불행도 시름이 되어

풍족한 속에서도 굶주리게 되지요.

환희든 고뇌든 간에

다음날로 밀어젖히고,

그저 앞날만을 고대할 뿐 11465

결코 아무것도 이루질 못해요.

파우스트 닥쳐라! 그 따위에 난 꿈쩍도 않는다!

그런 허튼소리는 듣고 싶지도 않다.

썩 꺼져라! 그 고약한 푸념을 계속 늘어놓

으면,

아무리 영리한 자도 넘어가기 십상이겠다. 11470

근심 가야 할까, 와야 할까?

그런 자는 결단을 내리지 못해요.

훤히 트인 길 한복판에서도

갈팡질팡 뒤뚱거리지요.

길을 잃고 점점 깊이 들어가 11475

온갖 것을 다 비뚜로 보는 거예요.

자신과 타인의 성가신 짐이 되어

숨을 쉬면서도 질식할 지경이지요.

숨막혀 죽지는 않으나 생기가 없고,

절망은 않으나 몰두할 수가 없어요. 11480

이렇게 줄곧 굴러만 다닐 뿐,

그만두자니 괴롭고 억지로 하자니 불쾌

한 거지요.

때로는 해방되고 때로는 억압당하며,

자는 듯 마는 듯 몽롱한 상태로

꼼짝없이 제자리에 못 박힌 채 11485

이제 지옥 갈 준비나 하는 거지요.

파우스트 못된 유령들아! 너희들은 그런 수작으로

천번 만번 인간을 괴롭히고 있구나.

아무 탈 없는 나마저 너희들은

그물에 얽힌 고통의 불쾌한 혼란으로 바꿔

　　놓았다.　　　　　　　　　　　　　　11490

악령에게서 벗어나기 어려움을 나도 안다.

정령과 맺은 엄한 유대는 풀 수가 없다.

하지만 근심이여, 살며시 기어드는 그 큰

　　힘을

나는 결코 인정하지 않겠다.

근심　　저주의 말과 함께 재빨리　　　　　11495

당신을 떠날 때, 내 위력을 알 거요!

인간이란 한평생 앞을 보지 못하니,

파우스트, 당신도 이제 장님이 되세요!

파우스트에게 입김을 내뿜는다.

파우스트 (눈이 먼다) 밤이 점점 깊어가는 것 같구나.

하지만 마음속엔 밝은 빛이 빛난다.　　　11500

내가 생각했던 것을 서둘러 완성해야겠다.

주인의 말보다 위력이 있는 것도 없으리라.

여봐라, 하인들아! 모조리 자리에서 일어

　　나거라!

내가 대담히 계획했던 일, 멋지게 이루어다오.

연장을 잡아라. 삽과 괭이를 놀려라! 11505

맡은 일은 반드시 해치워야 한다.

엄격한 규칙대로 열심히 일하면,

비할 데 없이 좋은 보수를 받으리라.

이 위대한 일 완성하는 데는

수천의 손 부리는 하나의 정신으로 족하리라. 11510

궁전의 넓은 앞마당

횃불들.

메피스토펠레스 (감독자로 선두에 서서)

이쪽이다, 이쪽! 들어오너라, 들어와!

흐물흐물한 정령, 레무르⁴⁾들아.

끈과 힘줄과 뼈다귀로

엮어 만든 얼간이들아.

레무르들 (합창으로) 당장 분부를 받들어 모시지요. 11515

우리가 얼핏 엿들은 바로는

아주 넓은 땅이 있는데

---

4) Lemur. 죽은 인간의 망령. 괴테가 고대 예술을 연구하던 중 쿠마이 (Cumae)의 무덤에 새긴 부조를 보고 힌트를 얻었다 한다.

그걸 우리가 맡아야 한다지요.

뾰족한 말뚝이며, 측량에 쓸
긴 사슬도 여기 가져왔어요.   11520
하지만 왜 우리가 호출되었는지
그만 깜빡 잊고 말았답니다.

메피스토펠레스 여기선 기술적인 노력이 필요 없다.
치수는 그냥 제 몸으로 재면 된다!
제일 키다리를 눕게 한 뒤   11525
다른 놈들은 둘레의 잔디를 벗겨내어라.
우리의 아비들을 파묻었을 때처럼
긴 네모꼴로 파란 말이다!
궁전에서 이 좁은 집으로 들어가게 되다니,
결국은 이처럼 어리석게 되는 법이지.   11530

레무르들 (우스꽝스러운 몸짓으로 땅을 파면서)
젊고 팔팔한 나이에 사랑을 했을 땐,
생각하면 정말 달콤했었지.
노랫소리 즐겁게 흥겨운 곳이면
내 발길 저절로 움직여 갔다오.
이제 늙음이 짓궂게 찾아와   11535
날 지팡이로 후려치누나.
나는 묘지의 문 앞에서 비틀대었는데,
하필이면 그때 문이 열려 있었던가!

파우스트 (궁정에서 나오면서 문설주를 더듬는다)

삽질하는 저 소리 정말 흐뭇하구나!

저들은 날 위해 일하는 무리들,   11540

바다의 땅을 육지로 만들고,

파도를 막는 경계를 정하며,

바다를 튼튼한 제방으로 둘러막고 있다.

메피스토펠레스 (옆을 향해 혼잣말로)

네가 제방을 쌓고 둑을 막고 하지만,

결국 우리를 위해 애썼을 뿐이다!   11545

그것은 바다의 악마 넵투누스에게

성대한 잔치를 마련해 준 셈이지.

어떤 형태로든 너희는 파멸할 거야.

사 대 원소들이 우리와 결탁하고 있으니,

결국 멸망의 길을 갈 수밖에.   11550

파우스트 감독관!

메피스토펠레스   여기 있습니다!

파우스트   될 수만 있다면,

인부를 더 많이 긁어모아라.

쾌락으로 격려하고 엄하게 벌을 주며,

돈을 뿌려 달래고 쥐어짜기도 해라!

계획한 수로(水路)가 얼마나 길어졌는지   11555

매일같이 내게 보고하도록 해라.

메피스토펠레스 (목소리를 낮추어) 내가 받은 보고에 의하면

수로가 아니라 무덤을 판다고 합디다.

파우스트 저 산줄기에 늪이 하나 있어

이미 개간한 땅에 독기를 뿜고 있다.   11560
그 썩은 웅덩이의 물을 빼는 것이
마지막이자 최대의 공사가 되리라.
이로써 수백만에게 땅을 마련해 주는 것
   이니,
안전치는 않더라도 자유롭게 일하며 살 수
   있으리.
들이 푸르고 비옥하니, 인간과 가축들은   11565
새로운 땅에 곧 정이 들 것이요,
용감하고 근면한 백성들이 쌓아올린
견고한 언덕으로 곧 이주해 오리라.
밖에선 성난 파도가 제방을 때린다 해도,
여기 안쪽은 천국 같은 땅이 될 거야.   11570
파도가 세차게 밀려와 제방을 갉아먹는다
   해도
협동하는 마음, 급히 구멍을 막아버릴 게다.
그렇다! 이 뜻을 위해 나는 모든 걸 바치겠다.
지혜의 마지막 결론은 이렇다.
자유도 생명도 날마다 싸워서 얻는 자만이   11575
그것을 누릴 자격이 있는 것이다.
그래서, 위험에 둘러싸이더라도 여기에선
남녀노소가 모두 값진 나날을 보내는 것이다.
나는 이러한 군중을 지켜보며,
자유로운 땅에서 자유로운 백성과 살고 싶다. 11580

그러면 순간을 향해 이렇게 말해도 좋으리라.

〈멈추어라, 너 정말 아름답구나!〉

내가 세상에 남겨놓은 흔적은

영원히 사라지지 않을 것이다―

이같이 드높은 행복을 예감하면서　　　　　11585

지금 최고의 순간을 맛보고 있노라.

파우스트, 뒤로 쓰러진다. 레무르들이 그를 붙잡아 땅 위에
누인다.

메피스토펠레스　어떤 쾌락과 행복에도 만족하지 못하고,

변화무쌍한 형상들만 줄곧 찾아 헤매더니,

최후의 하찮고 허망한 순간을

이 가련한 자는 붙잡으려 하는구나.　　　　11590

내게는 억세게도 항거한 놈이지만,

세월 앞엔 별수 없이 백발이 되어 모래 위

　에 누웠구나.

시계는 멈추었다―

　　　합창　　　　　　　　멈추었다! 한밤중인 양

조용하구나.

시곗바늘이 떨어진다.

메피스토펠레스　　　　　　　　바늘은 떨어지고, 일

은 끝났다.

　　　합창　지나가 버렸다.

메피스토펠레스	지나가 버렸다니! 어리석은
	소리. 11595
	어째서 지나갔다는 거냐?
	지나갔다는 것과 전혀 없다는 것은 완전
	히 같은 것이다!
	영원한 창조란 도대체 무엇이냐!
	창조된 것은 무(無) 속으로 휩쓸려가게 마
	련이다!
	〈지나가 버렸다!〉 ─여기에 무슨 뜻이 있지? 11600
	그야말로 없었던 것과 마찬가지가 아닐까.
	그런데도 마치 무엇이 있었던 양 뱅뱅 맴
	돌고 있다.
	나는 오히려 영원한 허무가 좋단 말이다.

매장(埋葬)

레무르	(독창) 삽과 괭이로 이 집을
	누가 이렇게 형편없이 지었을까? 11605
레무르들	(합창) 삼베 수의를 걸친 침울한 손님,
	너에겐 이것도 과분하지.
레무르	(독창) 누가 방을 이다지 서툴게 꾸몄을까?
	탁자와 의자들은 어디에 있지?
레무르들	(합창) 이것도 잠시 빌린 것인데, 11610

빚쟁이들이 너무 득시글거리는군.

메피스토펠레스 육신은 쓰러지고, 영혼이 빠져나가려는구나.

빨리 피로 서명한 증서를 보여줘야겠다—

유감스럽게도 요즘엔 악마에게서

영혼을 가로채는 방법이 많아졌단 말이야.   11615

옛날 식대로 하자니 모두들 싫어하고,

새로운 방식엔 내가 서툴다.

전 같으면 나 혼자 해치웠으련만,

이젠 조수라도 데려와야 할 판이다.

우리에겐 만사가 불리하게만 되어간다!   11620

전해오는 관습, 오래된 권리도

더 이상 어느 것도 믿을 수가 없구나.

숨이 끊어져 영혼이 빠져나올 때,

전 같으면 지키고 섰다가 날쌘 쥐새끼 잡듯

획! 낚아채어 억센 손아귀에 움켜쥐었지.   11625

지금은 영혼이 머뭇거리며 그 음침한 곳,

고약한 시체의 구역질나는 집에서 나오려

　　고 하지 않거든.

결국, 서로 미워하는 원소(元素)들에게

사정없이 쫓겨 나오고 만단 말이야.

그래서 내가 날마다 시간마다 노심초사하

　　거니와,   11630

언제? 어떻게? 어디서? 이것이 까다로운 문

　　제로다.

늙은 사자(死者)는 재빨리 힘을 잃었지만,
정말로 죽은 것인가? 한참 동안 의심을 하
　게 되거든.
뻣뻣한 사지를 자주 탐내며 바라보지만—
그건 겉모양일 뿐, 다시 꿈틀꿈틀 움직이
　는 놈도 있지.　　　　　　　　　　11635

환상적으로, 행렬을 이끄는 사람처럼
　악마를 불러내는 몸짓을 한다.

자, 냉큼 나오너라! 곱절 빠른 걸음으로 나
　오너라.
여봐라, 뿔이 곧은 놈, 뿔이 구부러진 놈,
너희들은 모두 유서 깊은 악마의 명문거족
　들이다.
오는 길에 지옥의 아가리를 갖고 오너라.
물론 지옥엔 아가리가 너무너무 많아서　　11640
지위와 계급에 따라 삼키게 되어 있지만,
이 마지막 유희를 비롯해 앞으로는
그렇게 염려하지 않아도 될 것이다.

무시무시한 지옥의 아가리가 왼쪽에서 열린다.

송곳니가 열린다. 둥근 천장 같은 목구멍

에서

불길이 노도처럼 솟아오른다.   11645

뒤쪽에 피어나는 자욱한 연기 속에

영원히 불타는 화염의 도시가 보이는구나.

새빨간 불길이 이빨까지 치솟아오르고,

저주받은 자들이 구원을 바라 헤엄쳐 나

　　온다.

하지만 하이에나 같은 입으로 엄청나게 물

　　어뜯으니   11650

그들은 겁에 질려 뜨거운 불구덩으로 되

　　돌아간다.

구석구석엔 아직 많은 것이 보인다.

저 비좁은 공간에 두려운 것이 어찌 저리

　　도 많을까!

너희가 죄인을 혼내주는 방법은 훌륭하지만,

그들은 이것을 거짓이며 속임수며 꿈이라

　　고 여긴다.   11655

(짧고 곧은 뿔이 달린 뚱보 악마들에게)

불의 뺨을 가진 배불뚝이 악당들아!

지옥의 유황을 먹고 살쪄 잘도 타는구나.

통나무 밑동같이 짧은 목이 꼼짝도 않는

　　놈들아!

인광처럼 반짝이는 게 없나 여기 아래쪽을

　　살펴보아라.

그것은 혼이다. 날개 달린 영혼이다.　　　11660
하지만 날개를 뜯어내면 더러운 구더기가
　되느니라.
내가 그것을 도장으로 봉인해 줄 테니
불길의 소용돌이 속으로 가지고 내빼거라!

몸뚱이 아래쪽을 주의해서 살펴라.
술통 같은 놈들아, 그건 너희들 책임이다.　11665
영혼이 그런 곳에 살기를 좋아하는지 어쩐지
확실히는 모르겠다만,
그게 배꼽 속에 살기를 좋아한다니—
그곳에서 튀어나오나 주의 깊게 지켜라.
(길고 구부러진 뿔을 가진 말라깽이 악마들에게)
겉만 번드레하고 향도병 같은 거인들아,　11670
허공을 움켜잡아라, 쉬지 말고!
팔을 뻗고 날카로운 발톱을 내밀어
팔랑팔랑 도망치는 영혼을 붙잡아라.
이놈은 필시 이 낡은 집구석이 싫어졌을걸.
게다가 천재란 놈은 당장 위로 오르려고
　하니까.　　　　　　　　　　　　　11675

오른쪽 위에서 영광의 빛이 비친다.

천사의 무리　　하늘이 보낸 자여,

천상의 겨레들이여.

죄지은 이 용서하고,

티끌 된 이 살리고자

조용히 날개 펴고 따르라. 11680

여유 있게 줄을 지어

둥실둥실 떠돌면서

삼라만상에

다정한 자취 남기어라!

메피스토펠레스 귀에 거슬리는 노래로다. 구역질나는 소리가 11685

반갑지 않은 빛과 함께 위에서 내려온다.

남녀 구분이 가지 않는 괴상한 노래로

경건한 척하는 놈의 취향에나 맞겠다.

너희도 알다시피, 저 극악무도한 시간에

우린 온 인류를 절멸시키려 하였다. 11690

우리가 생각해 낸 가장 치욕스러운 죄악도

저들의 예배엔 알맞은 모양이다.

저 멍청한 놈들이 경건한 척 오고 있구나!

저렇게 우리로부터 많은 영혼을 앗아갔으니,

우리의 무기를 가지고 우리를 잡는 꼴이다. 11695

저것들은 악마다, 가면을 쓰고 있을 뿐.

이번에도 지면 영원한 수치가 될 것이니,

무덤 가까이 다가와 언저리를 단단히 지켜라!

천사들의 합창   (장미꽃을 뿌리며) 눈부시게 빛나면서

그윽한 향기 보내는 장미여!   11700

나풀나풀 춤추면서

남몰래 생기를 주는 꽃이여.

가지를 날개 삼고,

봉오리를 활짝 펴서

서둘러 꽃을 피워라.   11705

봄이여, 싹터라.

붉은빛 푸른빛으로!

편안히 쉬는 자에게

낙원을 가져오라.

메피스토펠레스   (악마들에게)

왜 몸을 웅크리고 떠느냐? 지옥의 습관이냐? 11710

버티고 서서 뿌릴 테면 뿌리라고 해라.

이 얼간이들아, 모두 제자리를 지키란 말

    이다!

저 따위 꽃송이를 뿌려

뜨거운 악마들을 묻어버릴 모양이지.

너희들의 입김 쐬면 모두 녹아 시들걸.   11715

자, 불어라, 풀무 귀신들아! ─됐다, 됐어!

너희들의 입김으로 날아드는 꽃들이 모두

    빛을 잃는군.

너무 세게 불진 말아라! 입과 코를 막아라!

정말이지, 너희들은 너무 강하게 불어대었다.

도대체 알맞은 정도를 모른단 말이냐? 11720

오그라들었을 뿐 아니라 갈색으로 바싹

　말라 타고 있다!

벌써 독기 어린 밝은 불꽃이 이리로 날아

　온다.

저것들에 대항하여 함께 뭉쳐라! ―

힘이 빠진다! 용기가 사라지누나!

악마들이 색다른 아첨의 불길에 홀린 모양

　이다. 11725

천사들의 합창　축복받은 꽃잎들

　　　　　즐거운 불꽃들

　　　　　마음 내키는 대로

　　　　　사랑을 전파하고

　　　　　기쁨을 퍼뜨린다. 11730

　　　　　진실한 말들은

　　　　　맑은 하늘 속에서

　　　　　영원한 무리들에게

　　　　　어디서나 빛이 된다!

메피스토펠레스　저주받을 놈들! 창피하구나, 이 얼간이들아! 11735

악마라는 것들이 머리를 처박고 거꾸로 서

　다니.

천치 바보처럼 곤두박질치면서

448

궁둥이부터 지옥에 떨어지다니.

스스로 마련한 뜨거운 열탕이나 뒤집어써라!

그러나 나는 내 자리를 지키고 있겠다— 11740

(날아오는 장미꽃을 이리저리 쳐내며)

도깨비불아, 꺼져라! 네놈이 제아무리 빛
　을 발해도

움켜쥐면, 구역질나는 아교 덩어리밖에 더
　되느냐.

왜 나풀대는 거냐? 썩 물러가지 못할까!—

이것이 역청과 유황처럼 내 목에 달라붙
　는구나.

천사들의 합창　그대들의 것이 아니면,　　　　　11745

　　　그대들은 피해야 해요.

　　　그대들 마음 어지럽히는 것은

　　　참을 수가 없을 거예요.

　　　그것이 난폭하게 덤벼든다면,

　　　우리는 용감히 싸워야 해요.　　　11750

　　　사랑만이 사랑하는 사람을

　　　천국으로 인도하지요!

메피스토펠레스　내 머리가 탄다. 심장도, 간장도 탄다.

악마를 능가하는 불길이구나!

지옥의 불보다 훨씬 더 매섭네!—　　11755

실연당한 불행한 연인들아!

그래서 너희들은 목을 꼬아 애인을 살피면서

그다지도 지독하게 괴로워하는구나.

나도 이상한데! 무엇이 내 머리를 저쪽으
　로 잡아끌까?
나와 저것들은 불구대천의 원수간이 아닌가! 11760
저것들을 보기만 해도 적개심이 끓어올랐지.
야릇한 기운이 내 몸 안에 배어든 것일까?
저 귀여운 아이들이 보고 싶어 죽겠는걸.
저주하지 못하도록 방해하는 게 뭘까? ―
내가 만일 유혹이라도 당하면,　　　　　　11765
훗날엔 누구나 나를 바보라고 하겠지?
내가 미워하는 개구쟁이 아이들이
마냥 사랑스럽게 여겨지누나! ―

귀여운 아이들아, 내게 좀 알려다오.
너희들도 루시퍼5) 일족이 아니더냐?　　　11770
너희들은 정말 예쁘구나. 진정 키스라도 해
　주고 싶다.
너희들은 알맞을 때 온 것 같구나.
수천 번이나 서로 만나본 것처럼
그렇게 유쾌하고 자연스러운 기분이다.
은근히 고양이 같은 욕정이 솟아나는걸.　11775

---

5) Lucifer. 신을 배반하여 지옥에 떨어져서 악마가 되었다는 천사.

보면 볼수록 더욱 예뻐지는구나.

오, 이리 가까이 와서 한 번만 보게 해다오!

천사들 가고말고요. 왜 당신은 뒤로 물러나세요?

가까이 갈 테니, 될 수 있으면 그대로 계

세요!

천사들이 빙빙 돌면서 무대 전체를 차지한다.

메피스토펠레스 (무대 전면으로 밀려나서)

너희들은 우리를 저주받은 아령이라 비난

하지만, 11780

너희야말로 진짜 마법사들이다.

사내고 계집이고 모조리 홀려대니 말이다—

이 무슨 빌어먹을 사건이란 말인가!

이게 바로 사랑의 원소라는 것인가?

온몸이 불구덩이에 있으면서 11785

목덜미가 타는 것도 모르고 있다니—

이리저리 떠다니는 아이들아, 이리로 내려

와서

귀여운 사지를 좀 속되게 움직여보렴.

사실, 엄숙한 표정이 너희에겐 어울리지만,

한 번만이라도 방긋 웃는 모습을 보고 싶

구나! 11790

그러면 나도 영원히 황홀할 텐데.

연인들이 서로 바라보듯이 하란 말이다.

입언저리를 약간 빙긋하면 되는 거야.

키다리 아이야, 네가 날 가장 죽여주는구나.

그 수도사 같은 표정은 네게 어울리지 않

　　는다.　　　　　　　　　　　　　　　　11795

좀 더 음탕한 눈길로 날 쳐다보아라!

속살을 약간 내놓고 다녀도 좋지 않겠니.

그 주름잡힌 옷은 너무나 점잖구나.

저것들이 돌아섰네 ― 뒷모습도 볼 만한

　　걸!―

저 녀석들 정말 입맛을 돋우는데!　　　　11800

천사들의 합창　　너희, 사랑의 불꽃들아,

밝은 곳으로 향하자!

스스로 저주하는 자

진리는 구원해 주리라.

그들은 즐거이　　　　　　　　　　　　11805

악에서 풀려나

만물이 하나되어

축복을 받으리라.

메피스토펠레스　(정신을 가다듬으며)

내가 어떻게 된 거지?―욥처럼 온몸에 종

　　양이 생겨

내가 봐도 소름이 끼친다.　　　　　　　11810

하지만 자신의 마음을 통찰하고,

자신과 친족을 믿는다면 승리할 수 있으

　　리라.

악마의 고귀한 부분이 구원되었으나,

사랑의 도깨비는 살갗을 스쳤을 뿐이다.

가증스러운 불꽃이 다 타버렸으니,　　　11815

마땅히 나는 너희 모두를 저주하노라!

천사들의 합창　　　성스러운 불길이어!

너희에게 휩싸이는 자,

선인(善人)들과 함께 살면서

스스로 복됨을 느끼리라.　　　　　　　11820

모두가 하나로 합쳐

일어나 찬양하자!

대기가 맑아졌으니

영혼이여 호흡하라!

천사들, 파우스트의 불멸의 영혼을 인도하며 하늘로 오른다.

메피스토펠레스　(주위를 둘러보며)

아니, 어떻게 된 일이지? ― 모두 어디 갔

　　을까?　　　　　　　　　　　　　　11825

철부지 아이들이 느닷없이 나타나

내 노획물을 가지고 하늘로 달아났구나.
그래서 녀석들이 이 무덤가에 와서 입맛을
    다셨던 거야!
나는 둘도 없는 귀한 보물을 놓치고 말았다.
내가 담보로 잡아두었던 그 고귀한 영혼을   11830
놈들이 교활하게 채어 가고 말았다.

이제 나는 누구에게 하소연한단 말인가?
누가 나의 기득권을 돌려줄 것인가?
나잇살이나 먹은 내가 감쪽같이 속다니.
자업자득이지만 너무나 기분이 나쁘다.   11835
창피하게도 실수를 저질러
애쓴 보람 없이 헛물만 켜다니 참 꼴불견
    이다.
천박한 욕정과 가당찮은 연정이
노회한 악마에게도 일어날 줄이야.
이 철부지들의 수작에   11840
처세에 능한 내가 걸려들다니,
결국 내가 저지른 바보짓이
참으로 사소한 일이 아니로다.

심산유곡

숲, 바위, 황무지

거룩한 은둔자들이 산 위에 흩어져 바위들 사이에 자리잡는다.

합창과 메아리 숲은 바람에 흔들리고
육중하게 둘러선 암벽들,   11845
뿌리들 얽히고 설킨 체
나무줄기 빽빽이 솟아 있다.
개울물은 연이어 물을 튀기고,
깊고 깊은 동굴이 우리를 지킨다.
사자들은 말없이 다정하게   11850
우리 주변을 맴돌며,
축복받은 이곳
성스러운 사랑의 보금자리를 우러른다.

열락(悅樂)에 잠긴 교부(敎父) (아래위로 떠다니며)

영원한 열락의 불길
불타는 사랑의 인연   11855
들끓는 가슴의 아픔
솟구치는 하느님의 기쁨
화살이여, 날 꿰뚫어라.
창이여, 날 찔러라.

몽둥이여, 날 박살내어라.　　　　　　　11860
번갯불이여, 날 태워버려라!
참으로 허망한 것
모조리 쓸어버리고,
영원한 사랑의 핵심
구원(久遠)의 별이 빛나게 하라.　　　　11865

명상에 잠긴 교부　(같은 곳에서)

기암절벽이 내 발밑에서
심연 위에 무겁게 걸려 있듯이,
수많은 개울물, 반짝이며 흐르다가
무서운 폭포 되어 물거품을 내뿜듯이,
자신의 힘찬 충동으로　　　　　　　　11870
나무줄기 하늘로 치솟듯이,
만물을 기르고 만물을 형성하는 건
전능한 사랑의 힘이로다.

숲이며 바위들도 물결치듯
주위에서 사나운 물소리 들려온다.　　　11875
하지만 정답게 졸졸거리며,
넘치는 물이 골짜기로 떨어진다.
이는 당장 골짜기를 적셔주기 위한 것.
번갯불 번쩍이며 내려치지만,
이는 독기와 악취를 품고 있는　　　　　11880
대기를 정화하기 위한 것 —

이들은 사랑의 사자,

영원히 창조하며 우리를 감싸는 것을

　알려준다.

내 마음에도 불을 붙여다오.

내 정신은 혼미하고 차갑다.　　　　　11885

우둔한 관능의 울 안에 갇혀

날카롭게 옥죄는 사슬로 괴로워한다.

오, 신이여! 이런 생각을 달래주시고,

가난한 마음에 빛을 주소서!

천사와 닮은 교부　　(중간 지대에서) 전나무의 하늘대는 잎

　새 사이로　　　　　　　　　　　11890

떠도는 아침 구름!

저 안에 살고 있는 게 무얼까?

어린 영혼의 무리로구나.

승천한 소년들의 합창　아버지, 우리가 어디를 떠도는지 말해

　주세요.

착한 분이여, 우리가 누구인지 말해주

　세요.　　　　　　　　　　　　11895

우리는 행복해요. 누구에게나 누구에

　게나

세상이 이토록 편안하니까요.

천사와 닮은 교부　　아이들아! 한밤중에 태어나

정신과 관능, 반만 눈뜬 채

양친에겐 일찍이 여읜 아이였지만,   11900

천사에겐 이득이 되었던 너희들,

사랑하는 사람이 여기 있다는 걸

너희들도 알겠지. 자, 가까이 오너라.

너희는 복받은 아이들이라

험난한 인생길 걸어온 흔적도 없구나.   11905

이 세상을 아는 데 적합한 도구인

내 눈 속으로 내려오너라.

이 눈을 너희 것으로 사용해도 좋으니,

이 고장을 두루 살펴보아라!

소년들을 자신 속으로 받아들인다.

이것은 나무요, 저것은 바위다.   11910

저 물줄기가 떨어지면,

무섭게 굴러가면서

가파른 산길에 가까워진다.

승천한 소년들   (안에서) 이건 굉장한 구경거리군요.

하지만 이곳은 너무 음산하여   11915

놀라움과 두려움에 몸이 떨려요.

고귀하고 착한 분, 우리를 보내주세요!

천사와 닮은 교부	좀 더 높은 곳으로 올라가거라.	
	언제나 순수한 방식으로	
	신께서 나타나 힘을 주시니,	11920
	모르는 사이에 성장하거라.	
	그것은 자유로운 대기 속에 존재하는	
	영혼의 양식이며,	
	천상의 축복으로 피어날	
	영원한 사랑의 계시이니라.	11925

승천한 소년들의 합장 (아주 높은 산봉우리들의 주위를 돌면서)

	손에 손 잡고	
	즐겁게 원을 그리며	
	춤추고 노래하자.	
	거룩한 마음을 구가하자!	
	신의 가르침 받았으니	11930
	서로가 의지하자.	
	우러르는 신의 모습	
	볼 수가 있으리라.	

천사들	(파우스트의 불멸의 영혼을 인도하며, 보다	
	높은 대기 속을 떠돈다)	
	영들의 세계에서 고귀한 한 사람이	
	악으로부터 구원되었도다.	11935
	언제나 갈망하며 애쓰는 자,	

그를 우리는 구원할 수 있다.

그에겐 천상으로부터

사랑의 은총이 내려졌으니,

축복받은 무리가 그를   11940

진심으로 환영하게 되리라.

젊은 천사들　사랑에 넘치는, 성스러운 속죄여인들,

그 손에서 얻은 장미꽃들이

우리의 승리를 도와주었지요.

우리는 고귀한 일을 이루어   11945

이 영혼의 보배를 획득하였답니다.

꽃을 뿌리자 악인들은 물러가고,

꽃으로 내려치자 악마들은 달아났어요.

몸에 밴 지옥의 형벌 대신

악령들은 사랑의 고통을 느꼈던 거지요.　11950

그 늙은 악마의 두목까지도

쓰라린 고통에 만신창이가 되었답니다.

만세를 부릅시다! 성공입니다.

성숙한 천사들　지상의 찌꺼기를 나른다는 건

우리에게 고통스러운 일입니다.   11955

아무리 석면(石綿)으로 되어 있다 해도

그것은 정결하지 못하니까요.

강한 정신력이

온갖 원소들을
제 몸에 끌어모으면,   11960
영혼과 육체가 내부에서
합일된 이중체(二重體)를
어떤 천사도 분리할 수 없지요.
영원한 사랑만이 그것을
갈라놓을 수 있답니다.   11965

젊은 천사들   암벽의 꼭대기를 안개처럼 감돌며
가까이에서 움직이는
영들의 거동을
또렷이 느끼겠어요.
구름은 맑게 개고,   11970
승천한 소년들의
활발한 무리가 보입니다.
그들은 지상의 속박에서 벗어나
원을 그리며
하늘나라의   11975
새 봄과 장식으로
원기를 북돋우고 있습니다.
이분도 차츰
완성의 경지에 이르도록
이 소년들과 어울렸으면 좋겠어요!   11980

승천한 소년들 번데기 상태인 이분을

우리는 기쁘게 맞겠어요.

천사의 담보물을

잡은 셈이니까요.

이분을 둘러싼   11985

고치를 벗겨주세요.

벌써 성스러운 생활로

아름답고 크게 자랐어요.

마리아 숭배의 박사 (가장 높고 깨끗한 암자에서)

여기는 전망이 자유로워

정신까지 고상해진다.   11990

저기 여인들이 위를 향해

둥둥 떠가는구나.

그 한가운데에

별의 관을 쓰신 훌륭한 분,

광채를 보아하니   11995

하늘나라 여왕님이시다.

(황홀하여) 세계를 다스리는 지존의 여

  왕이시여!

푸르게 펼친

하늘의 천막 속에서

당신의 신비를 보여주소서!   12000

사내의 가슴,

진지하고 부드럽게 움직여
성스러운 사랑의 기쁨 느끼며
당신께 다가감을 허락하소서.

당신이 엄숙하게 명하시면   12005
우리의 용기 하늘을 찌르고,
당신이 우리에게 평화를 주시면
불타는 마음도 당장 진정되오리다.
가장 아름다운 의미의 동정녀,
우러러 미망한 어머니,   12010
우리를 위해 선택된 여왕님,
신들과 지체가 같으신 분이시여.

성모를 에워싼
가벼운 구름들은
속죄하는 여인들이로다.   12015
그분의 무릎 주위에서
신성한 기운을 마시며,
다정한 무리들
은총을 갈구한다.

접근하기 힘든 당신이오나,   12020
유혹에 빠지기 쉬운 자들이
의지하여 당신께 나아감은

금지되어 있지 않습니다.

저들은 약한 마음으로 이끌렸으니

구원하기가 어렵습니다.   12025

어느 누가 자신의 힘으로

정욕의 사슬을 끊을 수 있겠나이까?

경사지고 미끄러운 바닥에선

발이 얼마나 쉽게 미끄러집니까?

눈짓과 인사 그리고 아양 떠는 입김에   12030

누군들 유혹되지 않겠나이까?

영광의 성모, 둥둥 떠온다.

속죄하는 여인들의 합창 당신은 영원의 나라,

하늘로 떠오르십니다.

저희의 간청을 들어주소서.

비할 데 없는 분,   12035

자비에 넘치는 분이시여!

죄 많은 여인[6)]   (「누가복음」 7장 36절)

바리새인의 조소에도 아랑곳 않고

신으로 변용하신 아드님의 발에

---

6) 마리아 막달레나를 가리킨다. 죄 많은 여인이었지만 예수의 발을 씻고
향유를 발라주어 죄를 용서받았다.

눈물 흘려 향유를 대신했던

그 사랑을 걸고 당신께 비옵니다.　　　　12040

그리도 풍부하게 향료를 쏟아냈던

항아리를 걸고 비옵니다.

그리도 부드럽게 성스러운 손발을 닦았던

고수머리를 걸고 비옵나이다―

사마리아의 여인　　（「요한복음」 4장）

옛날 아브라함이 양 떼를 몰고 간　　　　12045

샘물에 의지하여 비옵니다.

구세주의 입술에 시원하게 닿았던

두레박에 의지하여 비옵니다.

이제 그곳에서 솟아나와

영원히 맑게 넘치면서　　　　12050

온 누리를 적셔주는

깨끗하고 풍부한 샘물에 의지하여 비옵
　　니다.

이집트의 마리아[7]　　（「사도행전」） 주님을 앉아 쉬게 해드린

성스럽기 그지없는 장소와

훈계하며 절 문전에서 밀어낸　　　　12055

그 팔에 의지하여 비옵니다.

---

7) 음탕한 생활을 하던 여인으로, 예수의 묘지로 들어가려다 거절당하고
사십팔 년간 이집트의 사막에서 속죄하여 성녀의 칭호를 받았다.

제가 사막에서 사십 년간

충실히 행한 속죄와

모래 속에 적어놓았던

복된 작별인사에 의지하여 비옵니다—   12060

셋이 함께   큰 죄를 지은 여인들에게도

가까이 다가감을 막지 않으시고,

속죄의 공덕을

영원한 것으로 높여주신 당신,

오직 한 번 자신을 잊었을 뿐   12065

자신의 죄를 예감치 못한

이 착한 영혼에게도

합당한 용서를 베푸소서!

속죄하는 한 여인   (한때 그레트헨이라 불렸던 여인. 성모에게

     매달리며)

굽어보소서, 굽어보소서,

비할 데 없는 당신,   12070

광명으로 가득 찬 성모님이시여.

자비로운 얼굴로 제 행복을 살펴주소서!

옛날에 사랑했던 그분,

혼미함이 사라진 그분이

돌아왔나이다.   12075

승천한 소년들   (원을 그리며 다가온다)

이분은 우리보다 훨씬 더 자라서

팔다리도 튼튼해졌어요.

충실히 보살핀 보답을

풍족하게 받을 거예요.

우리는 지상의 인간들을   12080

일찍이 멀리했지만,

이분은 배운 게 많아

우리를 가르쳐주실 거예요.

속죄하는 한 여인   (한때 그레트헨이라 불렸던)

새로 온 이분은 자신을 깨닫지 못하고,

새로운 생명도 느끼지 못하지만,   12085

고귀한 영들에게 둘러싸여

벌써 신성한 무리를 닮아갑니다.

보세요, 이분은 온갖 지상의 인연에서

   벗어나

그 낡은 껍질을 벗어던졌나이다.

성스러운 기운이 서린 옷자락에선   12090

첫 젊음의 힘이 솟아납니다.

새로운 빛에 눈이 부신 모양이니,

저분에게 가르치도록 허락해 주옵소서.

영광의 성모   오너라! 더 높은 하늘로 오르라!

비극 2부 5막

그 사람도 널 알아보면, 뒤따라오리라.   12095

마리아 숭배의 박사 (얼굴을 들어 기도한다)

참회하는 모든 연약한 자들아,

거룩한 신의 섭리대로

감사하며 자신을 변용하기 위해

구원자의 눈길을 우러러보라.

선한 사람들 모두   12100

당신을 받들어 모시도록,

동정녀여, 어머니여, 여왕이여, 여신이시여

오래도록 은총을 베푸소서.

신비의 합창   일체의 무상한 것은

한낱 비유일 뿐,   12105

미칠 수 없는 것,

여기에서 실현되고,

형언할 수 없는 것,

여기에서 이루어진다.

영원히 여성적인 것이   12110

우리를 이끌어올리도다.

작품 해설

인간 존재의 문제를 전형적으로 다룬 작품

1

『파우스트』의 제작 기간이 육십여 년에 걸친 만큼, 그 속에는 작가 괴테의 삶과 세계관, 즉 슈투름 운트 드랑(Sturm und Drang)기의 자유분방한 천재성, 그리스적 조화미를 추구한 고전주의 정신은 물론, 팔십여 년에 이르는 긴 생애의 온갖 체험과 예지가 깃들어 있다. 이 희곡의 중요한 의도는, 강렬한 인식에의 욕구를 지니고 용기 있게 자아를 성취해 나가는 르네상스적 인간상을 그려내는 것이었다.

르네상스의 자연철학자들(파라켈수스, 브루노 등)에게 관심을 쏟고 있던 괴테에게 전설적 인물 파우스트는 셰익스피어의 주인공들 못지않은 거인이었다. 그는 근대정신에 입각해 지식과 삶의 관계를 구명하려 노력하는 인간상을 대변할 만했다.

전설상의 파우스트는 십육 세기에 살았다는 떠돌이 학자

로 마술과 점성술의 솜씨로 살아가던 사람이다. 신학과 의학에도 상당한 지식이 있었던 모양인데, 규범을 벗어난 행동과 과장된 일화들이 그를 전설적 인물로 만들었다. 흥미로운 것은 악마와 계약을 맺는다는 중세적 모티프인데, 이 이야기는 당시 민중본(Volksbuch)으로 엮여 큰 인기를 끌었다.

1587년에 나온 슈피스(Spies)판의 책에서 파우스트는 '원소를 획득하기 위해' 자신의 영혼을 팔고, 독수리 날개를 달려고 애쓰며, 모든 근원을 하늘과 땅에서 찾으려 한다. 그를 움직이는 것은 향락적인 삶이 아니라 인식에 대한 갈망이다. 작가는 주인공의 파멸로 이야기를 맺음으로써 신을 잃은 인간의 말로를 경계하려 했다. 당시의 도그마적 종교관에 익숙한 사람들에게는 자연스러운 귀결이었다.

1599년 슈바벤 출신의 비트만(G. R. Widmann)이 쓴 개정판은 『파우스트』 책의 귀감이 되었다. 이 작품에서도 파우스트는 여전히 초인적 철학자가 아니라 가톨릭교회의 교리에 어긋난 타락한 젊은이였다.

1674년에 뉘른베르크의 의사 피처(N. Pfitzer)가 더 풍부한 소재들을 가미했으나 여전히 편협하고 교훈적인 내용에 머물렀다. 그러나 비트만이 삭제했던 에로틱한 장면을 재생시켜 세인의 관심을 크게 끌었다.

1725년에 다시 새로운 책이 나왔다. 저자는 자신의 이름을 "기독교적으로 말하는 자"라고 칭했다. 피처 작품의 축소판이라고 할 수 있는 이 작품은 18세기 말까지 널리 읽혔으므로, 당시 프랑크푸르트의 소년 괴테도 분명 이것을 읽었으리라 추측된다. 내용 중 상인의 집에서 시중을 드는, "아름답지만 가련한 소녀"가 바로 그레트헨 모티프의 원형이라고 할 수 있다.

파우스트 이야기는 영국에서도 관심거리가 되었다. 슈피스 책의 영역본을 접한 크리스토퍼 말로(Christopher Marlowe, 1564~1593)가 1587년부터 1593년 사이에 『파우스트 박사의 비극적 이야기(Tragical History of Doctor Faust)』를 펴냈다. 이 작가는 독일 민중본의 내용을 충실히 따르면서도, 주인공에게 현세를 뛰어넘어 신이 되려는, 야심 찬 초인주의의 면모를 심어주었다. 말로의 『파우스트』는 17세기에 독일로 역수입되어 이 유랑극단의 단골 메뉴가 되었다. 특기할 만한 점은, 공연이 거듭되는 동안 파우스트의 상대역 메피스토펠레스의 역할이 확대된 것이다. 급기야 파우스트 극은 꼭두각시 인형극이 되었고, 이제 갖가지 정령들의 등장이 자유롭게 되었다. 『시와 진실(Dichtung und Wahrheit)』에서도 밝혔듯이, 소년 시절의 괴테에게 이 희한한 인형극은 "아주 다양한 음향"을 선사해 주었다.

인식에의 갈증을 다룬 이 학자 테마는 현실을 새롭게 평가하기 시작한 계몽주의자들에게도 관심의 대상이 되었다. 계몽주의자의 관점에서 볼 때, 회의자 파우스트는 지옥에 떨어져서는 안 될 존재였다. 계몽주의 시대의 대표적 극작가 레싱(Gotthold Ephraim Lessing, 1729~1781)은, "진리로 나아가려는 정직한 노력이 인간의 가치를 만든다"라고 말한 바 있거니와, 그의 글 「열일곱번째 문학 편지」(1759)에는 단편적이지만, 지식욕의 정당성을 인정하는 새로운 파우스트 상을 그려내려 한 구상이 소개되어 있다.

슈투름 운트 드랑 시대의 작가 클링거(F. M. Klinger)도 1791년에 파우스트에 관한 소설을 썼으나, 이 역시 주인공의 방종한 지상 편력이 지옥행으로 끝나는 것이었다. 따라서 파우스트 설화는 괴테에 이르러서야 노력하는 자아의 발전 과정을 다룬 차원 높은 문학의 소재가 된 셈이다.

주인공 파우스트는 세계에 대한 인식을 통해 신의 경지에 도달할 수 있다고 믿는 자이다. 그는 "세계를 한가운데서 통괄하는 힘"을 알고자 했고, 그것을 위해 자연과 인간의 삶을 두루 섭렵한 행동인이었다. 괴테는 이러한 새 인간상을 그려내기 위해 중세의 설화와 민중본은 물론, 유랑극과 인형극의 소재들을 소중하게 이용했다. 그 속에 담겨 있는 시대정신과 민중의 정서까지 애정 어린 손길로 재창조해 냈다.

2

파우스트 이야기에 매력을 느꼈던 괴테가 그것을 작품화하려고 구상한 것은 슈트라스부르크 시절(1770~1771)부터였다. 1773년에 집필을 시작해 이 년간 계속되었으나, 1775년 바이마르에 정착한 후부터 십여 년간 작품에 별 진전이 없었다. 이십 대의 청년 괴테가 쓴 당시의 원고는 전해지지 않는다. 다만 초고의 낭독을 듣고 감동한 궁정여관(宮庭女官) 루이제 폰 괴흐하우젠(Luise von Göchhausen)이 원고를 빌려 필사해 두었는데, 다행히 1887년 그녀의 유품 속에서 발견되었다. 그것을 발견한 에리히 슈미트(Erich Schmidt)가 즉시 『초고 파우스트(Urfaust)』라는 타이틀로 출판했다. 여기에는 파우스트 이야기의 핵심인 메피스토펠레스와의 계약, 그레트헨을 향한 사랑과 비극적 종말 등이 일부는 시로, 일부는 산문으로 서술되어 있다.

바이마르 공국의 정사(政事)를 돌보았던 십여 년간은 괴테에겐 창작 활동의 침체기였다. 자연히 파우스트에 대한 열정도 식을 수밖에 없었다. 그러나 괴테의 시심(詩心)은 이탈리아 여행(1786~1788)과 함께 다시 불타올랐다. 그곳에서 그는 "다시 태어나고, 혁신되고, 충실을 기할 수 있었다". 1788년 3월 1일 로마에서 보낸 편지에는 『파우스트』의 집필을 재개했으며, 이미 새로운 장 하나(「숲과 동굴」)를 썼노라고 전한다.

바이마르에 돌아온 후 괴테는 전심전력하여 『타소(Tasso)』를 마친 뒤 곧 『파우스트』에 매달렸다. 라이프치히에서 출판되는 괴테 전집에 이 작품도 수록하기로 되어 있었기 때문이다. 결국 미완성인 채, 지금껏 쓴 부분을 정리해 『파우스트 단편(Faust ein Fragment)』이라는 제명으로 전집의 9권에 수록되었다. 『초고 파우스트』와 눈에 띄게 다른 점이 있다면, 산문으로 된 세 장면을 삭제한 것, 「마녀의 부엌」과 「숲과 동굴」 장면이 추가된 것 등이다.

「파우스트 단편」이 『비극 파우스트(Faust, Eine Tragödie)』 1부로 완성되기까지엔 실러(Johann Christoph Friedrich von Schiller, 1759~1805)의 격려가 크게 작용했다. 이 시기에 오고

간 두 사람의 서신 속에는 파우스트 집필에 대한 조언과 그에 대한 감사 및 경과를 알리는 내용이 많이 나타난다. 1797년 6월부터 괴테는 다시 『파우스트』에 몰두하여 새로이 「헌사(Zueignung)」, 「무대에서의 서연(Vorspiel auf dem Theater)」, 「천상의 서곡(Prolog im Himmel)」을 써 넣었다. 결국 『파우스트』 1부는 1808년 코타(Cotta)판 괴테 전집 8권에 끼여 출판되었다.

육십 대에 접어들면서 괴테의 인생은 절정에 다다랐다. 철학성이 풍부한 소설 『빌헬름 마이스터의 수업시대(Wilhelm Meisters Lehrjahre)』와 산문시 『헤르만과 도로테아(Hermann und Dorothea)』가 나왔고, 학문 연구에도 몰두, 광학과 식물학에 관한 글을 적지 않게 내놓았다. 1800년 초에 『파우스트』 2부를 염두에 두고 헬레네-에피소드를 구상했는데, 그것은 훗날 2부 중 3막으로 발전되었다.

잠시 파우스트 작업이 중단된 동안 두 편의 소설 『친화력(Wahlverwandtschaften)』과 『빌헬름 마이스터의 편력시대(Wilhelm Meisters Wanderjahre)』, 중요한 과학 연구서 『색채론』, 자서전 『시와 진실』과 시집 『서동(西東)시집(West-östlicher Divan)』이 1808년에서 1825년 사이에 쓰였다.

헬레네를 다룬 막은 1826년에 완성되었다. 괴테는 그것에 「헬레네. 고전적-낭만적 환상. 파우스트의 막간극」이라는 타이틀을 붙여 1827년에 발표했다. 다음 「황제의 궁성」의 막을 1829년에 완성, 다음 해에 전집 12권에 수록했다. 두 막 사이의 공백은 1830년에 완성한 「고전적 발푸르기스의 밤」으로 메워졌다.

1831년 봄에 『파우스트』 2부가 완성되었지만, 4막은 아직 빈 채였다. 괴테는 그것을 여든두 번째 생일까지 끝낼 계획이었다. 그것은 성공했다. 그가 죽기 팔 개월 전이었다. 그해 (1832) 8월 28일 괴테는 일메나우에서 마지막 생일을 보냈고, 다음 해 3월 16일 유명을 달리했다. 이 작품은 그의 소망에 따라 사후에 에커만(Johann Peter Eckermann, 1792~1854)과 리머(Friedrich Wilhelm Riemer, 1774~1845)에 의해 『유고 작품집』 1권으로 출간되었다.

이렇듯 괴테는 창작의 재능이 눈뜰 때부터 죽을 때까지 파우스트 드라마에 집착했다. 파우스트에 관한 소재는 그 안에 갖가지 다채로운 모티프들을 갖고 있었고, 그것이 모두 그에겐 매력적이었다. 그는 변화무쌍하고 다재다기한 방법으로 이 인간의 드라마를 엮어나갔다. 때로는 급하게, 때로는 완만하게, 때로는 충동적으로, 때로는 다분히 의도적으로, 때로는 지극히 객관적으로, 그러나 때로는 직관적으로.

학문에 대한 회의, 사랑의 축복과 죄악은 젊은 시절의 테마였다. 장년기에는 헬레네 상의 고전적 아름다움과 노력하는 인간의 모습이 그를 사로잡았고, 노년의 괴테를 열광케 한 것은 행위자로서의 파우스트와 그의 인류애, 거기에 창조적, 원형적인 것의 비밀, 고전적 발푸르기스의 밤의 상징성이었다. 이러한 소재는 시인 자신의 삶과도 각별한 연관성이 있는 것이었고, 그것이 그를 평생 이 작품에 매달리게 했다. 그 덕분에 삶의 모든 단계로부터 그 열정과 지혜와 비밀을 그 속에 충분히 불어넣을 수 있었다.

3

『파우스트』의 앞부분에 나오는 「헌사」와 「무대에서의 서연」은 드라마의 내용과 직접적인 연관성이 없다. 그러나 「천상의 서곡」과 본문과의 연계성은 아무리 강조해도 부족함이 없다. 주님과 악마 메피스토펠레스 사이의 내기 — 이것은 앞으로 전개될 모든 사건의 열쇠가 되기 때문이다.

회의에 빠진 인간 파우스트를 유혹할 수 있다는 메피스토펠레스의 장담에 주님은 매우 암시적인 답변으로 응수한다.

착한 인간은 비록 어두운 충동 속에서도 무엇이 올바른 길인지 알고 있다.

따라서 주인공 파우스트는, 악마가 신의 가설을 시험하기 위해 선택한 견본 인물이라고 할 수 있다. 마침 파우스트는 학문의 힘으로는 우주의 본질을 구명할 수 없다는 한계성을 절감하고 있다. 그는 마술의 힘으로 지령(地靈)을 불러내지만, 그에게서도 명쾌한 답을 얻어낼 수가 없다.

절망에 빠진 파우스트가 자살을 기도하는 순간, 부활절의 종소리와 천사들의 합창이 울려와 세속적 삶에 대한 그리움을 부추긴다. 마을의 선남선녀와 어울리면서 그는 풍성하고 의미 있는 삶을 갈망하게 된다. 때맞춰 나타난 메피스토펠레스는 파우스트와 계약을 맺고, 쾌락적 삶을 선사하는 대신 영혼을 넘겨받기로 약속한다.

마녀의 부엌에서 영약을 마시고 파우스트는 이십 대의 청년이 되었고, 순진무구한 처녀 그레트헨을 첫 쾌락의 대상으로 삼는다. 그러나 소녀의 고귀한 사랑은 방탕한 파우스트의 마음까지 정화시킨다. 이를 못마땅히 여긴 메피스토펠레스의 농간으로 그레트헨은 어머니를, 파우스트는 그녀의 오빠를 죽이게 된다. 죄책감에 빠진 파우스트를 메피스토펠레스는 발푸르기스의 밤의 환락경으로 이끈다. 이것이 파우스트를 잠시 도덕적 마비에 빠지게 하지만, 그 와중에서도 그레트헨에 대한 사랑을 말살하지는 못한다.

그레트헨을 구하러 감옥으로 갔을 때, 미쳐버린 상태에서도 그녀는 파우스트를 용서한다. 탈출을 권하는 애인에게 그녀는 자신의 죗값을 받겠노라 단언한다. 그녀를 두고 나오며 메피스토펠레스는 말한다. "그녀는 심판받았소!" 그러나 천상에서 들려오는 말은 다르다. "그녀는 구원받았노라!" 이로써 주관성이 강하고 슈투름 운트 드랑의 정열이 넘치는 1부가 끝난다.

2부에선 주관과 열정이 절제되고, 대신 해박한 지식과 원숙한 표현력으로 보다 넓은 세계가 묘사된다. 괴테 시대의 문화와 사회상이 다섯 개 막 어느 곳에나 생생하게 재현된다.

서두에서 파우스트는 자연의 치유력에 의해 정신적 회복을 이룬다. 체험의 한계를 인식했지만, 여전히 "삶의 최고의 형태"를 추구하는 데 전념하리라 다짐한다. 궁성에서 파탄 지경의 황제를 구해내지만, 헬레네를 불러내라는 청까지 경솔하게 승낙한다. 그는 헬레네의 환영을 찾기 위해 메피스토펠레스가 일러준 대로 시공을 초월한 "어머니들의 나라"로 들어간다. 환영의 궁성에 도달해 헬레네에게 손을 뻗는 순간 그녀는 사라지고 파우스트는 땅바닥에 내동댕이쳐진다.

2막에서 메피스토펠레스는 의식을 잃은 파우스트를 그의 옛 서재로 데려간다. 그곳에선 조수였던 바그너가 인조인간 호문쿨루스를 만들어낸다. 뛰어난 인지의 능력을 갖춘 이 피조물은 헬레네에 대한 파우스트의 동경을 감지하고 그를 옛 그리스 세계인 고전적 발푸르기스의 밤으로 안내한다. 파우스트가 헬레네를 찾는 동안 원소의 추출물에 불과한 호문쿨루스는 현실적 존재가 되려다가 불꽃이 되어 소멸한다.

3막의 서두는 스파르타 궁성으로 돌아온 헬레네가 장식한다. 그녀는 메피스토펠레스의 계약대로 이웃 성의 맹주인 파우스트와 결합하게 되고, 둘 사이에 아들 오이포리온이 태어난다. 오이포리온은 날기를 감행하지만, 이카루스처럼 추락해 부모의 발치에서 죽는다. 환영의 여인 헬레네도 사라지고, 그녀의 옷과 베일만이 파우스트의 팔 안에 남아 있다.

자연인으로 돌아온 파우스트에게 메피스토펠레스는 다시 한 번 욕망과 정열의 즐거움을 마련해 주려 한다. 그러나 파우스트는 그의 제안을 단호히 물리친다. 선행의 가치를 깨달은 그는 황제로부터 받은 해안 지대를 비옥한 땅으로 만들도록 독려한다. 이것은 창조적 욕구의 구현이며, 사회적 책임을 다하려는 결의인 것이다.

백 살에 이른 파우스트는 5막의 서두에서 개간의 삽질 소리가 요란한 해안 지대를 조망한다. 행동하는 자 파우스트는 이제 마적인 것과의 결탁이 무의미함을 인식한다. '근심'의 영이 그의 눈을 멀게 하지만, 마음의 눈은 그가 성취한 자유의 땅, 복락의 사회를 바라본다. 그리하여 그는 순간을 향해 주저 없이 외친다.

오, 머물러라, 너는 정말 아름답구나!

이 마지막 말과 함께 파우스트는 쓰러진다. 이 순간을 기다려온 메피스토펠레스는 부하 도깨비들과 함께 파우스트의 영혼을 빼앗아 가려 한다. 그러나 그 시도는 실패하고 만다. 속죄의 여인, 즉 그레트헨의 사랑이 하늘의 은총을 받아 파우스트의 영혼을 구해낸 것이다. 천사들에 둘러싸여 영혼이 승천하는 가운데 신비의 합창이 쟁쟁하게 울려 퍼진다.

미칠 수 없는 것,
여기에서 이루어지고,
형언할 수 없는 것,
여기에서 성취되었네.
영원히 여성적인 것이
우리를 이끌어 올리도다.

괴테의 희곡 『파우스트』는 신과 악마 사이의 쟁점이 한 인간을 통해 어떻게 전개되어 가는가를 보여준다. "인간은 노력하는 한 방황한다(Es irrt der Mensch, solange er strebt)"라는 주님의 확신이 바로 이 희곡의 기본 주제요, 의도된 각본이라고 할 수 있다. 이 예정된 진실을 증명해 보이기 위한 존재가 파우스트인데, 그는 예외적 인간으로 설정된다. 요컨대 그는 끊임없이 노력함으로써 자아의 한계를 넘어서고, 나아가 신의 경지에 도달하려는 사람이다.

학문의 힘으로도, 정령의 도움으로도 이것을 성취할 수 없다는 결론에 도달했을 때, 그의 절망은 더욱 절실할 수밖에 없다. 결국 악마의 사술을 빌려서라도 초월성을 쟁취하려는 것이 파우스트의 욕망이다. 그의 운명은 예정된 것이다. 세계의 삶 속을 통과해 가면서 온갖 쾌락과 동시에 그에 따른 고통까지를 체험한다. 고귀한 사랑은 악마의 농간으로 엄청난 죄악의 결과를 낳는다. 고전적 아름다움(헬레네)을 획득한 듯하지만, 이것도 일장춘몽으로 끝난다. 통치자의 권력을 얻었지만, 이것 역시 악마의 도움에 의한 것이기에 의미가 없다.

결국 인간 파우스트의 승리는 타인에 대한 헌신적 사랑에서 기인한다. 버려진 땅을 일구어 만인을 위한 복지 낙원을 만들려고 했을 때, 그의 의지는 악마와의 계약을 초월한다.

그렇다! 이 뜻을 위해 나는 모든 걸 바치겠다.
지혜의 마지막 결론은 이렇다.
자유도 생명도 날마다 싸워서 얻는 자만이
그것을 누릴 자격이 있는 것이다.

그러나 이러한 굳은 결의만으로 그의 영혼이 구제되는 것은 아니다. 그가 저지른 죄과에 대한 용서를 빌고 구원을 간구한 것은 사랑의 힘이다. 그것이 신의 은총을 빌려 이 "언제나 노력하며 스스로 애쓰는 자"를 악으로부터 구원했다. 초월적 의지와 절망 사이, 삶에 대한 회의와 범신적인 신앙심 사이를 오가며, 신의 창조물은 세계 안에서 빛과 어둠의 양극성을 모두 체험하고, 결국은 선을 지향하는 그의 의지로 보다 높은 영역으로의 상승을 이루어낸 것이다.

4

괴테의 『파우스트』는 프롤로그에 해당하는 「헌사」, 「무대에서의 서연」, 「천상의 서곡」을 포함해, 1부와 2부로 나뉘어 있고, 시행(詩行)의 수는 모두 12,111행에 이른다. 또 『파우스트』 중 유일한 산문이 1부에 실려 있다. 1, 2부에 모두 「비극」이라는 부제가 병기된 것이 특이한데, 흔히 1부를 학자 비극(Gelehrtentragödie)과 그레트헨 비극(Gretchentragödie), 2부를 헬레네 비극(Helenatragödie)과 통치자 비극(Herrschertragödie)이라고 부른다. 이 다채로운 테마를 괴테는 다양한 어법과 다양한 운율을 모두 구사해 한 편의 웅장한 교향악으로 만들어놓았다. 물론 육십여 년에 걸친 길고도 불규칙적인 집필 과정으로 인해 내용상 빈틈없는 통일성을 기하지는 못했다. 그러나 비범한 상상력과 심미안, 구사하는 언어의 활력과 시적 효과는 에피소드 하나하나에 생동감을 불어넣으며 드라마 전반에 뛰어난 문학성을 부여하고 있다.

온갖 종류의 언어가 괴테의 손안에서 보석처럼 아름답게 다듬어졌다. 일상적인 언어, 성스러운 언어, 거친 언어, 부드러운 언어, 무미건조한 언어, 감정이 풍부한 언어, 소박한 언어, 정교한 언어, 나아가 소시민 가정의 언어, 궁중의 언어, 저잣거리의 언어와 고명한 학자들의 언어, 종교, 과학, 사회과학의 언어와 방언에 이르기까지 어떤 것도 외면하지 않았으며, 그 속엔 슈투름 운트 드랑의 자유분방함과 고전주의의 고아함이 공존하고 있다.

사용된 운율의 형식도 다양하다. 크니텔 시구(Knittelvers), 블랑크 시구(Blankvers), 트리메타 시형(Trimeter), 알렉산드리너 시형(Alexandriner), 마드리갈 시구(Madrigalvers), 민요조(Volkslied) 등 온갖 시 형식이 망라되고 있다. 옛 독일과 고대 그리스의 운율, 마술, 사교, 정치, 사랑, 종교의 운율, 일상과 축제의 운율 등이 함께 어우러진다. 파우스트의 서재, 그레트헨의 방, 헬레네의 궁성, 산골짜기와 해변 등지에서 매번 다른 음조가 들려온다.

대작 『파우스트』에 담겨 있는 사상은 한마디로 요약하기가 어렵다. 그 풍부한 생각, 그 다양한 표현기법을 고찰하고 해석하는 데는 많은 가능성이 존재할 것이다. 작품의 평가와 수용에 시대와 독자에 따라 나름의 기준과 관점이 적용될 것이기 때문이다. 괴테 자신도 1827년 에커만과의 대화에서 이러한 수용미학적 작품 해설의 재량권을 독자들에게 선사하고 있다.

그들이 와서, 내가 『파우스트』에서 어떤 이념을 구현하려 했느냐고 묻는다. 마치 나 자신이 그것을 알아서 말해줄 수 있는 것처럼! 천국으로부터 속세를 거쳐 지옥에 이르는 과정 — 이것이 아쉬운 대로 답변이 될 수도 있을 것이다. 그러나 그것은 이념이 아니다. 행위의 과정일 뿐이다. 나아가, 악마가 내기에서 졌다는 것, 끊임없이 노력하는 인간이 힘든 과오의 길로부터 보다 나은 것을 지향함으로써 구원받는다는 사실 — 그것도 보다 효과적이고 많은 것을 일러주는 사상일 것이다. 그러나, 그것 역시 전체, 혹은 개개의 장면에서 특별나게 기본이 되는 이념은 아니다.

이백여 년 전에 나온 괴테의 『파우스트』는 인간 존재의 문제를 아주 전형적으로 다루고 있는 작품이다. 이 드라마 속에서 우리는 인간적 삶의 온갖 우여곡절과 만나게 되고, 동시에 이런 방황을 거쳐 결국 자기실현에 이르는 인간성의 승리를 기쁜 마음으로 확인하게 된다.

1999년 3월
숙명여대 연구실에서
정서웅

작가 연보

1749년   8월 28일 프랑크푸르트 암 마인에서 황실 고문관 출신
인 아버지 요한 카스파르 괴테(Johann Caspar Goethe)
와 프랑크푸르트 시장의 딸이었던 카타리나 엘리자베
트(Catharina Elisabeth) 사이에서 태어난다.

1750년   누이동생 코르넬리아가 태어난다(그 이후 출생한 두 남
동생과 두 여동생은 모두 출생 후 얼마 안 되어 사망).

1757년   조부모에게 신년 시를 써서 보낸다(보존된 괴테의 시
중 가장 오래된 작품).

1759년   프랑스군이 프랑크푸르트 점령. 이 년간 괴테의 집에
머문 군정관 토랑(Thoranc) 백작을 통해 미술과 프랑
스 연극에 깊은 관심을 갖게 된다.

1765년   10월 라이프치히 대학에 입학. 베리쉬, 슈토크, 외저 등

의 예술가들과 사귀며 문학과 미술을 공부. 그리스 연구가 빙켈만(Johann Joachim Winckelmann)의 글을 읽고 계몽주의 극작가 레싱(Gotthold Ephraim Lessing)의 연극을 관람하며 다방면의 문화계 활동에 심취한다.

1766년   식당 주인 쇤코프의 딸 케트헨과 교제. 그녀에게 바친 시집 『아네테(Annette)』를 베리쉬가 보존했다.

1767년   첫 희곡 『연인의 변덕(Die Laune des Verliebten)』을 쓴다(이듬해 4월에 완성).

1768년   케트헨과 헤어짐. 6월에 빙켈만의 살해 소식을 듣고 큰 충격을 받음. 7월 말 각혈을 동반한 폐결핵에 걸려 학업을 중단하고 고향으로 돌아온다.

1769년   이전 해 11월에 시작한 희곡 『공범자들(Die Mitschuldigen)』을 완성한다.

1770년   슈트라스부르크 대학에 입학해 계속 법학을 공부함. 눈병 치료차 슈트라스부르크에 온 헤르더와 교우하며 문학과 언어에 많은 영향을 받음. 10월에 근교의 마을 제젠하임에서 목사 딸 프리데리케 브리온(Friederike Brion)과 사랑에 빠진다.

1771년   프리데리케를 위한 서정시를 많이 씀. 교회사 문제를 다룬 학위 논문이 민감한 내용으로 불합격했으나 그에 준하는 시험에 통과해 공부를 마침. 8월 프리데리케와 작별하고 고향으로 귀환. 프랑크푸르트에서 변호사 개업했으나 문학에 더 몰입함. 슈투름 운트 드랑의 성향이 짙은 희곡 『괴츠 폰 베를리힝엔(Götz von

Berlichingen)』의 초고를 쓴다.

1772년   아버지의 제안에 따라 베츨라의 고등법원에서 견습 생활 시작. 그곳에서 만난 샤로테 부프(Charlotte Buff)를 연모했으나 샤로테에게 약혼자가 있어서 단념한다.

1773년   『괴츠』 출간. 슈트라스부르크 시절부터 구상했던 『파우스트』의 집필 시작. 시 「마호메트(Mahomet)」, 「프로메테우스(Prometheus)」를 씀. 오페레타 「에르빈과 엘미레(Erwin und Elmire)」의 집필을 시작한다.

1774년   샤로테 부프와의 이루지 못한 사랑을 소재로 한 소설 『젊은 베르테르의 슬픔(Die Leiden desjungen Werther)』을 출간. 베를린에서 「괴츠」 초연. 희곡 『클라비고(Clavigo)』를 씀. 당대의 대시인 클롭슈토크(Friedrich Gottlieb Klopstock)와 편지를 교환한다.

1775년   프랑크푸르트 은행가의 딸 릴리 쇠네만과 약혼했으나 반년 후 파혼함. 희곡 『스텔라(Stella)』를 씀. 카를 아우구스트(Karl August) 공의 초청으로 바이마르를 방문한다.

1776년   7월에 바이마르의 추밀원 고문관에 임명된 후 정식으로 바이마르 공국의 정사에 관여함. 궁정여관(女官) 샤로테 폰 슈타인(Schalotte von Stein) 부인과 깊은 우정을 나누며 그녀에게 많은 격려와 도움을 받는다.

1777년   「공범자들」, 「에르빈과 엘미레」가 공연된다.

1778년   희곡 『에그몬트(Egmont)』에 전념하며 몇 장(場)을 집필한다.

1779년	「이피게니에(Iphigenie)」(산문)를 완성해 초연한다.
1780년	희곡 『타소』를 구상. 『파우스트』의 원고를 아우구스트 공 앞에서 낭독함. 그 원고를 궁정여관 루이제 폰 괴흐 하우젠이 필사한다.
1782년	황제 요제프이세로부터 귀족 칭호를 받음. 아버지 별세. 『빌헬름 마이스터의 수업시대』의 집필을 시작한다.
1786년	식물학과 광물학 연구에 관심을 기울임. 카를 아우구스트 공, 슈타인 부인, 헤르더 등과 휴양차 칼스바트에 체재하다 몰래 이탈리아 여행길에 오름. 로마에서 화가 티슈바인, 앙겔리카 카우프만, 고고학자 라이펜슈타인 등과 교우하며 고대 유적 관찰에 몰두. 「이피게니에」를 운문 형식으로 개작한다.
1787년	이탈리아 체류를 연장하고 나폴리와 시칠리아까지 여행함. 『에그몬트』를 완성한다.
1788년	6월에 스위스를 거쳐 바이마르로 귀환. 평민 출신의 크리스티아네 불피우스와 만나 동거 생활 시작(후에 괴테의 정식 부인이 됨). 실러와 처음 만남. 괴테의 주선으로 실러가 예나 대학의 역사학 교수 자리를 얻는다.
1789년	크리스티아네와의 사이에 아들 아우구스트 출생. 당대의 학자 빌헬름 폰 훔볼트와 친교를 맺는다.
1790년	괴셴판 괴테 전집에 「파우스트 단편」 수록. 색채론과 비교 해부학 연구에 몰두한다.
1791년	바이마르에서 「에그몬트」가 초연된다.
1792년	프랑스혁명군에 대항하는 프러시아군 소속으로 베르

텡 공방전에 종군한다.

1793년   연합군의 일원으로 프랑스군 점령지인 마인츠 포위전에 참가했다가 8월에 귀환. 그 체험을 살려 희곡 『흥분된 사람들(Die Aufgeregten)』을 쓴다.

1794년   새로 건립된 예나의 식물원을 관리함. 『빌헬름 마이스터의 수업시대』의 개작에 착수. 실러와 《호렌(Horen)》지 제작에 협조하면서 가까워짐. 시인 프리드리히 횔덜린(Friedrich Holderlin)과 처음으로 만난다.

1795년   『독일 피난민의 대화(Unterhaltungen deutscher Ausgewanderten)』 출간. 훔볼트 형제와 해부학 이론에 관심을 쏟음. 실러와 공동으로 경구집(警句集) 『크세니엔(Xenien)』의 출간을 구상한다.

1797년   서사시 『헤르만과 도로테아』 집필. 실러의 격려와 독촉으로 『파우스트』에 다시 매달려 「헌사」, 「천상의 서곡」, 「발푸르기스의 밤」을 집필한다.

1799년   티크, 슐레겔 등과 친교를 맺음. 희곡 『사생아(Die natürliche Tochter)』의 집필을 시작한다.

1803년   「사생아」 완성 후 초연. 절친했던 친구 헤르더가 사망한다.

1805년   5월에 실러 사망. 괴테는 실러의 죽음을 애도하며, "내 존재의 절반을 잃은 것 같다"고 술회한다.

1806년   나폴레옹 군대가 바이마르 점령. 크리스티아네와 정식으로 결혼식을 올린다.

1807년   아우구스트 공의 모친 안나 아말리아의 사망으로 추도

문 작성. 소설『빌헬름 마이스터의 편력시대』의 집필을 시작한다.

1808년 『파우스트』1부 출간. 소설『친화력』을 구상하고 집필 시작. 9월에 어머니가 별세한다.

1810년 칼스바트와 드레스덴 여행.『색채론』을 완성한다.

1811년 자전적 기록인『시와 진실』에 전념해 9월에 1부 완성. 『에그몬트』에 대한 베토벤의 편지를 받고 2부를 집필한다.

1812년 베토벤의 음악을 곁들인「에그몬트」초연. 칼스바트에서 몇 차례 베토벤과 만남.『시와 진실』2부를 집필한다.

1813년 『시와 진실』3부를 완성한 후,『이탈리아 기행(Italienische Reise)』의 집필을 시작한다.

1814년 페르시아의 시인 하피스의 시집『디반(Divan)』을 읽고 자극을 받아『서동시집(West-östlicher Divan)』에 착수한다.

1815년 재상으로 임명됨. 희곡「에피메니네스의 각성」이 공연됨.『서동시집』에 수록할 140편 정도의 시를 쓴다.

1816년 아내 크리스티아네가 중병으로 사망.『이탈리아 기행』1부 완결 후, 2부 집필에 착수. 잡지《예술과 고대(Über Kunst und Altertum)》를 발간하기 시작한다.

1817년 영국 시인 바이런의 시를 탐독한다.

1819년 『서동시집』을 마무리 짓고 출판한다.

1821년 『빌헬름 마이스터의 편력시대』를 완성해 출간한다.

1823년 괴테 숭배자인 에커만(J. P. Eckermann)이 조수가 됨.

에커만은 괴테 사후에 괴테와의 만남을 기록한 『괴테와의 대화(Gespräche mit Goethe in den letzten Jahren seines Lebens)』를 출간한다.

1828년 카를 아우구스트 공이 사망한다.

1829년 「파우스트」 1부가 다섯 개 도시에서 공연됨. 『이탈리아 기행』 전편이 완결된다.

1830년 아들 아우구스트가 로마에서 사망. 폐결핵에 걸려 각혈까지 하게 된다.

1831년 『시와 진실』과 『파우스트』 2부 완성. 팔십이 회 생일을 일메나우에서 보낸다.

1832년 3월 22일에 운명한다.

세계문학전집 **22**

파우스트 2

1판 1쇄 펴냄 1999년 3월 15일
1판 74쇄 펴냄 2024년 5월 14일

지은이 요한 볼프강 폰 괴테
옮긴이 정서웅
발행인 박근섭, 박상준
펴낸곳 (주)민음사

출판등록 1966. 5. 19. (제 16-490호)
서울특별시 강남구 도산대로1길 62(신사동) 강남출판문화센터 5층 (우편번호 06027)
대표전화 02-515-2000 팩시밀리 02-515-2007
www.minumsa.com

ⓒ 정은영, 1999. Printed in Seoul, Korea

ISBN 978-89-374-6022-7 04800
ISBN 978-89-374-6000-5 (세트)

* 잘못 만들어진 책은 구입처에서 교환해 드립니다.

민음사 세계문학전집

세계문학전집 목록

세계문학전집은 계속 간행됩니다.